晴竇初開

上

風文創 632

水清如 著

目錄

序文

水清如

每個言情故事中，多多少少包含作者對生活、愛情的想法和態度。我亦不能免俗。

年少時，癡迷冷酷霸道的男主角，總覺得和這樣的人在一起才精彩有趣。可隨著歲數漸長，比起冷酷狂逆的相處，更希望被人捧在手心，細細呵護，極盡溫柔、包容的對待。

愛情二字太深奧，真的不敢妄談。但至少要知道，它不全是波瀾壯闊、跌宕起伏的；時光靜好，歲月淡掃，亦是一種刻骨鏤心的展現方式。

很可惜地，在現實生活中，我從未遇到過。興許是圈子太窄，興許是缺乏浪漫，身邊的人大都是充滿柴米油鹽的煙火氣，像書中魏正則這般儒雅溫柔、睿智沈穩的人，不可遇，不可求。

秦晝晴對魏正則的青澀仰慕，大多數人都曾體驗過，將暗戀藏在心底，亦歡亦喜，小心翼翼，偶爾泛起波瀾，便久久不散。如果生活中真有兩個溫柔的人互相吸引，彼此相愛，我想，他們的結局一定是和書中一樣，平淡溫馨——以松花釀酒，以春水煎茶，年華盡好，一生清樂。

正因抱著對這種生活的期許，我才下定決心寫出這個故事，希望看過故事的人，都能幸運地遇到自己憧憬的理想類型。

楔子

凜冽的北風如一把利刃刮在皮膚上，留下一道道皸裂的凍紋，嚴寒冷漠的近乎無情。

秦畫晴雖然覺得冷，可身體卻燙得厲害，腦子裡昏昏沈沈，無力地靠在錦玉肩頭，沈重的腳鐐和枷鎖險些將她單薄的身子壓垮。

「夫人！夫人您怎麼樣？」錦玉伸手摸了摸她的額頭，差點哭出來。她一把拽住身邊擔負遞解任務的兵丁，嘶聲道：「官大人，求求您給我們夫人找個大夫吧！她病了好些日子了！」錦玉跪在冰天雪地中，涕泗橫流，她想要磕頭，可肩上戴著木枷鎖，無法動作。

還未到寧古塔，初冬的天氣就讓他們吃不消，被流放的男子體力還好，可像秦畫晴這樣養尊處優的深閨婦人，卻是一連病了四、五天。

那解役兵丁十分不耐，抬腳便踹在錦玉心窩，惡狠狠道：「這裡荒無人煙，老子去哪兒給妳找大夫？還以為自己是永樂侯世子夫人？」

秦畫晴聽得這句，頓時渾身一顫，縱然腦袋暈沈難受，可往事卻愈發清晰起來。

她是當朝重臣秦良甫的嫡女，從小被視為掌上明珠，及笄後便和永樂侯世子訂親。沒兩年，世子又納了幾房妾室，整日爭寵，秦畫晴婚後過得並不幸福，愁悶難當，人也愈發消沈。

本以為日子就這樣波瀾不驚下去，然而天有不測風雲，先帝駕崩，原本眾望所歸的楚王沒有繼位，而新帝素來厭惡朝中結黨營私的靖王。新帝登基，立刻清洗楚王背後錯綜龐雜的勢力，罷免諫議大夫秦良甫、尚書左僕射鄭海端、門下侍中盧思煥等數位權臣，後定謀逆、貪墨、徇私等罪名，滿門抄斬，家產充公。和楚王交好的國公伯爵也紛紛撇清關係，永樂侯從前便和新帝有過節，這次被尋著由頭，削了爵位，流徙寧古塔。

秦良甫一生為官圓滑老練，阿諛奉承恰到好處，卻因為站錯黨，老來死無全屍。想到當日父母披頭散髮地穿著囚衣赴刑場，秦畫晴心一緊，虛弱地倒在地上。

「夫人！」錦玉膝行過來，眼裡含淚。「您堅持一下，明早便能抵達戍所了。」

秦畫晴掃了眼周圍。她的夫君同妾室站在一起，躲得遠遠的，生怕靠近她就會被解役兵丁抽鞭子。

秦畫晴冷笑一聲，扶著錦玉的手道：「錦玉，妳是個忠心的。」

錦玉聞言便流下淚來。「夫人，奴婢自九歲便跟在您身側，如今已整整十年，說句踰矩的話，奴婢一直都將您當做奴婢的親人啊！」

秦畫晴虛弱地拍了拍她的手，仰頭看著暮靄沈沈的天，鼻尖突然傳來一絲冰涼。

仔細一看，這才十月初的天氣，竟下起紛紛揚揚的鵝毛大雪，天地間一片白茫茫。

可秦畫晴並不覺得冷。

錦玉還在說著什麼，秦畫晴已然聽不清了，她緩緩閉上眼簾，心中暗想，或許長眠不醒也是一種解脫。

第一章

「門下侍中秦良甫妄揣聖意，收受賄賂，當官降數級，幽閉兩月，以儆效尤。」鄭海端手持玉笏，蒼老的面孔沈著如水，朝大殿上的聖軒帝恭敬俯首，繼而又道：「微臣身為上司，馭下不嚴，自當一同領罪，懇請聖上責罰！」

他字字鏗鏘，旁人卻忍不住冷笑。

好一招以退為進！

中書令李贊收起冷笑，急忙邁步出班，躬身道：「聖上，自開國以來，朝野上下最是痛恨官員貪墨賄賂。正德十七年，吏部尚書宋嘉因賣官鬻爵一罪，先帝將其滿門抄斬，可謂鐵血手段，餘下十幾年再無此事發生。而今秦良甫竟私收瀘州刺史紋銀，鄭大人官居尚書左僕射兼門下侍郎，縱容此事，若不給予警示從重處置，恐朝中官吏有樣學樣，屆時風氣惡劣，再難肅清。」

鄭海端微垂雙眼，斜瞪李贊一眼。

李贊卻也不懼，撣了撣深紫色的官服，老神在在。

項啟軒適時道：「李大人所言甚是。」

「皇上三思！」門下侍中盧思煥立刻站出。「秦大人苟利國家數十年，勞苦功高，況且只收了那縣丞五十兩，還是七、八年前的舊事，那縣丞早就辭官了，微臣相信，秦大人當時個銅板吧？」

只是一時糊塗，現下醒悟，不會再犯！」

項啟軒皺眉道：「盧大人此言差矣，錢多錢少都是行賄，哪怕是五個銅板，你我為官都收受不得。」

盧思煥伸出五指在他面前晃了晃，辯駁道：「項大人，你去李大人家喝杯茶，也不止五個銅板吧？」

項啟軒臉色一白，瞪著他無言以對。

鄭海端一黨的朝臣紛紛附和，說起二人的好話來。

十二冕旒下，聖軒帝的表情晦暗莫名，他看著御階下跪了黑壓壓一片臣子，又拿起手中的奏疏翻看兩眼，復問：「魏卿，此事由你彈劾，證據確鑿，你覺應當如何處置？」

魏正則目光如水，從秦良甫、鄭海端等人面上飛快掠過，沈吟片刻後道：「『古語云：政者，正也。子帥以正，孰敢不正？』以微臣愚見，當以李大人所言從之。」

秦良甫對魏正則恨之入骨，恨不得拿手中玉笏敲死他！也怪自己處事大意，竟被魏正則查出這件陳年舊事，此事說大不大，但恰逢兩黨關係劍拔弩張，被死對頭揪住錯處，一個弄不好就會淪落身敗名裂的下場。

聖軒帝「嗯」了一聲，閉目想了想，道：「雖然此事惡劣，卻怪不到鄭大人頭上。至於秦良甫……朕念及他乃老臣，五十兩銀子也不多，便官降左諫議大夫，幽閉兩月……不，三月，俸祿減半，下次若有再犯，絕不姑息。」

不等魏正則等人諫言，秦良甫忙跪下高呼謝主隆恩，氣得李贇吹鬍子瞪眼。

退朝後，剛出東長安門，秦良甫老遠便看見前面一身紫色官服、犀銙革帶的魏正則，他立刻快步追上，和魏正則並肩而行，一旁的小官吏見得這幕，紛紛避開。

魏正則見到他，反而溫潤一笑。「秦大人，有何貴幹？」

「文霄兄何必如此見外？說來你我二人可是少時同窗。」秦良甫也笑，卻笑得陰惻惻。「文霄兄費盡心思才查出秦某一點過失，妄圖一紙奏疏將秦某置於死地，可結果卻讓你失望了。」

「官居何位，司其何職，魏某只是做好分內之事。」魏正則看著天邊漸起的朝陽，逆光的翹角屋簷下，鐵製鈴鐺微微晃動。

秦良甫捋了捋鬍鬚，冷哼一聲，咬牙道：「你今日敢冒風險彈劾，是我疏忽，讓你贏了一局，可那又怎樣？我只官降兩級罷了！你道為什麼？因為皇上知道，如我這樣的官太多，而你這樣的官太少！上一任大理寺卿也不笨，怎麼可能查不到蛛絲馬跡？但他不說，才能穩穩當當混到致仕回鄉，你魏正則要當出頭鳥，我高興還來不及！」

魏正則從遠方收回視線，目光在秦良甫臉上逡巡一圈，輕笑一聲。「秦大人高興就好，魏某先行告辭。」說罷，拂袖離去。

秦良甫看著他的背影，冷然道：「我倒要看你能囂張到幾時？來日方長，咱們走著瞧！」

上午還是豔陽高照，下午便淅淅瀝瀝落起雨來。

薄霧籠罩，煙雨瀟瀟，秦府那株重瓣垂絲海棠樹下，掉了一地落花。一名少女從抄手遊廊處快步奔來，站在海棠樹下，瞪大眼睛，伸出瑩白纖細的手指撫摸粗礪的樹幹，指甲一用力，深深嵌入樹皮。

她身上的藕色繡花襦裙被雨水淋濕成深粉色，沾染了髒兮兮的泥濘。

少女恍若不見，呆呆地望著海棠，眸光中閃爍著複雜激動的喜悅，下一刻便滾落熱淚。

「小姐！」一名梳著雙髻的黃衫丫鬟見她淋雨，大吃一驚，忙提著裙襬，撐上梨木油紙傘，朝少女奔去。

丫鬟名叫錦玉，六歲賣到秦府為奴，前不久提為大小姐明秀院的二等丫鬟。她才去將髒衣服送到浣洗房，回來便瞧見，落水剛醒的小姐不知怎麼就奔到這棵海棠樹下，還哭了起來？

錦玉將秦畫晴嚴嚴實實地遮在傘下，自己肩膀倒是淋濕了。

她嘴笨，躊躇著安慰道：「小姐，奴婢是為您著想，這雨中海棠雖然好看，可您昨兒個才落了水，今日實在不能淋雨，不如先回去將養……」

秦畫晴斜睨她一眼，只見錦玉嘴巴一張一合，卻沒聽進她的話，思緒恍惚極了。

她明明已經死了，卻又重活於十四歲這段最美好的年華，甫一睜眼，便看見錦玉關懷而稚嫩的臉龐，她真的以為這是一場夢。

她哭，是感謝上蒼給她重活一世的機會。

秦畫晴攏在袖中的左手緊緊握拳。這一世，她不能讓父親結黨營私、貪墨腐敗，踏上流放千里、滿門抄斬的那條路！

錦玉還在詞窮地勸慰，秦畫晴看著她熟悉的側臉，突然將她抱住，哽咽道：「錦玉，多謝妳一直陪伴在我身邊。」

「小、小姐？」錦玉張大嘴巴，渾身僵硬，手都不知往哪兒放？

秦畫晴從來都斯文有禮，主僕分明，何曾對她做過這番親暱的舉動？就連她身邊的貼身丫鬟也沒被她抱過。

秦畫晴看她呆呆傻傻、滿臉窘迫，不由微微一笑。

「我餓了，去找點吃食吧。」說罷，轉身便提著裙襬離開。

錦玉呆呆地看著她纖弱的背影，慢了半步，見小姐淋雨，這才一拍腦門快步追上。

廚房在秦府大宅靠東的地方，下人來來往往，地上滿是泥濘的腳印，角落裡堆著蔬菜和肉，有些雜亂。

錦玉勸道：「小姐，您身子才剛好，餓了奴婢囑咐周嬤嬤給妳端來便是，何須親自跑一趟？」

秦畫晴朝她笑了笑，搖頭不語。

錦玉不會明白她心中的雀躍。自從嫁去侯府，她好多年沒回來仔細瞧瞧了，當然想每個地方都看一遍、走一遍，深深地記在腦海內。

廚房裡忙活的下人見到大小姐，紛紛行禮，秦畫晴擺擺手。「無須理我，各忙各的吧！」說著，給周嬤嬤報了幾道自己喜歡的菜，這才撐傘離開。

即便是這樣的天氣，秦畫晴仍饒有興味地在園子裡逛來逛去，直到她打了個噴嚏，錦玉這才趕緊將她「押回」明秀院。

屋簷下，翠屏和紅碗正捧著一把瓜子嘮嗑，見秦畫晴和錦玉一起歸來，不由一愣，忙不迭將剩下的瓜子連殼藏進袖中。

「小姐，這麼大的雨，您去哪兒了？」翠屏不滿地從錦玉手中接過傘，埋怨道：「錦玉，妳也不將息著小姐身子，昨兒才落水，今日又讓她淋雨，存心想讓小姐落下傷寒是嗎？」

錦玉嘴唇囁嚅了兩下，沒有分辯。

紅碗扶過秦畫晴的手臂，不動聲色的隔開錦玉，溫言道：「小姐，我扶您進去換件衣衫。」

秦畫晴聞言一怔，看了看翠屏和紅碗，才想起錦玉這時應該才來府上沒多久，在她院子裡還是二等丫鬟；而翠屏和紅碗乃母親張氏給她撥來的貼身丫鬟，是秦府的家生奴才，她以前很是器重，後來兩人都被永樂侯世子收為通房，秦畫晴便換了錦玉伺候。

她和錦玉流放寧古塔途中，早就是半個姊妹，途中經常吃不飽，錦玉便將自己的吃食讓給她；冬天天寒，兩人便依偎在一起取暖；秦畫晴難過抑鬱，錦玉便會講她家鄉的趣事給她解悶……想起這些，秦畫晴心裡酸楚，這會兒見兩人故意將錦玉隔開，她微一蹙眉，輕輕撇開紅碗，道：「錦玉，妳進來服侍我更衣。」

三個丫鬟同時怔住，秦畫晴不悅道：「都愣著幹什麼？紅碗、翠屏，繼續吃妳們的瓜子，沒我傳話，別來煩我！」

翠屏和紅碗身形一晃，差點站不住。

以前秦畫晴也知道她們偷懶，可都沒說什麼，笑笑就過去，可今日……

錦玉扶著秦畫晴進屋，也實在想不通為何小姐今天對她另眼相看？難道是給她撐了一會兒傘嗎？

雖然疑惑，錦玉卻沒有多問，只是從衣櫃裡找出一件淡綠色的襦裙，仔細給她換上。

秦畫晴對鏡貼花，看著銅鏡裡神采奕奕的少女，開心得恨不得跳起來。她正用螺子黛輕輕描眉，聽外間紅碗、翠屏嚷著「恭迎夫人」，一回頭，就見一身寶藍裙衫的中年美婦眼梢含笑地看著她。

「母親！」秦畫晴本打算梳妝後就去看張氏，沒想到她卻親自來了。

秦畫晴快步奔過去，撲在她懷裡撒嬌。「母親，我好想您。」

張氏扶著她肩頭，佯怒道：「年尾便及笄了，還這般沒大沒小！」說完才發現，秦畫晴竟是伏在她胸口悶悶哭泣，登時慌了心神，忙寶貝地將她扶到桌邊坐下。「畫兒，怎麼了？是不是哪裡難受？」

聽她這般關切的口吻，秦畫晴哭得更大聲了。

此時，又聽外面一陣紛沓的腳步聲，門口光線一暗，卻是秦良甫剛從衙門回來，一身紫色官服還來不及換下，就來看望落水後的女兒。

「說了多少次不准靠近池塘，妳就不聽，看以後還守不守規矩！」秦良甫只當她是因為落水害怕在哭，甫一開口，就先訓斥她一番。

張氏瞪他一眼。「快過來安慰畫兒。」

秦良甫走進，看女兒哭得紅彤彤的眼睛也心軟了，正準備安撫她，卻見秦畫晴將他抱住，哭得更凶。

「父親，我好想您！」

張氏和秦良甫一同愣住，旁邊的錦玉也是丈二和尚摸不著頭腦，出言提醒。「小姐，您昨天才見過老爺和夫人啊？」

秦畫晴也知道自己這樣不妥，可她實在無法控制心中的想念，猶記那時坐在牢車裡被推去刑場的父母，她心都要碎了。

秦畫晴哭夠了，才抽抽搭搭地解釋。「女兒落水昏迷，作了一個夢，夢見再也看不見父親和母親，心裡難受得很。」

張氏心疼地給她順氣。「好了好了，不過是場夢罷了，想那麼多做什麼？」

秦良甫也道：「這不好生生在妳面前嗎？下次切莫胡思亂想，為父還以為妳受了什麼委屈。」

「我哪能受什麼委屈？」秦畫晴抬袖擦擦眼淚。她從小到大在秦府就是掌上明珠，和弟弟秦獲靈不管怎樣胡作非為，都沒被父母教訓。雖然秦畫晴後來知道，秦良甫在朝堂不是個好官，但心底永遠認為他是自己的好父親、是母親的好夫君。

別的男人事業有成，總要三妻四妾，可秦良甫除了幾年前有個通房，如今身邊只有張氏一個正妻。

他也不在意這些，按他的話來說，兒女成雙，家庭和睦，便已經足夠。不想起這些，秦晝晴又深深地看了眼秦良甫。他眉黑眼大、方臉闊額，笑起來是慈父，不笑便像是一個端正嚴明的清官，可仕途最後走到那一步，也是他始料未及的。

「晝兒？晝兒？」張氏推推秦晝晴的肩膀。「出什麼神？飯菜來了，妳先吃點。」兩個婆子端來豐盛佳餚，香氣四溢。

秦晝晴不好意思地低頭。「父親、母親也陪我一起用膳吧，我……我許久沒同你們在一起了。」

秦良甫沒有拒絕，他正好也有些餓了，而張氏是求之不得。

三人移步偏廳用膳，錦玉手腳麻利地布好碗筷便退至一邊，不敢打攪。

張氏瞥見這幕，又遍尋不著翠屏和紅碗，低聲問：「晝兒，妳怎不讓翠屏她們伺候？」

秦晝晴給張氏挾了一筷子的芹菜蝦仁球，思索片刻，道：「母親，妳把她們從我院子裡撤走吧，今後我身邊留錦玉一個人伺候就夠。而且我也認為別的院子多出的人手都該辭退，雖咱們家不缺幾個下人的工錢，但也沒有必要多養閒人。」

「這怎麼行！」張氏吃下蝦仁球，正要反駁，卻聽秦良甫「嗯」了一聲。「就照晝兒說的辦。」

張氏啞然，擱下筷子道：「哪家大戶不是奴僕成群？咱府裡大肆裁減，旁人瞧見了成什麼樣！」

秦良甫也沒想隱瞞今日發生的事情，沒好氣道：「我以前一樁受賄案子被人查出來，今天被參了一本，官降兩級，皇上還罰我禁足三個月，俸祿減半，這段時間都不能上朝。現在正是風口浪尖上，若被有心人看見府中吃穿用度依舊奢侈，搞不好多生是非。因此不僅府中要裁人，最近吃穿也節儉一些，知道了嗎？」

秦畫晴微微一愣，低頭吃了口飯，慢慢咀嚼。這件事她記得，父親雖然被貶，但以前的官職一直懸空，實權還在，因此並不擔心。

張氏卻大驚失色。「老爺，到底發生了何事？」

秦良甫想起這事也是如鯁在喉，飯也吃不下了，將筷子一拍。「還不是那魏正則！」

乍然聽到這個名字，秦畫晴手腕一抖，筷子上的雲片捲便滾落到桌子上。

第二章

秦畫晴失神，好在秦良甫和張氏沒有注意到。

張氏蹙眉道：「魏正則？你以前那同窗？」

秦良甫冷哼一聲。「可不是？區區從三品大理寺卿，竟然查案查到我頭上！可恨證據確鑿，皇上對他深信不疑。若不是我事先買通大理寺的人，就不是受賄五十兩，而是五千兩了！藉著這件事，中書令李贊和舍人項啟軒公然發難，那李老兒更是可惡，巴不得皇上因此治我死罪，後來一下朝，竟拿玉笏打我，真是個老潑皮！」說罷，氣得一拍桌子，茶盞和碗筷都跳將起來。

張氏愣了愣，勸道：「你何必跟個半截身子都入土的老兒計較？李贊那麼大把年紀了，隨他去吧。」她語氣一頓，又問：「那聖上怎麼說？」

秦良甫深深吐了口氣，眺眼道：「聖上雖然年老愈發昏聵，但朝廷上兩黨紛爭，他心裡門兒清。再說了，朝中受賄的官員多了去，怎麼可能因此事處置我？降級禁閉，不過如此。」

張氏微微頷首，輕聲道：「老爺啊，咱府中也不缺黃白之物，你不用冒著風險收受賄賂。」

秦良甫冷哼道：「妳一個婦道人家懂什麼！倒是魏正則，我遲早要他的命！」

秦晝晴低著頭，面上一派平靜，內心卻是驚濤駭浪。

她當然知道魏正則，這人和父親都是大儒張素的門生，只是父親官運亨通，區區二十年便坐到門下侍中的位置，在大元朝群相制裡，也算宰相了。魏正則比父親小幾歲，張素曾經誇他是不世之才，然而這句話卻沒給他帶來好運。他當了三年汴州判佐，升上揚州司士參軍，建造了五、六年橋樑廨宇的雜事，才擢升為洛州司馬；後來又耗幾年，經過李贊和項啟軒推介，從地方上調職入京，慢慢坐上大理寺卿的位置。

魏正則任大理寺卿兩年，卻處理了八百多件積壓多年的陳年舊案，其中有幾件涉及秦良甫和鄭海端，他也不覺自己官輕人微，便要著手徹查，還真被他查出線索。

秦良甫自然生氣。從前同為張素門生時，他便極其討厭這個事事與眾不同的同窗；而今在官場，此人也毫無眼力，這案子被他查下去那還得了？

秦良甫先是好言勸慰、行賄送禮，都被魏正則拒絕。不僅如此，轉日魏正則便查到他早年受賄的一樁案子，藉此事在聖上面前參他一本，害得秦良甫官降兩級，禁足三月。

後來秦良甫和鄭海端等人一合計，發現魏正則這人留不得；李贊和項啟軒他們還不能動，索性就拿魏正則開刀。再過兩個月，就會扣一頂「偷竊官銀」的罪名給他，使其鋃鐺入獄。

若是魏正則就這樣被她爹陷害而死，秦晝晴或許還沒有這般心驚膽戰。

偏偏她知道，魏正則沒有死成，在李贊等人極力保全之下，皇上將他貶到渭州任刺史，扔在窮鄉僻壤不管不問。可過得幾年，不知怎麼回事，此人得了靖王賞識，還做了靖王的親信黨羽。

後來靖王上臺，肅清朝堂，首先落馬的便是自家父親，她若沒有記錯，帶官兵來抄家的正是魏正則。

後來永樂侯府上下流放寧古塔，途中聽解役兵丁閒談，才知道魏正則成了新帝的肱骨大臣，官拜正二品尚書左僕射兼門下侍郎，圖錄凌煙閣十八功臣之首，掌典領百官。

雖然此人是秦良甫的政敵死仇，可秦畫晴不得不承認他是一個好官。不行賄、不包庇、敢諫言、重民生，流放途中聽那些百姓提起魏正則，都是一片愛戴。此外，當時新帝下旨秦家滿門抄斬，按理說胞弟秦獲靈也難逃此厄運，可魏正則惜才，硬是在新帝面前將秦獲靈保全下來。

到底此人是仇敵是恩人，秦畫晴也分不清了。

思及此，她不禁重重地嘆了口氣。

「好好地，妳唉聲嘆氣做什麼？」張氏敲了下她光潔的額頭。「快吃飯吧，看看妳，瘦得只剩眼珠子了。」

秦畫晴斯文地吃了幾口飯，抬頭問：「對了，獲靈什麼時候歸家?有些想他了。」

秦良甫蹙眉道：「他還在通州桃李書院唸學，要回來也得下個月中旬，也不知今年秋闈他考得中嗎？」

秦畫晴微微一笑。「弟弟學識淵博，一定沒問題。」

此後一連大半個月，秦畫晴都沈浸在幸福之中。

身邊有錦玉的照顧、有父母的寵愛，就差弟弟回來全家吃個團圓飯了。

張氏撥來的丫頭裡，秦畫晴留了一個名叫黃蕊的伶俐丫鬟，身邊貼身的只有錦玉一個，將錦玉感動得一塌糊塗。

這日午後，錦玉和幾個婆子閒聊片刻，料想著小姐午睡該醒了，便挑開簾子走進屋裡。繞過一扇百花爭豔的蜀繡錦屏，便見小姐正靠在臨窗的軟榻上，手裡拿著一本雜記，腿上蓋著金絲絨的藍線滾邊薄毯，柔順的青絲披散在腦後，額前幾縷細碎的齊劉海，襯得她膚白貌美，溫順乖巧。

錦玉走上前，取來一個塞棉大軟枕墊在秦畫晴身後，輕聲問：「小姐怎不多睡一會兒？」

秦畫晴抬起頭，朝她微微一笑。「睡久了渾身乏得很，夜裡翻來覆去也睡不著。」

錦玉答是，將從婆子那兒聽來的消息閒談給她說。「方才聽含英院裡的趙嬤嬤說，老爺和盧大人在書房待了好幾個時辰，不知在說些什麼，連廚房送去的午膳都沒動。前些日子，梁大夫才說老爺胃不好，叮囑要規律膳食，唉，老爺也沒記在心裡。」

「盧大人？」秦畫晴眉頭一皺。「難道是盧思煥？」

父親尚在禁足，他這時候來幹什麼？

錦玉撓撓頭。「這個……奴婢也不清楚。」這些當官的，她見得少，不知怎麼回答？

秦畫晴心裡微微一沈。她若沒記錯，當時新帝登基，以雷霆之勢將鄭海端一黨滿門抄斬，盧思煥也在其中。秦家這輩子若要安然度過此劫難，首先父親必須脫離「鄭黨」，更要做一個清正廉明的好官。

「妳傳話讓廚房去弄幾道清淡可口的菜，我親自給父親送去。」

錦玉將此事吩咐給新來的丫鬟黃蕊，便伺候秦畫晴梳洗。

秦畫晴隨意穿了件月白色糯裙，外罩淺粉薄衫，腰間綴了一塊通透的水綠玉璧，髮鬟間插了幾朵掐絲珠花，簡單不失清麗。

錦玉幫她梳順腦後的長髮，笑著說：「小姐天生麗質，淡妝濃抹總相宜。」

「就妳嘴甜。」秦畫晴伸出食指點了下她額頭，起身讓她端著餐盤，往含英院去。

含英院離秦畫晴的明秀院並不遠，繞過鞦韆和池塘，順著石子小徑便來到院外。

平常守在書房外的幾個小廝，此時正把守著院門，見秦畫晴來了，老遠便躬身行禮。其中一個是秦良甫的貼身小廝，墨竹。

墨竹恭敬道：「小姐，老爺尚在同盧大人議事，待盧大人離開，小的再來通傳，您先回吧。」

秦畫晴踮起腳往院子裡一看，靜悄悄的竟是一個人都沒有。

她心越發沈了。不知盧思煥又在和父親商量什麼奸計？

秦畫晴從錦玉手裡端過餐盤，微微抬起下頷。「你難道不知老爺胃虛？這都申時了還沒吃過一口東西，若是老爺生病，你擔待得起嗎？」

「這……」墨竹一時語塞。「可老爺吩咐了，沒他命令，不許外人進入含英院。」

錦玉柳眉倒豎，辯駁道：「小姐是外人嗎？」

墨竹嚇得一頭冷汗，忙道：「當然不是！」

秦晝晴忍住笑，給錦玉使了個眼色。「妳陪墨竹聊會兒吧，我給父親送膳食去，好歹讓他吃點兒。」說著便跨過院門，其他人也不敢阻攔。

墨竹想要跟上，卻被錦玉一把拽住衣袖，登時沒了主意。

秦晝晴進到院中，故意放慢腳步。她來到東面書房，輕輕將耳朵貼近房門，果不其然聽見父親和盧思煥談話的聲音，隱隱約約涉及「楚王」、「魏正則」。

秦晝晴的心登時提到嗓子眼，擰眉聽得更認真了。

「……話說今日李贊又在朝堂上力保魏正則，有好幾個大臣都不再明哲保身，紛紛出來替他訴冤，聖上明日便派劉廷恩去獄中調查，你那邊做好安排沒有？」

「且寬心吧！大牢是刑部郭汜的管轄範圍，劉廷恩早就被他收買，朝野上下，誰敢跟鄭大人和楚王作對？」這話是秦良甫說的，語氣頗有些不以為然。

盧思煥撚鬍冷哼。「楚王殿下念他才幹，有意拉攏，豈料此人同茅坑裡的石頭無二，不能為我等所用，留下終究是個禍害，應儘早除去。」

秦良甫「嗯」了一聲，道：「這點我早已想到，待明日劉廷恩離開，郭汜就會給他安個『畏罪自殺』的名頭。」

「你尚在禁足，皇上就算懷疑此事蹊蹺，也不會懷疑到你身上，倒是魏正則，他應該猜到幕後是你指使。」

秦良甫冷然道：「魏正則肯定會猜到這事跟我有干係，可那又如何？我就要讓他知道得罪鄭大人和我的下場，現世報來得太快，他才會長記性。」

兩人又閒談了一些朝政，盧思煥才準備告辭。

秦畫晴心如擂鼓，飛快退回幾步，大聲道：「父親，女兒來給您送點膳食，您趁熱用點兒吧？」

過得片刻，門才「吱呀」一聲打開，秦良甫沈著臉道：「墨竹沒叮囑妳嗎？」

秦畫晴將餐盤放在桌上，親暱地挽著秦良甫的胳膊搖了搖，撒嬌道：「父親，您也別管墨竹，是女兒掛念您的身體啊。」說罷，又轉過身朝盧思煥微笑躬身。「盧世伯安好，您也一起用飯吧？」

秦良甫無奈地嘆了口氣，朝盧思煥訕笑。「教女無方，盧大人見笑了。」

盧思煥四十多歲的年紀，眼小聚光，下頷一叢黑灰的山羊鬍，不由眯眼笑道：「令嬡如此懂事貼心，我羨慕還來不及。即便我三、五日不吃飯，家中犬子也記不起我這老父。」

秦良甫心中自然覺得女兒貼心，可也不會厚臉皮地應下，而是將盧思煥家中三子誇讚一遍。

盧思煥沒有留下用膳，告辭後便離開了。

秦畫晴一邊伺候秦良甫用膳，一邊裝作無意地問：「父親和盧大人在聊什麼呢？聊了那般久，連吃飯也忘了。」

秦良甫面不改色道：「河西漕運的事，說了妳也不懂。」

秦畫晴給他盛了一碗錦翠芙蓉湯，心裡越發苦澀。又道：「不知為何，女兒總感覺盧大人不像個好人？倒和那些野史裡奸臣的畫像長相無二……」她小心翼翼地說。「父親還是不要和他交往太頻繁了吧？」

「妳一個閨中女子懂什麼？」秦良甫喝了口湯，倒是覺得暖胃，語氣也柔和了一些。「人不可貌相，好與壞哪裡是表面看得出來的？這種話以後切莫再說了。」

秦畫晴無奈嘆道：「是。」

千算萬算，秦畫晴沒想到父親已經動手，轉眼魏正則就被關進刑部大牢。

她心神恍惚地回到明秀院，彷彿抽乾了全身的力氣，疲憊地靠在錦榻上。

錦玉也不知她怎麼了，伸手幫她輕揉太陽穴，問：「小姐，可是哪裡不舒服？要不要奴婢去找梁大夫來看看？」

「不必。」秦畫晴定了定心神，暗暗告誡自己不能急。距離靖王登基還有好幾年，她還有時間改變。

既然勸誡父親脫離「鄭黨」行不通，還有討好靖王一黨的路子。

明天刑部侍郎郭汜會買通聖上的親信大臣劉廷恩，陷害魏正則。她知道，魏正則肯定死不成，索性她乘機去幫襯一二，聊勝於無。

只是，她一個閨閣女子，要怎樣才能不暴露地進入把守嚴格的刑部大牢？

秦畫晴懊惱自己不是男兒身，也沒有智慧，恨恨地捶了一下桌子，結果卻疼得倒吸一口氣。

「小姐！」錦玉擔心地查看她的手。「您這是做什麼？」

秦畫晴搖搖頭，肅容道：「錦玉，妳是我的心腹，是我最信任的丫鬟，現在我要妳去幫我打聽一件事，妳能否做到萬無一失？」

錦玉何曾見過秦畫晴這般嚴肅的樣子，當即認真點頭。「不管小姐吩咐什麼，錦玉定當萬死不辭。」

「妳待會兒裝作去翡翠閣幫我挑幾件首飾，實際上繞道去刑部大牢，想法子問問怎樣才能進去探望囚犯？」秦畫晴也知道這法子太過大膽，要是秦良甫知道她去天牢探視魏正則，結果可想而知，不僅會連累父親在鄭黨中的地位，也會引起魏正則的懷疑，兩邊都不討好。可眼下時間緊迫，她只有這個辦法。

錦玉心如擂鼓，她發現自己越來越看不透主子的想法了。

「小姐……您要去探望誰？」

秦畫晴深吸一口氣。「大理寺卿，魏正則。」

錦玉摀住嘴，連她都知道這魏正則是老爺的政敵，不由顫聲道：「小姐，您這是為了什麼？萬一老爺知道，奴婢倒是不怕，可小姐您、您……」

「我也不想。」秦畫晴哀聲一嘆。為了以後魏正則能顧念點人情，不要把秦家搞得太慘，她必須鋌而走險；況且，她也想見見這傳奇的人物到底是什麼樣子？

秦畫晴給足了錦玉幾百兩銀票，低聲道：「不要怕花銀子，秦府有的是錢；另外，千萬不要讓人知道妳是秦家的丫頭，知道嗎？」

錦玉也知事情嚴重，不然小姐不會這樣做，這其中必然有她的原因。她也不再詢問，拿了銀票，趁著暮色從後門出府去了。

待錦玉走後，秦畫晴才發現自己鼻尖出了一層薄汗，額前細碎的劉海都被汗濕了。她抬袖搧了搧風，心中開始思考靖王一黨有哪些人？

上輩子她對什麼都懵懵懂懂，對朝政絲毫不上心，而今卻後悔極了。

思來想去，她也只記得靖王麾下有幾員邊疆猛將，再來就是文臣魏正則、李贊、項啟軒，再細細思索，卻一個都記不起了。而其中魏正則是最風光的一個，如果要巴結，魏正則是不二人選。

如今他正落難，對於秦畫晴來說，是一個不錯的契機。

秦畫晴忐忑地等待錦玉回來，約莫酉時三刻，錦玉風塵僕僕地回了明秀院。

她朝緊張的秦畫晴露出一個微笑。「小姐，這事兒成了。」隨即從懷裡掏出一個翡翠閣的錦盒，裡面躺著兩支鑲東珠掐絲玉簪。「順路瞧這簪子好看，便給您買了回來。」

秦畫晴接過玉簪，笑道：「很漂亮。」

多虧朝中風氣污濁，徇私受賄似乎習以為常，錦玉前往刑部，隨便找到一名守衛衙役，打發了十多兩銀子，便由他引薦，輕而易舉地疏通典獄長，說魏正則是她親戚，那典獄長收了一百五十兩的銀票，約定明日辰時，可見兩刻鐘。

錦玉還在憤憤不平。「一百五十兩只有兩刻鐘，真黑！」

秦畫晴扯了扯嘴角，看向窗邊擺著的淺絳彩山水花瓶裡，斜插的幾枝海棠。

她記得這花瓶是個小官送給父親的，連帶著還有一大疊銀票。隔天，花瓶就出現在她房裡，聽說那人也連跳兩階，若說黑，她父親才是真黑啊，區區一百五十兩，又算得了什麼？

秦畫晴當下便去張氏的院子裡，說自己明日一早要去寶光寺參拜。

張氏疑惑道：「去寶光寺幹麼？母親陪妳一起。」

秦畫晴就怕她跟來，搖頭道：「母親您還是不要去了，那路顛簸著呢！而且裕國夫人不是約了您明日賞花嗎，您怎好掃她雅興？」

「妳不提我都忘了。」張氏揉了揉眉心。「我推了便是，她也不會在意。」

「那怎麼行。」秦畫晴微微一笑，幫她按摩肩膀。「我就去添點香油，想著前些日子落水，參拜一下也尋個心安。」

張氏說不過她，又想著裕國夫人那邊的確不好拒絕，便叮囑她多帶幾個隨從。

秦畫晴伺候張氏睡下後才回到屋裡，輾轉難眠。

睡在外間的錦玉聽到動靜，柔聲道：「小姐，您且莫要多想，早些睡吧。」

秦畫晴「嗯」了一聲，思緒卻紛亂如麻。

這麼多年，秦良甫在京城、官場建立龐大複雜的關係，屆時靖王肅清，方方面面都會波及到秦家。譬如和張氏交好的裕國夫人，她夫君乃出名的楚王心腹，要怎麼做，才能將秦家摘得乾乾淨淨，秦畫晴真的十分為難。

如此一夜又想了許多，秦畫晴終於迷迷糊糊地睡了過去。

待她醒來，窗外天還沒亮。

錦玉端來水盆，伺候她梳洗，秦畫晴特地挑了一件深色的八幅鴉青裙，頭上綰了個單髻，不施粉黛，不作簪釵，披著青灰色的大罩帽斗篷，遮得嚴嚴實實。

寶光寺還沒有多少香客，空蕩蕩的，十分冷清。

秦畫晴說自己要去參拜，恐辱了佛祖，便讓幾個侍從在寺外等候，只帶了錦玉。兩人在廟裡轉了一大圈，低著頭從後門雇了輛馬車趕往刑部。

秦畫晴確定沒人瞧見，拉著錦玉直奔大牢。門外看守的衙役正是昨日錦玉行賄的那人，他見到錦玉，咧嘴一笑。「姑娘來得真早。」

錦玉「嗯」了一聲，又掏出一錠銀子塞到他手上。「快帶我們進去。」

衙役當下同另外一名耳語幾句，拿了鑰匙打開大門在前引路。順著長長的階梯而下，秦畫晴的心不由緊了幾分，監門內的照壁讓她壓抑得喘不過氣。

一入監門就接連拐四個直角、五道門的甬道，陰暗而散發著霉味。順著甬道直行，兩邊是低矮的監房，零星關押著幾名看不清面容的囚犯。

衙役帶著她們往東拐直角彎的內監而去，邊走邊道：「話說快點，切莫讓我們為難。」

錦玉恭順地答道：「大哥放心，絕不會超過兩刻鐘。」

第三章

秦畫晴緩步進入牢房，鞋底踩在潮濕的稻草上，發出刺耳的聲響。鼻尖充斥著血腥和霉臭混合的難聞氣味，她輕輕抬袖掩鼻。四周光線昏暗，只有甬道上幾盞油燈散發微弱的光亮，天窗吹來一陣風，燈火搖搖晃晃，立時便滅了兩盞。

秦畫晴看向角落裡背朝她端坐著的男人，他一身滿布血污的囚衣，亂糟糟的頭髮用竹簪束起，微垂著頭，不知在想些什麼？

她小心翼翼地上前幾步，遲疑著輕聲詢問。「是……魏大人嗎？」

雖聲如蚊蚋，可在安靜的牢房中，聲音卻越發清晰。

魏正則本以為是鄭海端派來的人，卻不料身後響起脆生生的女子嗓音，不由微愣。

他側過半張臉，聲音喑啞得不像話。「妳是？」

秦畫晴看不清他的表情，只看見一縷縷頭髮從他額前垂下，遮住眼睛，灰敗的面色顯得人格外滄桑。

「魏大人，我、我是項啟軒的么女，家父得知郭汜買通劉廷恩，將對你不利，讓我來給你通傳。你且安心，家父一定會想辦法救你出去，這幾日……你定要保證自身周全。」秦畫晴記得項啟軒有個病殃殃的庶女，確定魏正則沒有見過，這才冒名頂替。

魏正則早已預料，因此並不驚訝，他看了眼秦畫晴，疑竇叢生。

他心裡疑惑，面上卻不顯，淡淡道：「身陷囹圄，已為魚肉，他們要殺要剮，我無能為力。」

秦畫晴聽他這般言語，心中說不清是何滋味？

她遲疑道：「魏大人……你不要太悲觀，李大人和家父會全力保你，請你定要相信他們。」

「自然。」

良久又是沈默。

秦畫晴手心起了一層汗，驀然感覺和他說話很吃力。

魏正則看她拘謹的樣子，不禁好笑，語氣卻十分嚴肅。「妳一個未出閣的女子，私自買通獄卒進刑部大牢探視死囚，膽子倒是不小！」

秦畫晴抬眼看他，卻看不清他神色，心虛得很。

想起魏大人還算是她長輩，這般訓斥也只有聽著，不能反駁。

秦畫晴低聲應道：「下次……不敢了。」

魏正則悶悶地「嗯」了聲，算是應答。

牢房裡又陷入一片靜謐，秦畫晴攏在袖中的手指不停絞著，她想了想，問：「魏大人，那鄭海端等人是怎樣將你陷害至此的？你為何不追查此事，還自身一個清白？」

魏正則沈吟片刻，道：「滄州大旱，朝廷撥三百七十萬兩賑災官銀，中途丟失五十萬兩有餘，負責此事的官員上至鄭海端，下至滄州刺史、各縣官吏，都一口咬定是我所為。彼時我人尚在大理寺，還未清楚事情原委，便聽人來報，從我府中搜出丟失官銀，人證、物證俱在，面對聖上百口莫辯，直接判為盜竊官銀，被押往刑部大牢。此事已經過了七天，鄭海端等人早就打點好一切，該買通的、該滅口的，應該都處理得滴水不漏，即便現在有心追查，也難有蛛絲馬跡可循。」

他聲音低沈沙啞，語速不疾不徐，彷彿在述說一樁旁人的冤案，秦畫晴不禁聽得癡了。

「誣衊事小，可因此事耽擱了賑災官銀，不知又會餓死多少滄州百姓？」魏正則微微一嘆。「而且鄭海端這群人不可能放過賑災官銀這塊大餅，少說也從中貪墨上百萬兩，運到滄州再被地方官員瓜分，今年大旱顆粒無收的百姓，到手的應都是些陳米散沙。」

他每說一句，秦畫晴便咬緊嘴唇一分，這些話就像是在搧她耳光一般。她雖然知道父親是貪官不妥，可從未有今天這般痛恨過他的所作所為，好在……好在她還可以彌補！

目光落在魏正則手背上滲血的鞭傷，秦畫晴心中一酸，伸手將斗篷罩帽往後拉下，露出一張白皙紅潤的臉頰。她抬起眼眸，魏正則凌亂的髮絲下，兩道充滿審視和懷疑的視線朝她投來，彷彿能洞悉一切。

秦畫晴一驚，心虛斂目，道：「魏大人，我剛好帶了傷藥，你……你忍一忍。」

她揭開瓶塞，將藥粉均勻地撒在魏正則的傷口上，很快便止住了血。

魏正則突然開口。「世姪女今年可是滿十六？」

秦畫晴手一抖，藥粉不小心便撒了一大半。

項啟軒的女兒滿十六了嗎？

她心亂如麻，臉上卻沈著冷靜，微微一笑，抬眸道：「魏大人倒是記得清楚。」也不回答自己到底多少歲？

她怕魏正則繼續追問，立刻轉移話題道：「鄭海端、秦良甫這些奸臣雖然可惡，或許他們是有什麼為難之處，才犯下這等滔天惡事？」

魏正則低著頭，看不見他的神情，可語氣卻充滿諷刺。「再為難，能有百姓為難？再貧窮，能有百姓貧窮？說到底，不過是人心不足罷了。」

秦畫晴乾笑，心中越發苦澀。

她無法反駁魏正則說的話。父親的確是人心不足，可一旦走上貪官的路，要重新改過自新，卻是十分艱難。

兩刻鐘轉眼便過，就在這時，守門衙役來催促她們離開。

秦畫晴臨走又問：「魏大人當真沒什麼話需要我帶給家父嗎？」

魏正則晦暗莫名地看她一眼，道：「代我替妳久病的祖母問好。」

「啊？」秦畫晴呆了一下，隨即「哦」了一聲應下，匆忙向他告辭，拉著錦玉離開。

回到寶光寺，天色尚早，秦畫晴捐了香油錢，又替家人們求了平安符，這才回府。

到了晚上，張氏歸家，選了幾枝嬌豔欲滴的芙蓉送到明秀院，順便留下用飯。母女兩人吃到一半，就聽下人來報，秦良甫不知為何今日怒氣沖沖，一個不小心撞到他的掃地丫鬟，直接被他下令杖斃。

張氏大驚失色，連忙讓人去阻攔下來，只罰兩個月工錢便可。

草草吃了幾口，張氏仍放心不下，便對秦畫晴道：「我去看看妳父親。」

秦畫晴因為今日的事有些心虛，不敢去看秦良甫眼色，便道：「母親好好勸慰父親一二，讓他別生氣。」

「我知道。」張氏伸手摸了摸她柔軟的頭髮，帶著一臉憂色前往含英院。

張氏走後，秦畫晴也食不知味，如同嚼蠟，喝了碗湯，便讓黃蕊將飯菜撤下。

她心裡隱約覺得父親生氣和魏正則有關，心念一轉，便讓錦玉悄悄去刑部打探，看看魏正則死了沒有？

錦玉對此駕輕就熟，避開府中人，藉著夜色從後門溜了出去。

沒等多久，錦玉便將打聽來的消息告知秦畫晴。

果然和她猜得八九不離十，她們剛離開刑部大牢，郭汜便領著劉廷恩來裝模作樣走過場。劉廷恩走後，郭汜正準備讓人將魏正則毒死，不知怎地，李贇突然闖入大牢，帶來聖上口諭，說此案有重大疑點，令刑部必須確保魏正則無恙，如有差池，提頭來見，竟是化解了這次危機。

秦畫晴不知該笑還是該哭？

她正托腮嘆氣，卻見錦玉一副欲言又止。

秦畫晴不由挑眉。「錦玉，妳有什麼話直說便是，不要藏著、掖著。」

錦玉躊躇片刻，突然跪在地上，懇求道：「小姐，恕奴婢斗膽，您、您為了李敝言，做這樣的事完全不值得！」

秦畫晴驚訝極了，忙將錦玉扶起來，想了半天才想起李敝言是誰。

李敝言正是李贊的長孫，出了名的美男子，文采風流，英俊非凡，京中大半貴女都傾心於他。她還記得當年見過李敝言幾面，的確有段日子癡迷於他，可同永樂侯世子訂親後，便再無半點遐想。

後來李敝言娶了陳夫子的長女，郎才女貌，成了京城裡的一段佳話。

「妳怎麼會覺得我做這些事是為了李敝言？」秦畫晴覺得莫名其妙，差點笑起來。

錦玉說道：「奴婢也是今日才知曉，那李敝言是魏正則的門生，對他很是敬重，而小姐您……您又傾心於他，會幫助他老師，不就是為了讓他替您在李敝言面前說好話嗎？這樣您也更好接近李敝言……」

秦畫晴笑得打跌。「妳聽好，我早就不喜歡李敝言了，做這件事，也不是為了我自己，而是為了秦家。」

她說得輕巧，可錦玉心底卻不太相信。

以前秦畫晴為了見李敝言一面，還親自跑去李府門口堵他，雖然沒有見到，卻惹得那李敝言對自家小姐充滿厭惡。

秦畫晴看她神色就知道她在想什麼，微微一笑，便說自己睏了，錦玉連忙去給她張羅洗漱。

洗了澡，換上綿軟乾淨的中衣，秦畫晴抱著被子舒服地窩在床裡。

不管千難萬難，她總算邁出了第一步。

當務之急，她要想辦法將父親貪墨的銀子悄悄還上，不僅如此，還要在各地宣揚父親正直的一面。以前便是太輕視民意，若父親有了百姓支持，靖王定然不會做得太絕。

好在母親陪嫁的鋪子、莊子和金銀十分豐厚，她明日便想辦法從母親手中要來幾間賺錢的鋪子，慢慢彌補父親貪墨的銀兩。

次日清晨，秦畫晴早早就去了張氏的詠雪院。

她殷勤地伺候張氏用過早飯，便提出想討兩間鋪子，事先練練管家中饋的能力。

張氏想到她下半年便及笄了，沒有反對。當時她嫁到京城，娘家給她陪嫁了六家鋪子，撥兩家出來給女兒練練手不是難事，反而她覺得秦畫晴長大了，也懂事了。

當即她便領著秦畫晴去京中的鋪子巡視，秦畫晴也不敢獅子大開口。萬一她經營不妥，店鋪垮了怎麼辦？於是她保守地挑了一間成衣鋪和一間位置略偏僻的糧油店。

這兩間鋪子一個方便賺錢，一個好讓她辦事，分別見過兩鋪的管事，覺得對方人品不錯，便直接定了下來。

她以前在永樂侯府也當過幾年家，對帳本再熟悉不過，隨便翻了翻六家鋪子的帳本，當即便挑出幾個錯處，那冷言冷語的樣子嚇得幾名管事大汗淋漓，表示絕不再犯。

張氏一整天都跟在女兒身側，對她的表現十分滿意。

回到明秀院，秦畫晴便開始著手掌管鋪子的事宜。

首先是成衣鋪。

過幾年京中便會流行一種名叫「蝴蝶衫」的廣袖流仙裙，這種裙子用的是上好桑蠶絲，薄如蟬翼，顏色清麗，走起路來搖曳生風，舉手投足間彷彿蝴蝶翩然起舞。

當時秦畫晴便十分喜愛這種款式的衣裙，京中貴女人人都有幾件，哪怕價格高昂到幾十、上百兩，也是供不應求。

她立刻按照回憶繪出「蝴蝶衫」的大致樣式，一一注解標明。

至於糧油店，秦畫晴打算將去年的陳糧先送去滄州，以父親的名義廣開粥棚，先一點點挽回秦良甫的聲譽再作打算。如果真按魏正則所說，鄭海端等人會貪污賑災官銀，那滄州的百姓定然生活在水深火熱之中，即便是去年的陳糧，也比摻著沙石的舊米好。

一連幾日，秦畫晴都躲在房中繪製蝴蝶衫圖紙，她將繪好衣裙款式的宣紙仔細疊好，簡單打扮一番，便出門去尋成衣鋪的羅管事，和他商量能否批量趕製「蝴蝶衫」？

將圖紙交給羅管事後，果然如秦畫晴想的一樣，羅管事立刻瞪大眼睛，連連讚嘆。

「若這種款式的衣裙推廣開來，一定會供不應求。」羅管事是個聰明人，他將圖紙仔細藏好，又道：「可是桑蠶絲太過輕巧，工藝上比尋常綾羅綢緞更難縫製，要看不出針腳、做得精緻，必須得請多位技藝了得的繡娘啊！」

秦畫晴「嗯」了一聲，道：「不要怕花錢，只要能做出這種『蝴蝶衫』，遲早都能賺回來。」

羅管事不禁又問：「這款式的衣衫是東家自己想出來的嗎？」

秦畫晴笑了笑。「算是吧！」接著又叮囑道：「這件事一定要保密到家，在沒有批量販賣前，不能洩漏一點風聲，羅管事應該知道該怎麼做。」

羅管事連聲應和，恭敬道：「東家放心，絕不會有別的鋪子知曉，我還能保證在接下來兩、三年的時間裡，都不會有鋪子仿冒。」

「你是跟在我母親身邊最久的一位，你做事，我很放心。」秦畫晴其實並不放心，可不放心也沒有辦法，倒不如就這樣說。

辭別羅管事後，秦畫晴又繞到西街巷尾的糧油店。

比起成衣鋪前熙熙攘攘的行人，這裡就顯得冷清多了。

糧油店的管事姓張，四十來歲，是張氏娘家的家生奴才，忠心耿耿。

張管事沒想到大小姐親自來了，連忙走出櫃檯相迎，捧來帳本和最近的收支明細，一目了然。

秦畫晴走到糧筐前，隨意抓了一把新米，冰涼的米粒順著指縫沙沙滑下，觸感很好，也沒有太多的穀殼。

張管事在一旁解釋：「這都是今年的新米，篩了六次，用水洗一洗就能下鍋，乾淨著呢！」

「很好。」秦畫晴點點頭。「庫房裡還有多少陳米？」

張管事如實告知。「陳米按規矩都沒有賣了，一般都是低價處理，加上前年積壓的，估計有二百多石。」

秦畫晴換算了一下，頷首道：「也不少了。」

她讓張管事領路，來到庫房，隨意拆開一袋，看糧食只是微微發黃，穀殼很少，當即打定主意，讓張管事請人將這些陳米運往滄州，以秦良甫的名義廣開粥棚，施捨災民。

張管事雖然好奇，可也沒有多問，將預算的銀兩上報給秦畫晴，她過目後覺得適合，便讓張管事快些啟程。

秦畫晴到底還是不放心，又叮囑他幾句，這才放寬了心。

回到秦府，她將這件事告訴張氏，張氏知道後覺得沒什麼錯。本來陳米積壓在庫房也掙不了幾個錢，還不如拿去體恤百姓，為秦良甫博點好名聲。

「以後這種事妳就不用告訴我了，做得很好。」張氏替秦畫晴捋了捋耳畔的鬢髮。「不必顧忌什麼，我和妳父親從未分得太細，他的就是咱們的，咱們的也是他的，放手去做吧！」

秦畫晴大為感動，靠在張氏懷裡撒嬌道：「母親，女兒一輩子都不會與您分開。」

「又在胡說，難道不嫁人了嗎？」張氏刮了下她的俏鼻，頗為埋怨。

秦畫晴「嗯」了一聲。「不嫁，我就一輩子當個老姑娘，照顧您和父親。」

張氏微微一笑，只當她是在開玩笑。她忽又想起一事，道：「下個月二十是永樂侯四十大壽，妳和我們同去。」

秦畫晴渾身一顫，頭搖得像個撥浪鼓。「我不去！」

她永遠記得，就是在那天，父母相中了永樂侯世子，等她及笄便讓人去問。

那時她覺得永樂侯世子長得還算順眼，便稀裡糊塗嫁去了永樂侯府，想來少女時的懵懂無知，實際上是一場噩夢。

張氏板起臉道：「不許胡鬧，妳必須去，否則……否則我便收回那兩間鋪子。」

秦晝晴聞言臉都綠了，悶哼一聲，只得屈服在張氏的威脅之下。

幾日後，秦晝晴收到羅管事送來的「蝴蝶衫」樣品，看起來大致有些相似，但細節上還有些不同。比如袖上肘部位置應該再加兩根長長的飄帶，風一吹，就像蝴蝶的觸鬚一樣；裙襬應該加一圈亮色的流蘇，素淨中閃爍著光芒，在陽光下顯得格外奪目。

她又將細節仔細寫下來，畫了圖，讓錦玉帶給羅管事，便咬著筆頭，開始回憶幾年後的其他衣衫。

少女穿著湖色的長裙，外罩水綠色薄紗衫，一隻手支著下巴，一隻手晃著狼毫湖筆，額前細碎的劉海擋住纖長的睫毛。

窗外幾叢翠竹搖曳，吹落幾片竹葉，說不出的閒適安靜。

秦獲靈站在明秀院的窗外，朝著屋裡的人傻笑揮手。「阿姊！」

秦晝晴手腕一晃，一滴濃墨便滴在剛畫好的圖紙上，可她也不覺得惋惜，將筆一拍，跳起來便朝秦獲靈跑去，滿面喜不自勝。

「臭小子，你還知道回來！」秦晝晴抬手在他肩頭輕輕打了一拳，看著弟弟熟悉稚嫩的面容，情不自禁便紅了眼眶。

上次見到他時，是在自己剛流放離京的途中吧？

他穿著破舊的青衫，風塵僕僕地騎著一匹瘦馬，臉上還帶著幾道淤痕，眼睛哪有現在這般明亮呢？早就被命運和滄桑折磨得毫無神采……

秦獲靈沒想到秦畫晴竟然哭了，頓時手足無措。「阿姊，妳好好地哭什麼？我聽丫鬟說妳落水之後，見了爹也哭，見了娘也哭，怎麼見了我還哭啊！」

秦畫晴破涕為笑，用手絹擦了鼻涕泡蹭在他身上，撇嘴道：「就不許你姊想你嗎？」

「哎呀，噁心。」秦獲靈故作嫌棄，卻是笑得眼睛都看不見了。

姊弟二人相偕進屋，秦獲靈問她落水之後好了沒有？接著換秦畫晴一通炮語連珠地詢問，比如在通州桃李書院的學業、每天怎麼過。

秦獲靈打開話匣子便收不住，事無巨細地給她講起了書院的趣事。

到了晚上，一家四口直接在園子裡擺了一桌好菜，四周掌燈，月光又亮，秦良甫先是考究秦獲靈的學業，聽他對答如流，這才安下心。

秦獲靈話多，說起笑話逗得眾人哈哈大笑，一個上菜的小丫鬟聽他講笑話，不小心聽入神，險些將菜撒了一地，將秦獲靈笑得樂不可支，張氏嫌他沒個正經，便去擰他耳朵。

秦畫晴撐著下巴，望著一家人笑鬧團圓的景象，莫名覺得心裡又酸又脹。

就這樣，也挺好啊！

她看了眼眸中帶笑，卻故作嚴肅的父親，微不可聞地嘆了口氣。

第四章

秦獲靈歸家，秦畫晴也沒和他說上幾句話，整日被父親關在書房裡考究學業。好不容易逮著空檔，姊弟倆立刻溜出府去，讓錦玉留著遞話，晌午不回來吃飯。

「這次秋闈，你有把握嗎？」秦畫晴側頭問道。

秦獲靈走在她身旁，將大包小包的東西遞給身後的隨從，頗為趾高氣揚。「阿姊，妳放心吧，我直接去考殿試都沒問題，這次包準給妳考個解元回來！」

秦畫晴看他得意洋洋，不由失笑。「滿招損，謙受益。」

她這時才發現弟弟長高了許多，明明只比她小半歲，卻快高過她了。

秦畫晴將自己要了兩間鋪子的事告訴秦獲靈，並帶他去逛了一圈，隨即道：「待會兒回府，你幫我繪幾張畫。」

她畫功一般，想著讓秦獲靈畫幾張細緻些的圖紙，羅管事也更好製作。

秦獲靈笑道：「不要，妳剛才還說我自滿呢。」

秦畫晴插腰，瞪他一眼，故意道：「要是京城有人比你畫技還要精湛，我才不找你呢！」

「有啊。」秦獲靈嘻嘻哈哈的。「嘉石居士的畫技是出了名的天下無出其右，書院老師都很仰慕他，只可惜阿姊妳找不到，只能找我這天下第二！」

「嘉石居士？」

秦獲靈滿眼敬仰，搖頭晃腦道：「嘉石居士是大儒張素的得意門生，姓魏，名正則，字文霄，擅山水狂草，以一幅山河捲簾圖名動天下……」

「我沒興趣聽這個。」秦畫晴聽他提起魏正則，莫名心下一沈，轉過頭，扯到別的話題去了。

秦獲靈撓撓頭，不明所以。

天氣越來越悶熱，兩人逛夠了便準備回府。

然而剛到秦府門前，就見門口停了幾輛朱漆馬車，有下人正忙碌地往秦府搬櫃子、行李。

秦獲靈快步走上前，一把扯住一個小廝的衣襟，問：「幹什麼的？」

那小廝嚇得說不出話，秦畫晴微皺眉頭，已經想到了是什麼事，叫了聲秦獲靈的名字，領著他回府。

若她沒有記錯，應該是舅舅一家從渭州調職入京，一時間沒有住處，要在她家暫住。

想到這個舅舅，秦畫晴不禁冷笑。

當年秦家滿門抄斬，舅舅張橫生怕受到牽連，飛快辭官，躲回天高地遠的渭州。明明母親臨死前取了最後一匣首飾珠寶，求他照顧秦獲靈，可張橫捲了錢財，對弟弟不聞不問，沒了人影。

他本就是扶不上牆的爛泥，就連秦良甫也看不慣他，但礙於「一家人」的情分，還是將他從一地方官，慢慢提拔為京中從七品的官員，可這人就像個蛀蟲，哪會感恩？

而那所謂的表哥、表姊，秦畫晴也厭惡得厲害。

表哥張通寧一心想把她娶回家，這樣就能和秦家攀上更深的關係，好在父母都不同意，他才沒能得手；而表姊張穆蘭更可笑，比她大了一歲，就是不肯擇人家，想方設法企圖嫁給秦獲靈。

舅舅這家子都想著巴結秦家，可大難臨頭，跑得比誰都快。

秦畫晴帶著鄙夷來到花廳，正好瞧見張氏和張横、徐氏親切的談話，張通寧立在張横身邊，張穆蘭則笑臉盈盈的替張氏揉肩。

張氏見兩人回來，立刻笑著說：「快來見過舅舅、舅母和表哥、表姊。」

秦畫晴壓下心頭的不喜，將手交疊在腹間，淺藍色的綜裙裹著一圈繡萬字福紋的斕邊隨風而起，施施然福身。「見過舅舅、舅母、表哥、表姊。」

秦獲靈也有樣學樣地行禮，大方得體。

張横笑咪咪地虛扶一把，撚鬚笑道：「畫晴出落得是愈發美貌了，獲靈也一表人才，妹妹，妳生得一雙好兒女啊！」

徐氏也附和道：「可不是？這樣標緻的人兒也只有妹妹妳才生得出來。」

「哪裡哪裡，通寧和穆蘭比我家兩個好多了。」張氏謙虛道。

自打兩人一進屋，張通寧和張穆蘭的視線就沒從兩人身上離開過。

張通寧自然是滿意秦畫晴的，他活了十八年，還沒見過比他表妹更好看的女子；而張穆蘭心裡也很中意秦獲靈，雖然比自己小兩歲，可她等得起。甫進秦家，那朱紅色嵌金銅獸環的大門，彩色琉璃瓦上折射的耀眼光華，亭臺樓閣，假山廊廡，讓她心裡久久不能平靜。這是多有權勢才能住得起偌大華貴的宅邸？想她一家人在渭州，上至祖母，下至她幾個聒噪的庶妹，全都擠在一起，那種日子她想起就覺得心煩。

再看秦畫晴一身衣衫，簡單卻不失華麗，綴明珠的腰帶還是京城最時興的款式，渭州壓根兒沒有；她頭上那支彩雀銜雲碧璽步搖，一看便價值不菲。

張穆蘭下意識摸了摸頭上兩支白玉珍珠簪，臉色有些難看。

秦畫晴哪有心思觀察他們，張横一家是什麼人，她再清楚不過。行了禮，寒暄幾句，便準備拉著秦獲靈離開。

「畫兒，等等！」張氏突然叫住他們二人。

秦獲靈一臉不耐煩地問：「娘，還有什麼事？我跟阿姊約了去書房畫畫。」

張氏沈下臉道：「什麼畫那般著急？先帶你表哥、表姊在園子裡逛逛，熟悉環境，待東邊兩處院子清掃乾淨，你親自帶他們過去。」

秦獲靈不情不願地答應了，秦畫晴臉上倒一直掛著僵硬的微笑。

四人沿著迴廊緩步閒逛，秦獲靈一語不發，只有秦畫晴尷尬而生硬地時不時說上一句。

「這白菊是父親上個月從杭州移植過來，香遠益清，十分不錯。」

張通寧哪裡知道什麼白菊、黑菊，快步跟在她身側，討好道：「這花就像表妹妳一樣，嬌美溫婉。」

秦畫晴像是沒聽見，指了指池塘中的一處假山怪石。「只要暴雨傾盆的時日，那假山上就會倒懸一掛瀑布，雖比不上銀河落九天，但也算風前千尺影了。」

張通寧撫掌讚道：「好文采！」

秦獲靈終於忍不住翻了個白眼，一旁的張穆蘭將秦獲靈的表情看在眼裡，只覺臉上無光，扯了扯張通寧的衣袖，低聲道：「哥，我有些乏了，咱們回院子看看住處吧。」

張通寧有些不滿，但看張穆蘭略顯蒼白的小臉，也不好給秦畫晴留下冷漠的印象，便讓他們領著回翠竹院休息。

送走二人，姊弟倆原路折返。

遲疑片刻，秦畫晴終是忍不住出聲提點。「獲靈，穆蘭表姊中意你，你……你心裡怎麼想？」

「我？」秦獲靈「嘁」了一聲。「沒眼緣，我不喜歡她。」

秦畫晴心下稍安，道：「那就好。雖然沾親帶故，但我們家同他家並不是一路人，切莫攪和上了。你還年輕，兒女私事現在談及太早。」

秦獲靈倒是十分意外，他印象中的阿姊一直是懵懵懂懂，對家事、政事漠不關心，只想著哪家糕點精緻、哪家出了時興的首飾？今日這般語重心長，令人驚訝。

他回道：「那我也要提醒阿姊，那張通寧不像個好人，妳又笨，千萬別被他騙了。」

秦畫晴笑著斜睨他，伸手去擰他胳膊。「好啊，臭小子，竟敢編排你姊！」

秦良甫對張橫一家人向來都冷冷淡淡，但該招待的禮遇卻沒少。

夜裡，暗香浮動，月色美極。

秦家在花廳擺酒用膳，席面不過是普通的炒子蟹、佛手海參、火燒茭菰等菜色，張橫卻不禁看得口水直流，惹得秦獲靈一臉鄙夷。

席間秦良甫氣勢太盛，張橫沒敢說話，只有張氏詢問母親身體好些沒有、可缺什麼東西，徐氏偶爾插嘴稱讚飯菜口味。

酒菜吃到一半，張通寧便舉杯朝秦良甫敬酒。「姑父，讓您替父親的事費心了，姪兒在此敬您一杯，祝您仕途坦蕩，萬事如意。」

秦良甫舉杯，算是受下了，隨即不鹹不淡道：「門下省錄事算是個閒職，從七品也不低，只要恪守本分，別想些什麼邪門歪道，不愁沒有出頭的那天。」

張橫賠笑道：「妹夫你說得是，這些我都省得，絕不會給你添麻煩。」

秦良甫掃他一眼，不置可否。

要說麻煩，這大舅哥給他添的麻煩也不少了。他提拔他為渭州瀘縣縣丞，卻嫌官職太低，根本不關心渭州有沒有自己的勢力？在靖王的封地上，他一個縣丞作威作福，直接被告到刺史跟前，若不是秦良甫極力保全，還搬出楚王，指不定這大舅哥怎麼死的都不知道。

這次自己本是戴罪之身，費了不少精力和錢財才將他調到京城，若還敢行事張揚，他免不得不顧及張氏面子，教訓他一頓。

秦良甫吃了個半飽便離席了，秦晝晴和秦獲靈也紛紛告辭。

回到院裡，秦畫晴擔心飯菜不合父親口味，又親自去了趟廚房，端了幾碟秦良甫愛吃的小菜，讓錦玉跟著，一同前往含英院。

書房裡燭光微晃，秦良甫果然還沒睡下。

秦畫晴敲了敲門，輕聲道：「父親，我進來了。」隨即推門入內，就見秦良甫正在書案前寫著什麼。

「這麼晚過來作甚？」秦良甫頭也不抬。

秦畫晴溫言道：「席間您都沒有好好吃飯，就喝了半壺酒，那怎麼行？」隨即讓錦玉將餐盤擱下，一掃眼，見那宣紙上寫的是有關魏正則的諫言，收信人是鄭海端，目光微微一凝。

秦良甫見到菜餚，心中甚暖。

他擱下毛筆，拾起象箸道：「妳娘都不如妳貼心。」

秦畫晴笑道：「母親從前不也是這樣對您嗎？只是今日舅舅來了，她免不了要多作陪一會兒。」

她視線落到墨跡未乾的宣紙上，遲疑片刻，還是問了出來。「父親，那魏正則不是已經入獄了嗎，何必再讓鄭大人寫摺子上奏？」

秦良甫微微眯眼。「就怕遲則生變。」

秦畫晴將秦良甫最愛吃的清炒筍片往前推了些，狀似無意地說：「能生什麼變？他若有罪，的確該死；倘若被冤枉，真相大白不是更好？朝廷正值用人之際，少損失一名好官，是社稷蒼生的福祉啊。」

「妳懂什麼？」秦良甫不悅地皺眉。「魏正則不是個好東西！」

秦畫晴一時啞然，半晌才道：「女兒的確不懂，但知黎民百姓不奢求國土廣袤，不關心誰人執政，不需與己爭利的官吏，他們只想安居樂業，家人平安。女兒看了許多野史雜記，其中提最多的一句便是『伴君如伴虎』，即便再親近的朝臣大官，犯了事，也逃不過傾覆的下場。父親身居高位，行事更該小心謹慎，可……」秦畫晴再難掩藏心中的擔憂，直接說出口。「可誰又能保證萬無一失？女兒是擔心你啊！」

秦良甫伸筷的動作一頓，眸光微閃，不知想到了什麼？

他緩緩放下筷子，看了眼滿臉憂色的女兒，嘆了口氣。「妳的擔憂，為父明白。我從政近二十年，做得也做，做不得也做，有些事，退不了。退，便是絕路。」

秦良甫也曾想過抽身，但現在大勢所趨，背後又有各種錯雜繁複的勢力勾結，他想抽身，又能抽到什麼地方？跟著鄭海端八年，早就是對方心腹，他知道那麼多朝中大臣的秘密，誰敢放心讓他全身而退？

秦良甫冷笑一聲，道：「這些話妳以後都不要再提了。」

咽下滿嘴苦澀，秦畫晴有些想哭。

如今只是稍微提點幾句，就被父親斷然拒絕，如果她說以後是靖王登基，全家，甚至其他人，一定都會覺得她失心瘋了！獨自承擔一個巨大的秘密，秦畫晴有些心累。

她離開含英院，腳步有些虛浮，被錦玉扶著抄捷徑往回走。

剛走到池塘後的假山，就聽前面樹林裡隱約傳來二人的竊竊私語。
錦玉和秦畫晴心有靈犀，一同放慢步子，悄然趴在假山後，側耳傾聽。
「……那妳說怎麼辦？姑媽直接拒絕了父親的提親，我這輩子都碰不到表妹了！」
那聲音正是張通寧！
另一人聲音壓得很低，但秦畫晴還是聽出來那是張穆蘭。
她道：「哥，你小聲點，雖然姑媽拒絕了你，可表妹興許不會拒絕。這段日子，你剛好可以和表妹多多聯絡感情，贏得她的芳心啊！」
張通寧不耐煩道：「我倒是想，可妳也看見這幾次接觸了，表妹對我冷淡至極，我說什麼，她都不理不睬，當真是京城裡的貴女，滿眼瞧不起咱們！」
張穆蘭冷哼道：「這事兒的確是我們高攀，你怨不得。」她眼睛一睒，想到秦畫晴舉手投足的大家閨秀風範，就覺得刺眼。「即便她再不喜歡你，可女兒家最重名譽，表哥你若真喜歡得緊，便想個法子。」
「什麼法子？」
「這我怎知？我又不娶表妹！」
張通寧哼道：「妳倒是會提點我，可也忒毒了些。表妹要是尋死覓活怎麼辦？我心疼還疼不過來呢。」
「哥，你放心，姑媽和姑父可比你心疼表妹，不會由著她胡來。」
「那倒也是……」

兩人說話的聲音漸漸遠去，秦畫晴扶著假山，氣得渾身發抖。

錦玉也怒不可遏。「沒人倫的混帳東西，癩蛤蟆想吃天鵝肉！小姐，我這就去告訴夫人！」

「別！」秦畫晴很快冷靜下來，咬牙道：「我們空口無憑，母親不會相信的。好一個張穆蘭，竟出這種下三濫的主意。」

錦玉也恨恨地道：「聽說她家還有好幾個姨娘、庶妹，平日在宅子裡不是搬弄是非，便是扯些閒話，一家人明爭暗鬥，沒想到她還敢把這套用到小姐身上，當真可惡！」

秦畫晴示意她小聲點，定了定心神，沈聲道：「若是不知也就罷了，如今知道了，他們要算計我，哪有那般容易！」

這段時日，秦畫晴早出晚歸，一直忙著兩間鋪子的事。

糧油店的張管事也回來了，彙報說前往滄州一路順利，在那裡廣開粥棚，本也有地方官員前來找事，但看他是打著秦良甫的名頭，紛紛嚇得不敢亂來，還有人隔三差五的給張管事行方便。

「東家，您是沒看到，滄州那地旱的啊！滿眼黃土荒蕪，附近幾條河流，河床都露出來了，往下挖個一、兩丈，全是沙。」張管事去了一趟，人曬黑不少。「朝廷放的糧，沙子夾雜穀殼、石頭，根本沒法吃，咱們兩百多石的陳米運過去，也只是杯水車薪。」

民不聊生，不過如此。

秦畫晴無法想像那是什麼景象，嘆了口氣，只誇張管事做得好，還多賞了他十兩銀。她只能略盡綿力。

接著，她轉道去成衣鋪，羅管事立刻捧上做好的「蝴蝶衫」樣品。

細膩輕薄的桑蠶絲被渲染成淡粉色，繡著兩隻展翅欲飛的蝴蝶。兩袖滾邊用的是極細金線，在陽光下一看，熠熠生輝；裙襬綴著嵌珍珠的流蘇，袖上兩條同色的長飄帶，仙氣飄飄，和印象裡的款式一模一樣。

秦畫晴非常滿意，仔細檢查了縫合細節後，便讓羅管事大力收購桑蠶絲，開始批量製作，竭力在這個月二十前，做出幾件不同花色的成衣。

天氣逐漸悶熱，利於這種輕薄料子裙衫的推廣。而眼下永樂侯大壽，聚集無數簪纓勳貴、世家子女，正是秦畫晴穿著新款式的蝴蝶衫，在一眾人面前宣傳的良好時機。

巡視完兩間鋪子，秦畫晴也不想回府看到張家那群人。

秦獲靈去找桃李書院的同窗了，京中她並無交好的姊妹，一時間也不知去哪兒？她漫無目的穿過東街，猛然想起這裡離刑部大牢很近。

不如去探望一下魏正則。他現在被聖上口諭保全，一時間不會管得太嚴。

秦畫晴打定主意，便塞銀子給錦玉去刑部打點，躊躇片刻，又去桂順齋打包幾樣精緻的糕點，藉口甩開跟隨的侍衛和婆子，這才悄悄過去。

如她所想，魏正則一案還有翻轉的機會，看守也寬鬆了些。

這次還是上回那衙役，他帶著兩人順著階梯而下，飛快打開鎖鍊，道：「又來看妳家親戚了，這次可以多聊半刻。」

錦玉笑著給他道謝，塞了一錠銀子過去。

秦畫晴進入牢房，發現地上重新清掃過，鋪上了乾燥的稻草。魏正則頭髮依舊亂糟糟的，可身上的囚衣卻是嶄新的，他挺直腰背，盤膝而坐，見秦畫晴來了，難得地笑了一下。他人在角隅，上半張臉都掩藏在陰影之中。

秦畫晴被他笑得心裡發毛，低頭取出漆盒裝的糕點，柔聲道：「魏大人，這是桂順齋新出的點心，你嚐嚐。」

藕粉糕上點綴著鵝黃的桂花，銅錢大小，十分精緻。

魏正則道了聲「多謝」，卻沒有動作。

秦畫晴只當他是多疑怕毒，於是自己拈起一塊，小口小口地吃起來。

「項大人就由著妳隨意進入刑部大牢？如此大膽，他也不管？」

魏正則陡然發問，秦畫晴一噎，不小心嗆了一下，捣著嘴咳嗽。

她抬袖按了按嘴角，思忖道：「家父自然是不允的。這次來探望魏大人，是我自己的主意。」

秦畫晴頓了片刻，鎮定下來，低聲緩道：「我雖女子，卻也聽過『天下安危，唯在為政善惡』之言。如今大元朝金玉其表，實則外強中乾，幸得邊疆蠻國不敢侵略，否則內憂外患，大廈將傾。朝野上下滿是貪官污吏、結黨營私，幸得李大人、魏大人和家父等忠臣良將還沒有被蒙蔽。如今魏大人遭難入獄，我定然要來探望。但求聖上開明，莫陷害了忠良。」

秦畫晴一字字說得極其認真，魏正則隱在暗處，審視她神情，挑不出絲毫破綻。這就有些耐人尋味了。

「妳說得很好。」魏正則道。

秦畫晴張了張嘴，不知怎麼接話？和魏大人交談，真是越來越費勁啊。

當今聖上不是昏君，可秦畫晴覺得他也不算明君，不然國家朝政怎會如此腐敗氾濫？

她想了想，又說：「前些日子聽人談起，秦良甫竟在滄州廣開粥棚施捨百姓，這可真是出人意料。」

魏正則面無表情，淡淡道：「的確。」

秦畫晴看不清他臉色，試探著道：「也許他是想通了，準備當個好官？」

魏正則聞言一笑，低沈的嗓音格外諷刺。「我和他是舊識，少時同為張素門生，按理應來往甚篤。然，道不同，不相為謀，道選錯了，就只能走下去，半步也退不得。」他說完，看了眼秦畫晴稚嫩的臉，失笑道：「妳才幾歲，我跟妳談及這些，妳也未必能懂，人心遠比妳想的複雜。」

秦畫晴想爭辯說自己能懂，可想起父親說過「退便是絕路」，心中一緊，無法遏止的難過。

她久久沒有言語，魏正則也沒有再言，牢房裡靜謐得落針可聞。

「清香爽口，甜而不膩。」卻是魏正則嚐了嚐她帶來的桂順齋糕點。

日落西山，甬道外的天窗投射進一束光亮，正好照在魏正則臉上。他長相俊朗，眉眼卻頗儒雅，朝秦畫晴溫和一笑，眼角便添幾道淡淡的細紋，可那黑漆漆的眸裡笑不達眼底，令人看不透情緒。

秦畫晴心一跳，下意識垂首，不敢直視，生怕被他看穿心思。

曾聽旁人說，審過案的官就是不同，現在她信了。

正腹誹著，門外的錦玉壓低嗓音道：「小姐，該走了。」

秦畫晴這才回過神，朝魏正則屈身告辭，心不在焉地離開。

她和錦玉剛出刑部大牢沒幾步，就見一名男子步履匆匆地走來。那人身著月白織錦寬袖圓領袍，藍色祥雲紋的腰帶上掛著一塊古樸的玉璧，長相俊美，芝蘭玉樹，風度翩翩。

他匆忙進了大牢，並未留意到秦畫晴和錦玉。

秦畫晴只覺得眼熟，走了一段路才憶起來，驚嘆道：「他就是李敝言啊！」

錦玉古怪地看她一眼。「小姐，您不會這麼快就把他的樣子忘了吧？」

秦畫晴乾笑兩聲。算來好多年沒見過了，又不是什麼重要的人物，她當然記不清。

「聽說他在桃李書院唸過書，說不定少爺認識。」錦玉覺得，李敝言配得上自家小姐，若能促成一段姻緣，也是件好事。

秦畫晴搖搖頭，似乎疲憊極了。「不要提這些了。」

錦玉看她神色嚴肅，當下記起自己的身分，不敢再打趣。

第五章

李敝言心中有事，腳步匆匆，給刑部典獄長看了李贊的文書，便一路無阻地來到內監。衙役打開牢門，李敝言閃身進入，迎上前，急道：「老師，大事不好！」

「何事？」魏正則擰眉，示意他稍安勿躁。

李敝言額上起了一層薄汗，卻顧不得擦。「鄭海端等人似乎知道了我們的打算，昨日買通秉筆太監，將前往皇宮幾大殿的路都封死了，密報銅匭根本遞不上去。」

魏正則似乎有些疲倦，他閉著眼，冥思道：「若我是鄭海端，也不會讓人有機可乘。」

「老師，那……那現在怎麼辦？您在獄中，他們定會急著下毒手。」李敝言也不管髒亂，席地而坐，俊逸清朗的樣子和陰暗的牢房格格不入。

「急了才好，就怕他們不急。」魏正則沈吟良久，方睜眼道：「現在我手上掌握了一些證據，聖上已信，前些日子傳來的口諭便是最好的證明。你回去讓李大人繼續審問滄州小吏，貪墨雖多，可總有人人心不足，覺得少了，多撬開幾個嘴，定能問出想要的答案。」

李敝言也不如之前那般慌亂，蹙眉問道：「可是，老師，您分明不用關在獄中，為何要順鄭海端他們的意？」

魏正則微微側首，沒有半分落魄樣子，反問：「郭汜是他們的人，劉廷恩早就被買通，這些你之前知曉嗎？」

李敝言嘆氣，搖頭。

魏正則卻儒雅一笑。「越著急，狐狸尾巴便露得越多。」

李敝言雖然知道魏正則所言不錯，但以身試險，實在太大膽了。

當下魏正則便附耳對他交代密報內容，提醒將郭汜、劉廷恩等人一併告上御前，若要審，便先審劉廷恩。

「若那劉廷恩不招怎麼辦？」

魏正則揉了揉眉心。「六年前揚州水患，朝廷撥了庫銀約五百萬兩，劉廷恩彼時任工部侍郎，不聲不響挪用一百六十萬兩紋銀，在西六巷置莊，養了十來個外室。你讓李大人藉此先敲打他一番，聲稱將此事宣揚出去，恩威並施，劉廷恩懼內，該交代的都會交代。」

李敝言將話牢牢記在心裡，點頭答是，一低頭，便見旁邊端端正正放在地上的桂順齋食盒，裡面躺著一個個精緻清香的糕點。

「獄卒還好心送來這個？」

魏正則目光移到那糕點上，笑道：「是旁人送的。」

「誰？」李敝言不禁有些吃驚。這節骨眼上，除了李家，誰還敢來探望？

魏正則含笑道：「她說她是項大人的女兒。」

李敝言神色古怪。他前些日子才去過項大人府上，聽項大人言語間談及，那久病不治的庶女都快下不了床了，怎麼可能繞過這麼多條街來刑部大牢？

他轉念一想，陡然警惕，抬手將那糕點拂落在地。「根本不是項大人的女兒，小心有毒！」

魏正則大為可惜地嘆了口氣。「希直，我自然知道她在說謊，可她並無惡意，便未曾揭穿。」

希直是李敝言的字。他一時有些窘迫，他都能猜到對方不是項大人的女兒，更遑論老師。

「那她是為了什麼？」

魏正則莞爾。「我也想知道。」

轉眼到了六月中旬，天氣悶熱得要命，一絲風也沒有，窗外榆樹上的知了吵得人心煩。

秦畫晴身著一身輕盈的冰藍長裙，未束腰帶，額前長長的劉海也用珠花別上去，露出光潔的額。

她慵懶地靠在錦榻上，捧著一本雜記翻看，雞翅木的小几上擺著冰鎮過的酸梅湯，錦玉執著古雅精緻的緙絲團扇，立在旁邊輕輕給她搖風。

「今兒離永樂侯大壽還有幾日？」秦畫晴突然詢問。

錦玉笑道：「快了，還有三天。」

秦畫晴示意她搬張杌子坐下。「打聽到永樂侯請了哪些人嗎？」

「這次永樂侯請的人可真不少，京城平日裡和楚王有交集的都請了。」錦玉悄聲道：「但聽說李贊、項啟軒、平陽侯等人不在此列。」

秦畫晴「嗯」了一聲，沈吟道：「政見不合，已經擺到明面上。」

錦玉又道：「聽說鄭海端鄭大人此次送的賀禮，乃是一座三尺高的木雕仙人玉石花卉盆景，珊瑚做菊花、碧璽做海棠、白玉為靈芝、青玉為葉片，見過的人無不稱讚其華貴，價值連城，宮中都沒有如此精緻的擺飾呢！」

秦畫晴心下一轉，嘆了口氣。

從鄭海端這毫不顧忌的程度上來說，已經是隻手遮天，皇宮裡都沒有的東西，他眼睛都不眨就能送給永樂侯，真真是目中無人。

錦玉不知想到什麼，眼底浮現一抹厭惡之色。「我聽夫人的丫鬟春茜說，那張通寧和張穆蘭這幾天削尖了腦袋地討好夫人，妄圖三日後一同前往永樂侯府，生怕旁人不知他們心裡打的什麼齷齪主意。」

秦畫晴不由皺眉，冷道：「想要高攀勳貴，也得看他們有沒有那個本事？」

錦玉想起那日他們的對話，便十分氣憤。「小姐打算何時處置他們？」

「永樂侯大壽過後吧。」估計這段時間成衣鋪會非常忙碌，她事事都要看著，不好分心。

主僕二人又閒聊了些話，秦畫晴便伴著蟬鳴睡去。

當秦畫晴醒來時已是黃昏，張氏遣了一個丫鬟過來請她去前堂用膳。

睡了一下午，秦畫晴揉揉肚子也覺餓了，隨意罩了件杏色外衫就出了院門。

到了堂前，只見張橫、徐氏、張通寧和張穆蘭已經落座，秦獲靈正坐在一個空位旁邊朝她招手。「阿姊，快過來坐。」

秦畫晴環視一圈，蹙眉道：「父親怎麼沒來？」

張氏神色鬱鬱，嘆氣道：「不知又遇見了什麼煩心事，今日收到一封信後，飯也不吃，話也不說，關在書房不肯出來。」

「姑媽，您莫煩心，用過飯就去好好勸勸姑父吧！」張穆蘭在旁貼心道。

她今日穿了件嶄新的紫色繡萬字紋襦裙，外面套了件鵝黃百花半臂，一掃之前庸俗打扮，頭上綰了飛仙髻，滿頭珠翠，差些晃花秦畫晴的眼睛。

不用問就知道，一定是張氏賞賜的。

秦畫晴低頭端起茶盅抿了一口，掩起冷笑。她要讓母親好好看清楚這群人的真面目。

秦獲靈看向張橫，抬了抬下巴，輕飄飄問道：「舅舅應該知道今日朝堂上發生了何事吧？不如說出來聽聽。」

張橫正挾起一塊火腿燉肘子，聽秦獲靈詢問，手腕一頓，有些不好意思。「我站得遠，哪能摻和他們大官的事兒？只下朝時聽說聖上查明一樁冤案，什麼滄州賑災官銀是刑部郭汜故意栽贓給魏、魏什麼的。真相大白，那姓魏的官復原職，聖上又罷免了好幾個官員，站前頭的大臣臉色都不好，妹夫生氣大概是因為這個。」

秦畫晴險些將手邊的茶杯打翻，她低下頭，心裡卻大驚失色。

官復原職？難道不該是貶去渭州嗎？而且這事怎麼就被查清了呢？她記得上一世魏正則

可是蒙冤被貶的！

還是她記錯了？

郭汜和魏正則能有什麼過節？一個刑部侍郎怎可能將手伸到滄州賑災銀去？定然是父親他們推出來的替罪羊。

秦畫晴臉色青一陣、白一陣，連秦獲靈叫她也沒聽見。

「阿姊？阿姊！」秦獲靈碰了下秦畫晴的額頭，疑惑道：「沒發燒啊！」

秦畫晴回過神，拿筷子敲他手背。「幹什麼？」

秦獲靈撇嘴道：「叫妳也不答應，就看著手裡的茶杯，難道能盯出一朵花來？」

秦畫晴將琺瑯掐絲的茶杯推開，對張氏道：「估計就是因為這個，父親才悶悶不樂，母親您今晚少不得要安慰幾句。」

「妳爹那鑽牛角尖的性格，我還不知道嗎？」張氏也頗為無奈。扳了半天的政敵眼看著就要被滅，卻死灰復燃，秦良甫不氣是不可能的。

秦畫晴想了想，問道：「舅舅，您知道究竟是怎麼回事嗎？」

張橫搖頭。他倒是想說，可的確一頭霧水。「我也不清楚。今日朝堂上，先是一個老頭出來彈劾聖上的親信大臣劉廷恩，那劉廷恩不知怎麼就稀裡糊塗招了，指證郭汜收買他。然後又是一名大臣宣來幾個地方上的小吏，舉報賑災銀實際被當地官員私吞多半。不僅如此，就連致仕多年的老臣也突然出現，在聖上面前替那姓魏的作證。」張橫捋了捋鬍鬚，實在搞不懂。

秦畫晴卻隱約猜到了，父親生氣是因為魏正則官復原職，但他更氣的，應是想通自己被對方擺了一道。

或許鄭海端等人的謀劃，都在魏正則和李贊等人的意料之中？

秦畫晴被自己大膽的猜測嚇了一跳，搖搖頭，覺得不可能。若真能想到一切謀劃，何必讓他以身犯險呢？

朝廷上的事她還是知曉太少，雲裡霧裡，也理不清頭緒。

她食不知味地吃完一頓飯，同秦獲靈沿著池塘小路走了幾圈，散散暑氣。

張家兄妹亦步亦趨地跟在二人身後，時不時搭上一句話，弄得兩人心情全無，走到半途，便各自回去歇息。

張通寧看著秦畫晴翩然而去的背影，眼神暗了幾分。

到了永樂侯大壽之日，張氏存了給秦畫晴相人的心思，早早就讓丫鬟催她起來梳洗打扮。

秦畫晴這些時日懶在家裡，睡到日上三竿也無人打擾，今日起得早了，眼睛都睜不開。待溫熱的棉帕擦了擦臉，秦畫晴呼出一口濁氣，這才覺得精神了些。

她坐在菱花鏡前，攏了攏頭髮，吩咐錦玉去衣櫃取出羅管事送來的蝴蝶衫樣品。天氣炎熱，秦畫晴也很長一段日子沒有上妝了，她膚色白皙，根本不用傅粉，只撚起螺子黛，淡淡描了個涵煙眉，再取了盒檀色口脂，伸出食指在唇上輕抹一點，剩下的便暈在腮邊。

錦玉捧著衣衫過來，笑道：「小姐，您這打扮未免太素淨了些。」說著從妝匣裡選了一枚蝶翼花鈿，輕輕貼在她眉間。

黃蕊正在給秦畫晴梳頭，見得菱花鏡中的人，不禁失神。「小姐真是漂亮。」

秦畫晴微微一笑，望著腮邊淺淺的梨渦，神思恍惚起來。

原來少時自己這般好看，可為何嫁去永樂侯府後，瞬間像老了十歲，再沒有半點年輕時候的影子了？

黃蕊給她梳了個精緻的隨雲髻，用粉色的絲帶仔細固定，餘下垂在腦後，斜插一支白玉鑲東珠蝶戀花步搖，簡單大方不失華貴。

黃蕊用桂花頭油將雜亂的碎髮抹順，端詳片刻，笑道：「小姐生得好，怎麼打扮都好看。」

錦玉也笑著附和。

待錦玉伺候她換好蝴蝶衫，黃蕊更是驚豔得伸手摀嘴。

秦畫晴朝她比了個噤聲的手勢，心裡卻格外高興。看來蝴蝶衫走俏絕對沒問題。

只是羅管事送來的樣品小了點，秦畫晴提提胸口，最後沒辦法，只得從壓箱底的妝匣中找出一串紅寶珠瓔珞，戴在脖間，勉強遮擋一下。

用過早膳，張氏又派人來催促。

秦畫晴帶著錦玉施施然出門，便見門口停著三輛馬車，張氏坐在第一輛馬車上朝她招手。錦玉立刻扶著秦畫晴上車，自己上了最後一輛。

張氏許久沒見秦畫晴這般用心打扮，笑得眼睛都看不見了。「畫兒，難為妳有心，母親甚感欣慰。」

秦畫晴頓覺莫名其妙，隨即很快反應過來。敢情母親是當她也春心蕩漾，乘機去永樂侯府為自己做打算呢！

她面無表情道：「母親，這衣裙您看如何？」

張氏點頭微笑，十分滿意。「畫兒穿什麼都比別的女子好看。放心，不愁沒有好親事。」

秦畫晴清咳一聲，柔聲解釋道：「母親，這是我前段日子拿去給羅管事的新款式，今天穿出去只是為了替咱們鋪子打響名頭，到底是用來賺錢的，您待會兒見得熟識好友，也多多替鋪子宣揚一下。雖然大戶人家家中都有自己的裁縫，可也比不得咱們鋪子裡的款式和做工。我身上這種算一般，暫訂六十六紋兩；還有滾金絲邊繡福字兒的，得八十兩才賣；另外裙裾和廣袖上繡山水花卉蟲鳥的，價格更高，少說也要一百二十兩……」

她掰著手指喋喋不休地算帳，張氏頗感無奈，埋怨地看了眼秦畫晴。原來說了半天，母女倆根本沒談到一件事上。

車輪滾動，木製的軲轆發出軋軋聲，和馬蹄聲摻雜在一塊兒。

約莫一刻鐘左右，便來到了永樂侯府。

秦畫晴撩開簾子張望，侯府門口車水馬龍，到處貼著紅紙壽字，門口坐著寫禮的管事，還有七、八名下人忙碌地招待各位權貴。

她匆匆一掃就看出，永樂侯這次幾乎將全京城的皇親國戚和權貴大臣都請來，唯獨沒有靖王一黨的人，孤立得十分明顯。

她不禁將手中繪老蓮奇石梅花圖的團扇握緊，一個念頭忽然冒了出來——

也許不是他們故意孤立，而是靖王一黨的人存心疏遠，撇清關係？

秦畫晴手腕一緊，卻是母親張氏拉著她下馬車。

車夫搬來矮凳，錦玉和張氏的貼身丫鬟分別將兩人扶下馬車。秦畫晴低眉順目，乖巧地跟在張氏身後。

可她身量高䠷，比張氏高了半個頭，甫下馬車，便將永樂侯府外所有人的目光都吸引過來，似乎連周圍的嘈雜聲都靜了幾分。

恰時一陣涼風吹過，袪走悶熱的空氣，也一併揚起秦畫晴袖上的飄帶，廣袖拂動；她鬢間的步搖也微微輕晃，可以聽見玉石間清脆的碰撞聲。

秦良甫走上前來，微抬下頷，對秦畫晴吩咐道：「跟著妳母親，莫在侯府亂走。」

永樂侯這次邀請秦良甫，是給聖軒帝通過氣的，故秦良甫雖在禁足，卻也能來。

「是。」秦畫晴謙順低首，露出一截雪白的脖頸，映著緋紅的瓔珞，格外美麗。

張穆蘭今日穿得十分隆重，她精心打扮就是為了在各勳貴面前表現一番，但還沒進侯府，就輸得徹徹底底。

她認為是張氏故意偏袒秦畫晴。有這麼漂亮的衣裙竟然不給她送一份，就是怕自己搶了秦畫晴風頭。張穆蘭越想越氣，飛快垂眸掩飾嫉妒。

張通寧眼睛都看直了，搓著手，恨不得將秦畫晴拉進懷裡藏起來。

張穆蘭適時酸道：「表妹這樣的姿色，大元朝再難找出一個了。哥，你可得好好把握。」

張通寧點了點頭，眼神中多了幾分勢在必得。

當下有人認出秦良甫，紛紛前去諂媚巴結，認識拜會。秦畫晴跟在張氏身後，臉上掛著適宜的微笑，踏入這片她生活了好些年的地方。

侯府並沒有變化，但秦畫晴知道，門口兩隻石獅子再過幾天會被雷劈翻一個，永樂侯又做了兩隻漢白玉獅子，看起來更威武貴氣。

距離開席尚早，秦畫晴和張穆蘭跟在張氏身後，同一眾命婦、官夫人，在為內眷設的蓮香堂閒聊。秦畫晴看錦玉站在旁邊無所事事，卻一臉好奇，便讓她跟春茜去侯府轉轉。

錦玉當然喜不自勝，和春茜攜手離開。

過了一會兒，好幾位和秦良甫交好的大臣夫人都來誇獎秦畫晴，連帶著將張穆蘭也誇了一番。

有同齡的貴女詢問秦畫晴是在哪裡做的裙子？秦畫晴見人不少，開始大力宣傳，說是從東華街十字路口的「錦繡成衣鋪」購得，還將其他款式、價格都仔細說明，眾人更是對她另眼相看。

只因尋常人有了獨特別致的衣裙，都不想告訴別人，但秦畫晴卻大方不藏私，說明得如此詳盡，瞬間便博得好感。更有幾個大膽的貴女和她坐在一起，談論翡翠閣的珠寶首飾、名煙齋的胭脂水粉。

什麼翡翠閣、名煙齋，這些張穆蘭都不懂，她想要插話都不知怎麼開口？

最後還是張氏看她窘迫，讓她坐到身邊，聽別家夫人閒談家長裡短，著實乏味。

「聽說桐玉樓裡賣的玉如意很靈，哪家人生病不順，買一柄回去就能消災。」一位身穿藍金色褙子的命婦高聲說道。

裕國夫人也連忙點頭。「對對，前些日子項家那庶女都快死了，買了一柄玉如意回去，這幾日都能下地走路了。」

「說起來項家真是不順，年前死了老夫人，過兩個月主母也病死了，現在輪到他家中庶女，嘖嘖……」

秦畫晴無意聽見這茬，不禁坐直了身子，探頭問：「哪個項家？」

裕國夫人笑道：「京中姓項的，可不是只有項啟軒項大人一家嗎？」

秦畫晴渾身一怔，瞪大雙眼。「他家老夫人死了？」

有人答道：「早就死了。」

「別說了，人家永樂侯大壽，討論什麼死不死的，聽見了多不好。」張氏沈下臉，瞪了眼秦畫晴，便又和命婦們討論桐玉樓的玉如意。

秦畫晴彷彿被兜頭淋了盆水，想到在牢中，魏正則讓她給久病的祖母問好，頓時臉色發青。

原來魏正則早就知道她在騙他，可為什麼不揭穿呢？

她尚在沈思，幾個貴女卻坐不住，商量著去永樂侯府後花園走走。秦畫晴本想拒絕，可張氏讓她帶著張穆蘭多結識些朋友，她頓時啞口無言。

一行六人，就數秦畫晴父親官職最大，於是眾人如眾星捧月般將她簇擁在中間。

一群少女剛來到花園，還沒賞幾朵花，就見水榭涼亭中站著數名年輕男子，頓時都用團扇掩面，羞得耳根發紅。

見得這般少女情懷，秦畫晴不由微笑。

曾幾何時，她也是這樣。

「阿姊！」秦獲靈也在涼亭中，他正覺得和這些公子哥兒待在一起無聊，就見秦畫晴蓮步輕移，來到這裡。

大元朝風俗開放，男女見面也不用避諱，何況還是在這麼多人的情況下。

秦畫晴大大方方走了過去，見涼亭石桌上擺著宣紙、硯臺和毛筆，紙上寫著對聯詩詞，想來是在作詩吟對了。

她將視線移到幾名年輕男子臉上，不由一怔。

第六章

這些人秦畫晴自然相熟，畢竟上輩子都是抬頭不見低頭見的主。

比如正中那穿靛藍長袍的男子，正是她上一世的夫君，永樂侯世子薛文斌；左邊兩個身形略胖的，正是盧思煥的長子盧敏、二子盧青；最右側一名穿玄色袍衫、戴軟腳襆頭的陰沈男人，則是鄭海端的親姪，鄭恪書。至於另外兩人，她卻不認識了。

她打量眾人，眾人也在打量她，無不驚嘆她的美貌。

再見上一世的夫君，秦畫晴沒有感動，只有滿心厭惡。她清楚記得流放途中自己受的苦，然而他卻一直冷眼相待。怪只怪她當時年紀小，識人不清。

壓下對薛文斌的不喜，她朝眾人柔聲行禮，其他貴女也紛紛跟上，張穆蘭更是直接拿起桌上的宣紙，談論起詩詞歌賦。

趁沒人注意，秦畫晴拉著秦獲靈走到一邊，問：「張通寧呢？你不帶著他？」

秦獲靈冷笑一聲。「他和舅舅直接去巴結父親那邊的大官了。」

「舅舅也來了？」

「厚著臉皮自己雇馬車來的。」

秦畫晴一時無語，看了眼涼亭中的眾人，叮囑道：「這些人你萬不要私交甚篤，面子上過得去便可。」

秦獲靈挑眉。「阿姊，方才我跟他們談論詩詞，有兩個還真不錯。比如那鄭恪書和永樂侯世子薛文斌，都算文采風流了，妳不打算挑一個？」

「胡說什麼！」秦畫晴聽見薛文斌的名字，沈下臉道：「文采好有什麼用？皮相好有什麼用？哪個妻子不是求一個疼愛自己、關心自己的夫君？你今後娶妻，若不好好對待弟妹，我就打死你！」

秦獲靈以為她在開玩笑，可竟察覺秦畫晴眸中氤氳淡淡的水氣。

他頓時慌了。「阿姊，我答應妳就是，這麼多人呢，妳別哭啊！」

秦畫晴眨了眨眼睛，將眼淚斂下，心中縈繞的苦澀卻是揮之不去。

她站在石階上眺望偌大的侯府，想到當初自己在這裡虛耗四年光陰，便壓抑得喘不過氣，臉色疲倦。

便在此時，那極其厭惡的聲音竟然出現在她耳邊。

「秦姑娘是不是不舒服？要不在下扶妳去亭中坐會兒？」

秦畫晴看了眼溫言軟語的薛文斌，別過頭，冷硬拒絕。「世子不必勞神，我自己走走便可。」

薛文斌沒想到自己會碰一鼻子灰，回頭見亭中人都在看他，頓時面子有些掛不住，正要繼續搭訕，卻聽身後有人驚道：「表妹怎麼臉色如此蒼白，要不我去給妳找個大夫？」

秦畫晴淡淡掃張穆蘭一眼，卻充滿警告。「表姊明知侯爺大壽，卻在這喜事臨門的日子說要請大夫，不是找晦氣嗎？況且我好得很，不勞妳費心。」

言下之意，便是說她不懂禮數。

張穆蘭臉色一紅，看了眼身邊風度翩翩的薛文斌，立刻露出一副被人欺負的可憐模樣。

薛文斌倒是憐香惜玉，出來打圓場。「張姑娘也是擔心妳，一時思慮不周罷了。」

秦畫晴在此虛與委蛇，實在頭疼，藉故說要回蓮香堂喝水，便匆匆離開花園。

薛文斌欲追上前，卻被秦獲靈攔下。「世子，咱們繼續，方才那句『鷺飛磯上霜千點』，就差你來作下一句了。」

薛文斌看秦畫晴已然走遠，想到來日方長，便沒有再追。

離開那群鬧哄哄的人，又被風一吹，秦畫晴頓時清醒許多。

看到侯府裡熟悉的一草一木，她覺得煩躁難當，只想著早些回去，再也不來。

她順著石子小徑亂走，竟來到前堂，就見秦良甫臉帶笑意卻不乏恭敬，對一個五十來歲的白鬚官員說著什麼。只一眼，秦畫晴便認出那人正是當朝首相鄭海端。

鄭海端不是那種獐頭鼠目的奸臣長相，反而長得十分和藹，瞇眼笑起來就像一個慈祥的老人。

他笑著說了什麼，秦良甫的臉色變了又變，此時正值酷暑，秦畫晴看見幾滴汗水順著父親的脖子流進衣領裡。

她一時便忘了挪步，對父親心疼地無以復加。

到底是看人臉色行事啊……

就在此時，永樂侯府外傳來一陣喧譁，幾個下人飛快來報，有著一張紫膛方臉的永樂侯立刻大步跨出門檻，神色凝重而緊張。

秦畫晴將身形往屋角後藏了藏，心也提到嗓子眼。她翹首張望，便見大門口迎來一群人，為首是個六十餘歲的老人，穿著青布衫，腳踏一雙陳舊的皮靴，手裡捧著一個錦盒，朝永樂侯笑道：「李贊不請自來，實在冒昧，略備薄禮，還望侯爺笑納。」

原來是李贊李大人！

秦畫晴不知想到什麼，踮起腳尖又仔細掃了一遍人群，果不其然瞧見熟人。

其實，也不算太熟，畢竟只在牢中見過兩次面。

她仔細打量，對方身材挺拔，長相儒雅，目光柔和，戴著頂黑紗軟腳襆頭，一身淺青圓領袍衫，忍冬紋蹀躞帶上，綴著塊成色不錯的鏤空墨玉，作尋常的文士打扮。

秦畫晴視線一凝。不曉得魏大人來這裡做什麼？

他才剛從牢裡放出來就不消停，也難怪鄭海端等人要把他給除去。她看著他暗自腹誹，卻不料魏正則察覺到她的目光，突然側頭，抬眼和她對視。

四目相接，秦畫晴彷彿被看穿一樣心虛驚恐，忙不迭背身靠牆，心如擂鼓。

她腦筋轉得極快。若是李贊、魏正則都來了，項啟軒會不會也在場？魏正則已經得知她的欺騙，會怎麼對付她？

秦畫晴越想越心虛，越想越可怕，手裡都起了一層汗。

不行，她必須儘快坦白，不然被魏正則懷疑上，以後要求情告饒就再不可能！

她從房屋後繞了一圈，躲在另一邊的牆角張望，剛好看見永樂侯收下李贊的賀禮，讓人拿去庫房。

「且慢！」李贊身邊一名身材略矮小的男人走出，也奉上錦盒。「項某雖然同李大人一起前來，可兩手空空，實在不好意思，還望侯爺將我等的賀禮一併收下，莫嫌寒酸。」

永樂侯臉色青白，不斷變換，眼神瞟向鄭海端，卻見對方撚鬚輕笑點頭，這才命下人一一接過賀禮。

他正欲讓人將東西拿走，李贊突然開口笑道：「侯爺何不當眾拆開看看？」

永樂侯瞪他一眼，李贊又道：「侯爺先過目，若不合心意，我等再另送他物。」

永樂侯脾氣也上來了，他就不信這群人敢給他送「鐘」！

不過送些辱罵他的東西也好，剛好文武大臣都在，明日隨隨便便就能參他們一本。

永樂侯打定主意，頓時有了底氣，大手一揮，讓下人將十來樣賀禮拆開，四周立時響起窸窸窣窣的撕紙聲。

秦晝晴瞪大眼睛，也有些好奇這幫死對頭送了什麼？

但見拆開第一樣，錦盒裡躺著一枝剛摘下的蓮花，花瓣上還帶著水珠。

永樂侯臉都綠了，咬牙問：「這是何意？」

李贊雖年邁，但精神矍鑠，目光炯炯。「蓮之出淤泥而不染，濯清漣而不妖。想來侯爺也看慣了金銀珠寶等俗物，說不定這高潔蓮花，能讓侯爺耳目一新。」

永樂侯又不是傻子，當然聽出這是在反諷他大壽收了無數的金銀財寶，冷哼一聲，沒有接話。

第二個錦盒裡，竟是個三文錢就能買得到的水壺。

永樂侯拿起來搖了搖，打開塞子一聞，確定是平時飲用的清水。他不甘心地喝了一口，臉色陰沈。

「這又是何意？」

李贊微微一笑，滿臉皺紋，帶著幾分戲謔。「侯爺常飲瓊漿玉液，卻不知酒極則亂，樂極生悲。源清則流清，源濁則流濁，以老臣愚見，不如常飲清水，滌淨身心。」

永樂侯怒極反笑，直接打開第三個盒子。

裡面裝著一支白色鳥毛。

不等他詢問，李贊便解釋道：「不要小看這羽毛，此乃蓬萊丹頂鶴身上遺落的唯一一根，祝侯爺松鶴延年，壽比南山；也希望侯爺能如這丹頂鶴般，擁有清正廉明之德，堅守忠貞之質。」

他說到最後一句，盯向永樂侯的目光一深。

眾人都覺得這話挑不出毛病，但秦畫晴卻知道，侯爺背著侯夫人在外養外室，還生了五、六個孩子，難道李贊等人查到了這個，以此敲打永樂侯？

秦畫晴看永樂侯神色，他果然驚疑不定，想來是和自己想到一處去了。

接下來十幾樣賀禮都是些隨處可見的便宜貨，一一看罷，不等永樂侯邀請用膳，李贊等人便轉身告辭。

魏正則經過秦良甫身側，突然停下腳步，不緊不慢道：「這段時日，多謝秦大人照拂。」說罷，徑直離開，留下一臉怒意的秦良甫摸不著頭腦。

旁邊的鄭海端笑著看向秦良甫，一條縫似的眼睛裡閃過精光。

秦良甫頓時冷汗涔涔，忙不迭地解釋，這才打消鄭海端的疑慮。

永樂侯自是十分生氣。李贊等人到他的壽宴裝模作樣一番，不就是為了敲山震虎嗎？他怒不可遏，鄭海端卻老神在在，笑得高深莫測。

「鄭大人，李贊那老兒如此可惡，你難道就不生氣？」一名官員疑惑問道。

鄭海端捋了捋鬍鬚，冷冷一笑。「他們今日上門胡鬧，不就是想氣一氣你我？故這氣生不得，誰生氣，誰就輸了。」

秦良甫也冷靜道：「來日方長。」

李贊等人前腳才出永樂侯府，秦畫晴便提著裙襬追上。

別的馬車都陸陸續續離開，魏正則還立在不遠處同一名男子說話，仔細一看，那人正是李敝言。

「老師，今日多虧您想出這法子，滅了他們威風。」李敝言神采奕奕，顯然非常高興。

魏正則搖頭。「除了給他們添堵，無甚作用。」

李敝言道：「能讓他們知道，朝野上下並不是鄭黨獨大就夠了。」

秦畫晴翹首等了一會兒，見李敝言還不肯走，不禁有些著急。萬一母親找來就糟了。

最後，她也顧不得被李敝言看見，快步走上前，李敝言想不看見她都不行。

柔風掠過飄帶，仙袂翩躚，女子微抿櫻唇，顏如舜華，羞娥凝綠，眉間一抹憂色楚楚動人。

李敝言先是被她的美貌驚了一下，回過神想起她是秦良甫的女兒，以前還不知廉恥地上門堵過他，頓時便認為她又來糾纏自己。

即便再美麗，他也滿心厭煩，厲聲喝問：「妳來幹什麼？我說過，對妳並無好感！」

秦畫晴被他嚇了一跳，古怪地掃他一眼。「李公子多慮了。」

她略過他走到魏正則跟前，低眉斂目，遲疑開口。「魏大人，我有話同你說。」

李敝言沒想到她根本不是來尋自己，頓時尷尬不已。難道是他自作多情？

魏正則好笑地看向他，出言解圍。「希直，你先回去吧。」

李敝言恨不得立刻遁地，聞言大赦，朝魏正則拱手。「老師，那我先行告辭。」

待李敝言離開，秦畫晴才敢抬眼看他，一不小心撞上他溫和的眼神。

她立刻低頭，心裡上下打鼓。別瞧魏正則一副好說話的樣子，他心裡想什麼，旁人根本猜不透。

不過轉念一想，自己現在才十四，還是個女子，魏正則總不會為難她吧？

調整好情緒，秦畫晴便不再膽戰心驚。

她坦白道：「魏大人，其實……我並不是項大人的女兒。」

說完，並無想像中的質問，反而半天沒回話。

她抬起眼簾，就見魏正則靠在車轅上，態度從容，左手撫著右拇指上的象牙扳指，神情一貫溫潤。「嗯，知道了。」

秦晝晴啞然。

這是什麼意思？是早就知道了，還是現在知道了？

那象牙扳指看起來頗為陳舊，幾道細微劃痕被長久摩挲，十分光滑，一看就是射箭之人常用。

秦晝晴不禁想，難道魏大人還精通箭術？

她低著頭，抿唇俯視蘇繡並蒂蓮的綢緞鞋面，胡思亂想，拘謹而不安，像個犯了錯的孩子等他教訓。

魏正則凝視片刻，忍俊不禁。「妳可知錯了？」

秦晝晴乖巧地點頭。「錯了。」

「錯在何處？」

秦晝晴聲如蚊蚋。「不該欺騙大人。」

魏正則搖了搖頭，道：「妳錯在是秦良甫之女，卻疏通關節來與我私下交談。若此事被人發覺，上報生性多疑的鄭海端，無須我等出手，妳父親便會成為鄭海端的一枚棄子。」

秦晝晴心一緊，有些委屈。她何曾沒有想到，但幾年之後，得勢的並不是鄭海端啊。

她深吸一口氣，柔聲道：「魏大人，雖我欺騙你，但除了身分，我此前所說都是肺腑之言。大人你是好官、清官，我希望大人能成為朝廷的中流砥柱，滌蕩一切貪腐黑暗，還百姓清平盛世。」

魏正則冷哼一聲。

秦畫晴嚇得雙肩一縮，飛快地看他，卻見他嘴角噙著一抹溫和的微笑，並無惡意。

「這些話切莫提起，以免引人猜忌。」魏正則說畢，語氣一頓。「回去吧。」

他說完轉身便要離開，秦畫晴忙喚道：「魏大人！」她生怕魏正則因此將她懷疑或敵視，急道：「很抱歉之前的欺瞞，不知怎樣求得大人原諒？」

不管磕頭或賠禮，她都做得來！

魏正則腳步頓住，眼中閃過笑意，並未回頭。「抄五遍《弟子規》吧。」

「啊？」

秦畫晴呆在原地，看著馬車緩緩駛離，留下長長的車轍痕跡。

帶著滿心疑惑，秦畫晴回到了永樂侯府。

壽宴已經開席，張氏坐在女眷一堂，遠遠看見秦畫晴，便朝她招手。

秦畫晴立刻走了過去，旁邊僕婦搬來凳子，給她加了個座位。

「妳去哪兒了？」張氏蹙眉，板起臉道：「知不知道把妳表哥、弟弟他們都急壞了？」

秦畫晴歉然道：「侯府太大，我不小心迷了路。」

張氏看她楚楚可憐的樣子，也捨不得教訓，讓春茜去秦良甫那邊稟告一聲人找到了，這才給她挾菜。「快吃點東西。」

秦畫晴點點頭。

「方才盧大人家的公子也不見了，表妹，妳沒遇見什麼事吧？」張穆蘭語氣充滿關懷。

張氏覺得這話不妥，旁人聽見了還以為她和那盧家公子有什麼。

正要呵斥，就聽秦畫晴笑道：「多謝表姊關心，只是在侯府迷路罷了。」

接著她側首對張氏附耳說：「我臨走時見表姊和永樂侯世子相談甚歡，說不定可以促成一段良緣呢。」

雖然秦畫晴故意壓低聲音，但她們那桌的貴女和命婦耳尖，都聽了個清楚，當下便有幾道充滿敵意的目光射向張穆蘭。

今日誰不是衝著永樂侯世子來的？偏偏叫他人捷足先登，如何不怒？

張穆蘭不懼投來的目光，反而頗為得意。

張氏不悅地皺眉。她本就相中永樂侯世子，覺得對方的長相和才學與自家女兒很相配，但見張穆蘭神態，就知道秦畫晴所言不差，頓時十分糾結。

秦畫晴目的達到，不再多言，斯斯文文的用罷飯菜，又和張氏待了一會兒，便讓錦玉扶著，款款離開。

永樂侯壽宴一過，成衣鋪的蝴蝶衫頓時走俏。

原本只有幾個貴女差丫鬟來買，後來越來越多，越傳越廣，供不應求。

但成衣鋪的繡娘就那麼幾個，奇貨可居，秦畫晴便將價格往上翻了幾倍，饒是如此，下個月的成品也被預訂一空。

六月末，秦畫晴粗略查看了帳簿，不僅回本，包括糧油店前段時日的虧損也已填平，她大喜之下，又賞了羅管事，成衣鋪的夥計和繡娘也拿到了額外的銀子，個個都十分滿意。

秦畫晴回到府中，拉來秦獲靈幫她繪圖。

沒想到秦獲靈在這方面頗有見解，覺著設計成衣有趣，加上夏日炎炎，秦畫晴的屋裡擺著好幾個冰盆，非常涼爽，便賴在明秀院不肯走。

這日秦獲靈執筆吟道：「肅肅花絮晚，菲菲紅素輕。日長雄鳥雀，春遠獨柴荊。」說罷搖頭晃腦，甚為得意，寥寥幾筆，便在紙上描出一幅花紅柳素的日暮景致。

秦畫晴正端坐在桌前，執紫竹狼毫筆，用簪花小楷工整地謄抄《弟子規》。

聽他吟詩，秦畫晴趁著蘸墨的空檔伸長脖子看了眼，微微一笑。「畫得不錯，可繡娘繡起來太費工夫了。」

「我正想跟妳說，過段時間推出這種繪畫的裙子，比刺繡看起來更靈動，還不費人力，隨便請些書生畫師便可。」

秦畫晴擱筆，支著下巴思索。「畫出來的確更好看，可一洗就掉了，反而髒兮兮的，不可取。」

秦獲靈伸手將垂在耳邊的束帶往後一撩，挑眉道：「到底是阿姊妳孤陋寡聞，將顏料調在橡樹樹脂裡，怎麼洗也不會掉。」

「既然你這樣說，我就將此事交給你了，屆時只需給我看成品就好。」秦畫晴不看他，執筆抬起皓腕，繼續抄寫《弟子規》，她還剩最後一遍。

秦獲靈看她謄抄《弟子規》，嘀咕道：「阿姊，別寫了，我們出去放紙鳶。」

「這麼熱，不去。」

秦獲靈看她一筆一劃寫得極為認真，更不樂意了。「我們書院的夫子罰學生就抄《弟子規》，妳何必自找罪受？」

秦畫晴頭也不抬，笑著問：「那你抄了幾次？」

「也就一次而已……」秦獲靈一縮脖子，自覺說漏嘴了。「可別告訴爹。」

兩人說了些閒話，秦畫晴便讓錦玉去廚房端兩碗冰鎮涼果湯。晶瑩剔透的瓷碗中是亮紅色的湯水，漂浮著還未融化的冰塊，看起來解暑又美觀。

秦獲靈正熱著，將青花瓷的湯匙扔一旁，直接仰起脖子「咕咚咕咚」喝下。幾口下肚，竟覺滿嘴生香，一身燥熱也隨著清涼漸漸消散。

他咂咂嘴，驚訝道：「這什麼東西？酸酸甜甜的，卻比酸梅湯好喝解暑，賣相也極好。」

秦畫晴笑道：「是錦玉老家的方子，將山楂去核，取杏仁、紅棗、枸杞同熬，又在湯中加糖粉燕窩，將冰窖中的冰塊用錘子打碎，放在湯裡，再用冰鎮。怎麼，喝起來可還不錯？」

「當然不錯。」秦獲靈又喝了兩口，含糊不清地說：「這味道、手藝，都可以開鋪子賣錢了。天氣這麼熱，肯定有一萬個人等著排隊買呢！」

秦畫晴握筆的手一頓，瞇眼想想。「嗯，倒可以試試。」

第七章

糧油店長期虧損是秦畫晴心頭的一根刺。

雖然成衣鋪賺得盆滿缽滿，但一家店掙兩家的錢，長此以往，羅管事和張管事遲早會心存芥蒂。

西街巷尾的糧油店占地不大不小，剛好可以隔開作為兩間鋪子，一邊是新穎小食，一邊販賣糧油。

秦畫晴打定主意，便找到張管事和他商量。張管事沒有猶豫便同意了，照他的話來說，已入不敷出，再虧也虧不到哪裡去。

隔天糧油店的招牌就做了出來，秦畫晴隨口取了個「小雅食肆」的稱呼，簡單好記。

不過因為地理位置偏僻，一連幾天，鋪子外皆門可羅雀，秦畫晴心急，便找秦獲靈商量。

秦獲靈想了想，說：「先在巷子口免費擺幾壺，擺個三、五天，虧不了多少錢，等名氣傳出去再說。」

秦畫晴算了算，只要將冰鎮涼果湯裡的燕窩去掉，支出也不多；至於山楂和枸杞，一錢銀子能買好大幾包呢，當下便將這個想法告知張管事。

很快地，西街有免費冰鎮湯的消息便傳遍京城，平時冷清的西街一下子熱鬧起來。

小雅食肆的糕點、湯水和茶葉均很便宜，尋常百姓也買得起。隨著時間推移，生意好的時候，每天也能迎來送往幾十人。這些人有的便在隔壁糧油店買了米麵，價格和外頭一樣，回去吃過幾次，發現穀殼很少，大米又新又香，即便不來食肆坐坐，也會專門來巷尾買糧食。

張管事見生意變好，便問秦畫晴需不需要提高價錢？卻被秦畫晴拒絕。能賺便是好事，突然漲價反而吃相難看；再說有成衣鋪的維持，她也不缺銀子。

過得幾日，秦畫晴查了帳本發現賺了不少，將必要的工錢和成本剔除，又打聽除了滄州外哪裡還有天災人禍？這才發現好幾個州縣都十分貧困，她便讓張管事準備三十石糧麵，以秦良甫的名義四處施捨。

張管事做起這事也已熟稔，不用秦畫晴多做交代，便請了鏢局的人，往就近的州去。

安頓完一切事務，秦畫晴總算可以窩在院子裡好好清閒一陣。

這天，秦畫晴午休剛起，就見錦玉緩步過來，附耳輕聲說了幾句。

秦畫晴微微一笑。「他們住太久，還真把自個兒當作秦府的少爺和小姐了。」

張家兄妹身邊都安排了伶俐的丫鬟，而那日秦畫晴知道張通寧的齷齪想法後，也買通了翠竹院的丫鬟和婆子。

張通寧身邊有個伺候洗漱的丫頭，今年才十三，名叫綠雲，昨晚去張通寧屋子端水，不知怎的，就被他拉入屋中行了那事。張通寧又給綠雲許諾以後抬她做妾，綠雲便傻乎乎地將此事瞞了下來，滿心滿意等自己飛上枝頭當主子。

這些都是翠竹院的丫鬟來報，絕不會有假。

錦玉早就看他們不順眼。「小姐，您要將此事告知夫人嗎？」

「當然，只是得換一種方式。」秦畫晴笑了笑。「替我更衣，好好梳妝打扮。」

「這……這都快卯時了。」錦玉看看天色，不知秦畫晴打什麼主意？她雖然疑惑，卻沒有詢問，讓黃蕊進屋替小姐梳頭，自己調色胭脂。

秦畫晴才剛盛裝打扮好，就聽下人來傳話，張氏今日破天荒請了林春軒的戲班子到府上唱戲，讓秦畫晴快些去戲臺。

秦畫晴打聽到張通寧也在，當下便笑了起來。

秦府西園的確有搭戲臺，只是府中沒人喜歡聽戲，多年都用不上一次。

她穿過垂花門，順著杏花小路，便聽見咿咿呀呀的戲腔；台下放著兩排太師椅，小桌几上放著各類乾果、茶點，張氏、徐氏和張穆蘭正笑著說話。

「母親、舅母、表姊、表哥。」秦畫晴一來，眾人目光便黏在她身上。

張穆蘭低頭掩飾嫉妒，徐氏笑道：「畫兒快看，這可是林春軒的臺柱子。」

張通寧殷勤的指著身旁的空位，起身邀請。「表妹，妳走累了吧？來坐。」

秦畫晴破天荒地朝他甜甜一笑。「多謝表哥。」

張通寧一時癡迷，呆呆地跟在她背後走了幾步，鼻尖嗅著她沾染的桂花香，心旌搖曳。

看了半天，秦畫晴才看出上頭演的是【鎖麟囊】，並無什麼好看，她掃了眼身邊的錦玉，發現她正朝自己身側怒目而視。秦畫晴回頭一瞥，就見張通寧正深情款款地望著自己。

秦畫晴難得沒有對他露出厭惡神色，反而非常和氣地問：「表哥，你覺得這戲如何？」

「好，很好。」

自從秦畫晴坐在他旁邊的椅子上，莫說看戲了，就連茶水他都沒有喝過一口，視線膠著在她身上，根本無法移開。

秦畫晴突然顰眉，嘆道：「對了，表哥，你知道母親給我選了門親事嗎？」

張通寧臉色一黑，驚聲問：「什麼？是……是哪家的人？」

秦畫晴又嘆氣說：「我也不清楚，原本想著表哥你應該知道，看來表哥你也不知了。」

張通寧看著她白皙紅潤、貌美如花的臉龐，心瞬間揪緊，臉色變幻，咬牙想著自己不能再忍，否則表妹就讓人捷足先登了！

幾場戲聽完，都沒聽出什麼味兒來。

席間用膳，秦良甫難得表現得十分高興，同張橫、張通寧各浮一大白。

秦畫晴的位置離秦良甫很近，聽父親和張橫交談，言語間提及項啟軒，張橫又是一副幸災樂禍的樣子，秦畫晴頓時有種不好的預感。

適時張氏想起一事，詢問張穆蘭。「前幾日妳去寶光寺上香，是不是遇見永樂侯世子了？」

張穆蘭故作羞澀地點頭。「姑媽，您也知道了？」

「世子幫妳穿鞋是怎麼回事？難道傳言是真？」張氏臉色明顯不好。此事說出來簡直傷風敗俗。

張穆蘭面露為難。「鞋子不合腳，下山時不小心掉了，剛好被世子見到，卻沒想到世子如此體貼入微，我、我也十分驚訝。」

張氏提醒道：「妳現在一言一行都代表秦家，行事務必注意著點。」

「是，姑媽。」張穆蘭低眉斂目地應下，心中卻極其不屑，認為張氏是怕她搶了秦畫晴的福分。

這頓飯秦畫晴故意吃得極慢，想從父親和張橫嘴裡探聽點消息，可惜事與願違，兩人都走了，她也沒聽到任何有用的。

而張通寧吃得比她還慢，視線一直沒從她身上離開過，秦獲靈諷刺了他幾句，他也恍若未聞。

再待下去也沒用，秦畫晴便離席回到明秀院。她回去後沒有立刻梳洗，而是讓錦玉去翠竹院傳話，仔細盯著張家兄妹的一舉一動。

沒過多久，錦玉從翠竹院回來，悄聲在秦畫晴耳邊道：「小姐，果然如您所想，張通寧讓綠雲穿著您的衣服故意在假山後的樹林苟且，又讓一個婆子去夫人院子裡傳話，想讓夫人誤以為是你們私相授受。」

秦畫晴一聽便明白了。

張通寧和綠雲故意演這齣，又讓母親故意「看見」，母親為了保全她的聲譽，定然不會當場揭穿，就算後來再問，張通寧只要一口咬定，事後不管她如何辯解，也無濟於事。說不定，張通寧還會藉著此事，當真對她做點什麼，到時鐵板釘釘，她的聲譽就毀了。

「買通的是那傳話的婆子？」

錦玉點頭。「正是。」

「讓她不僅給母親傳話，還要給父親、舅舅、舅母、弟弟，全都傳個遍。」

秦畫晴對鏡整理了下珠花，確定妝容打扮一絲不苟，這才帶著院子裡一群丫鬟和僕婦提前守在池塘邊的假山旁。

沒過多久，果然聽得窸窸窣窣的腳步聲，秦畫晴示意眾人屏息，她伸出頭悄悄一看，張通寧摟著一名和她身量差不多的女子正在親熱。

兩人說了些沒羞沒臊的話，就見遠處小徑上走來一群人。

張通寧聽得腳步聲，只當計謀成了，和綠雲親暱地更賣力，還故意提高聲量。「好表妹，表哥知道妳心裡有我，妳放心，這輩子表哥非妳不娶。」

綠雲輕聲「嗯」道，聽來模模糊糊，和秦畫晴的聲音還真有幾分相似。

一旁的秦良甫、張氏和秦獲靈臉都黑了，秦獲靈抬腳就要衝過去。「讓我打死這個不要臉的張通寧！」

張橫一把將他拉住，壓低聲音。「獲靈，你這話就不對了，明明是你阿姊和我寧兒兩情相悅，真說不要臉，難道不該是……」

「閉嘴！」秦良甫厲聲呵斥，張橫立刻噤若寒蟬。

秦獲靈死死握緊拳頭，一旁的張穆蘭趕緊上去勸慰。「獲靈，你不要生氣，我哥和表妹也算青梅竹馬，親上加親，何樂不為呢？」她語氣一頓，又道：「表妹和我哥都已經走到這步了，你們還是給她留點面子，不要聲張，直接將這親事定下來吧，也算給表妹一個驚喜。」

躲在假山後的秦畫晴聽見這話，差點要鼓掌了。

張氏和秦良甫對視一眼，心頭已經鬆動幾分。

徐氏也掩嘴笑道：「畫兒和通寧情投意合，也不用我們這些做長輩的操心了，甚好、甚好。」

那樹林裡傳來一聲聲「好表妹」、「好表哥」，秦良甫簡直聽不下去，準備離開之時，夜色中突然響起清脆的鼓掌聲，冷然突兀。

「表哥演了一場精彩好戲啊！」

秦畫晴緩步從假山後走出，沈聲吩咐。「去把林中那無恥女人抓來，給我狠狠搧她耳光！」

話音甫落，早已待命的幾名粗使婆子立刻衝進樹林裡，抓著綠雲的頭髮拖到眾人面前，摜在地上。

張穆蘭和張橫大驚失色，秦獲靈卻是喜出望外，飛快跑到她身側，抓起她胳膊看了看，見她衣衫整齊，頭髮一絲不亂，抬手一指道：「阿姊，妳早就知道這不要臉的狗東西冒充妳了？」

秦良甫原本懸在半空的心瞬間落地，他瞇了瞇眼，目光冷冷地射向張通寧，彷彿要將他盯出一個洞。「到底是怎麼回事？」

張通寧張了張嘴，半天吐不出一個字。

他明明只說通傳姑媽，怎麼姑父、父親、表弟和妹妹都來了？還跟了這麼多下人，簡直……簡直羞恥萬分。

徐氏和張橫都呆若木雞，倒是張穆蘭率先反應過來，忙道：「姑父，可能其中有什麼誤會……」

「閉嘴！」張氏也難得疾言厲色地呵斥。「你到底說不說！」

秦畫晴走上前，扶著她手臂，笑道：「母親別生氣，我來替表哥說吧！表哥一直喜歡我，可我並不中意表哥，他怕你們將我許給別人，便想著捷足先登，毀我清譽，如此你們想不把我嫁給他也不行了。」

她說話間一直是笑著的，可張通寧卻像是第一次認識這個表妹。在他的印象中，表妹一直心思單純，怎麼可能笑著說出這些話？

他目光驚恐，顫聲說：「妳……妳一直都知道？不可能！妳怎麼會知道？」

秦畫晴突然看向一旁強裝鎮定的張穆蘭道：「表姊告訴我的呀。」

張穆蘭臉色煞白，咬牙道：「妳胡說！我根本不知道這件事！」

秦畫晴依舊微笑。「不錯，表姊的確不知道，可不由妳提點，表哥怎麼可能想得到這陰損法子？」

「那妳也不能誣賴是我！」

秦畫晴輕飄飄道：「可沒有誣賴妳，是我親耳聽到的。」

張穆蘭還在爭辯，可她爭辯的話語卻十分蒼白無力。如果不是秦畫晴事先聽到，今日怎麼會揭穿這麼一齣戲？

秦獲靈扶著秦畫晴的手臂，翻了個白眼道：「公道自在人心，可你們根本不是人心，而是狼心狗肺！」

張穆蘭被他這樣一罵，身子一軟，差點跌倒，幸好旁邊的丫鬟攙扶一把。

張橫冷汗涔涔，走到秦良甫跟前，戰戰兢兢道：「妹夫，他們年紀都還小，一時衝動罷了。你看……你看畫兒也沒受到什麼損失，不如就這樣算了？」

徐氏也低聲道：「年輕人做事是衝動了些，算了吧……」

「算了？」秦良甫忍住打他一巴掌的衝動，冷然道：「若不是我女兒聰明，事先做了防備，她的聲譽誰來負責？難道還真嫁給你這不成器的兒子？」

張橫啞口無言，還想解釋，就見秦良甫不耐煩地一揮手。「用你身上的錢財自己置個宅子，明日便搬出去吧！」

張橫沒想到秦良甫竟然趕他走。

他當晚便找張氏說話，希望能繼續留下來，原因無他，張橫才入京任職，根基尚淺，全看秦良甫臉色行事，現下他若搬走，那些人一定會知道秦良甫和他鬧隔閡，他在官場上便舉步維艱。

然而張氏也是氣壞了，非但沒替他求情，還將他數落了一頓，連帶著對徐氏和張穆蘭都沒有好臉色。

張橫眼看著待不下去，準備死乞白賴，張穆蘭卻說：「爹，何必這樣沒了骨氣！離開姑父家，我就不信咱們不能活了！」接著她又說永樂侯世子鍾意她，張橫心一硬，次日一大早便帶著老婆和兒女搬去城郊的宅子。

聽聞舅舅一家終於走了，秦獲靈直接撫掌大笑。「甚好，總算不用看見那幾個倒楣鬼！」

秦畫晴也很高興，但礙於母親的面子，始終沒有表現得太過。

張氏因此鬱鬱寡歡了幾天，秦畫晴去開導她幾次，她便也釋然了，還嘆道：「我們家對他們仁至義盡，他兄妹兩個還這樣算計妳，即便妳爹將他官職罷了，也是活該！」

秦畫晴見她不再為難，也舒了口氣。

時間一晃，秦良甫終於等到禁足期結束，再次風風光光上朝，辦了幾件漂亮事，重得聖軒帝歡心。

這天秦畫晴送了新圖紙給羅管事，順道去小雅食肆。

天氣悶熱，冰鎮的涼果湯、酸梅湯都賣得極好，幾張方桌都坐滿了人，還有幾個搬了小凳坐在糧油店門口，搧著蒲扇天南海北地胡侃。

秦畫晴直接從後門進去，免得大堂的人看見。

她讓錦玉去找來張管事，問問店鋪情況，隨後又問最近幾次施捨糧食、米麵，當地百姓有沒有說什麼？

張管事恭敬道：「現在滁州、滄州、通州部分縣、鄉，都對秦大人格外愛戴，之前傳聞秦大人不好的風評，在這幾個地方基本是聽不到了。」

秦畫晴忍不住勾唇一笑。「這只是開始，也煩勞張管事在此事上多多費心。」

「東家客氣。」

兩人說了一會兒，秦畫晴便準備離開，這時前堂卻傳來一道清朗的男聲。

「還有沒有涼果湯？」

錦玉訝道：「是李敝言李公子！」

秦畫晴不想同此人有交集，正欲轉身，便聽櫃上的夥計歉然道：「這位公子，你來晚了，最後一碗涼果湯剛被買走。要不，你另買一碗本店的酸梅湯吧？」

錦玉低頭看著自己手上夥計剛送來、還沒有動過的涼果湯，道：「我們這是最後一碗？」

張管事點頭笑道：「涼果湯走俏，每日五十碗都賣得乾乾淨淨。依東家所說，絕不多賣，物以稀為貴，到了第二天，照樣有人來。聽說這位李公子的母親十分喜愛本店的涼果湯，每次順道便會來買，孝悌之心，十分難得。」

秦畫晴看了眼李敝言，首先想到的便是李贇。這位以後也是不得了的人物，乃輔佐靖王的大功臣。

她自然是不肯放過一點機會，眼看李敝言要走，便讓錦玉將涼果湯打包，快步走上大堂，出言道：「李公子，請留步。」

李敝言沒買到，正鬱悶地想怎麼回去跟母親交代，就聽身後一道悅耳的女子嗓音。

他回過頭，微一晃神，便認出是秦畫晴，頓時僵在原地。

秦畫晴從錦玉手中接過涼果湯，遞給李敝言，大大方方道：「李公子，莫讓伯母久等。」

李敝言憶起上次自己吼她的尷尬場景，沒想到她卻做出這番舉動，頓時俊臉微紅。

「不必，姑娘妳自己享用吧。」

秦畫晴有些訝異。「李公子莫要多想，只是想著此間路途遙遠，你又親自來跑一趟，空手而回實在說不過去。」她也不想和李敝言多說，將打包好的涼果湯隨手放在櫃上，便道：「李公子，告辭。」

管他要不要，反正這份人情是送到了。

秦畫晴帶著錦玉剛走下臺階，李敝言便快步追來。「秦姑娘！」

秦畫晴回頭，微笑道：「李公子還有何事？」

她長相貌美，如此笑來卻並不俗豔，反而十分清雅。

李敝言覺得她和印象中不太一樣，不僅僅是長相，性格也相差甚遠。

他為自己之前的偏見感到難堪。

斟酌片刻，他開口道：「秦姑娘，我為上次的話向妳道歉。」

秦畫晴愣了愣，隨即反應過來，頷首「嗯」了一聲，道：「李公子切莫將這樣的小事放在心上。」道了告辭，便和錦玉一同離開。

她舉止得體，言談有禮，李敝言看著她被隨從簇擁遠去的背影，頗不是滋味。

他當初也只是聽說秦畫晴去李府堵他，但不知是真是假？

接觸了兩次，他發現她根本和想像中的不一樣，這樣的女子，怎麼會做出那樣的事？而她上次找自己的老師，又是說些什麼？

李敝言帶著滿心疑慮，提上涼果湯回到李府。

秦畫晴匆匆和李敝言見過一面，總覺得心裡空落落的，像是少了什麼。

直到快走到家門口，她才猛然記起。「啊，我剛才分明可以問他項大人出什麼事了。」

這幾天秦良甫下朝都滿面春風，一定是政敵被打壓，他才心情不錯。

錦玉道：「李公子和小姐又不熟，而且礙於老爺，他不一定會告訴您。」

秦畫晴轉念一想，嘆氣道：「這件事不清不楚，我始終惴惴不安。」

沒有緣由，令她心亂如麻。

錦玉雖然不知小姐為何越來越關心朝政，但她相信小姐一定有自己的打算，就像面對張通寧、張穆蘭，小姐其實早就算計好了，所以她毫無理由質疑，只需要盡心竭力地幫助她。

「李敝言不一定問得出，但有個人應該可以。」

「誰？」

錦玉朝秦畫晴一笑。「小姐，您《弟子規》抄完了嗎？」

第八章

當晚秦畫晴輾轉反側，不知該不該去尋魏正則？

這樣冒冒失失地過去，實在於禮不合。就算魏正則看起來很隨和，她卻控制不住拘謹慎行、小心翼翼，可能是因為知道他以後會飛黃騰達，因而總帶著幾分討好和忌憚。

不去問這件事也沒什麼，但秦畫晴到底憂心父親，怕他鑄錯太狠，必須事事操心，以防萬一。

這輩子，自己就是來補妻子的吧！

秦畫晴嘆氣，抱著被子迷迷糊糊地睡去。

次日一早，秦畫晴便向張氏說要去鋪子查帳，張氏疑惑道：「妳父親才去上朝呢，天還沒亮，這麼早去作甚？」

秦畫晴認真道：「一個月就早這麼一天，左右閒來無事。」

張氏見她這些日子忙裡忙外，前段日子又遭了那樣的事，人都瘦了一圈，心疼極了。她伸手摸了摸秦畫晴的頭髮。「不要太累著自己。妳啊，好像從落水後，突然就長大了似的。」

秦畫晴心裡一緊，面上卻笑意盈盈。「母親難道不喜歡嗎？」

「不管妳什麼樣兒，母親都喜歡得緊。」

張氏到底沒有懷疑，只叮囑她早些回來。

秦畫晴和錦玉裝模作樣去成衣鋪和糧油店晃了一圈，將一幫護衛留下，悄悄從後門坐上馬車，往城郊駛去。

畢竟起得太早，秦畫晴有些犯睏，她靠在馬車的軟墊上，閉著眼問：「錦玉，確定是魏大人府上嗎？」

「小姐，您放心，我都打聽好了，魏大人今日休沐。」說到此處，她語氣一頓。「前些日子張……張家新置的宅子也在那邊。」

秦畫晴睜開眼睛，蹙眉道：「可別讓他們發現了。」

錦玉點頭。「郊區地廣，所隔甚遠，不用擔心被熟人碰見。」

秦畫晴「嗯」了一聲，索性不去理會。就算被發現，她也有法子搪塞過去。

馬車轔轔，走了近半個時辰才到城郊魏府。

秦畫晴挑開車簾，極目眺望，但見茂密綠樹掩映著一座灰牆青瓦的樸素宅子，還沒有秦府一個院子大。

錦玉抬頭看了看陰沈沈的天色，焦道：「這天又悶又陰，可能要落雨了。」她轉過身說：「小姐，不如我們今日先回去，改日再來拜訪？」

天邊烏雲翻滾，越來越低暗，四周樹葉被風吹得嘩啦啦響，暴雨將至。

秦畫晴雖想歸家，可今日好不容易撒謊出來，她又不想放棄；更何況當今官員十日才一休沐，若要拜訪，又得等十天，倒是麻煩。

思付再三，她蹙眉道：「我去問問魏府的下人。」

錦玉原本想說她去便可，但秦畫晴已經彎腰下車，徑直來到魏府門前。

大門上朱漆斑駁，叩門的銅環染上苔痕。秦畫晴心道：莫不是走錯了？狐疑地敲了敲門。

連敲三下，也沒人來開。

錦玉皺了皺眉，直接上前「咚咚」拍門，秦畫晴連忙拉住她手腕，搖搖頭。「不能無禮。」

她話音剛落，門卻「吱呀」一聲開了。

一名身穿青布袍、年齡約莫六十上下的老伯，正疑惑地看著她們。

「二位姑娘找誰？」

秦畫晴朝他微微一笑，禮數周全地問：「老伯，請問魏大人在府上嗎？」

那老伯倒也沒搪塞，直言道：「天不亮就去蓮塘釣魚了，這會兒還沒回來。」

「釣魚？」秦畫晴一愣。「蓮塘在哪兒？」

老伯隨手指向西南方。「循著這條小路過去便是。」

秦畫晴朝他道了聲「多謝」。

主僕二人剛走到馬車邊，就聽天邊「轟隆」一聲炸雷，雨說來就來。

霎時驟雨傾盆，墨雲糾結，樹葉被雨點砸得啪啦作響。錦玉一手擋著秦畫晴的頭，一手飛快從馬車上取出一柄繪冬月臘梅的油紙傘。

「小姐，這雨太大了，要不我們回去吧？」錦玉和秦畫晴共撐著傘，可卻都淋濕了肩膀，一柄傘根本遮不住。

四周彷彿掛著無形的珠簾，迷濛一片。

秦畫晴擦了把額上滴下的雨水，讓錦玉先上馬車，隨即道：「妳在車上等著，我找到魏大人便回。」

錦玉急道：「小姐，不可！」

「妳連我的吩咐都不聽了？」已經都到了這一步，下次再拿什麼藉口出來？

錦玉被她訓斥，當即便不再阻止，而是叮囑秦畫晴小心，有事情便大聲叫她，她一定會趕來。

秦畫晴心一暖，又叮囑車夫照顧好她，這才撐著傘，深一腳、淺一腳的往蓮塘去。

雨勢太大，秦畫晴半截裙子都被濡濕，繡鞋上滿是泥濘草葉，可她也顧不得這副髒兮兮的樣子了。

提著裙子，順著木屑小路走了片刻，繞過一排種著牽牛花的矮牆，跳入眼簾的，便是無窮無盡的碧綠荷葉，夾雜著數朵白紛紛的蓮花，一股淡淡的花香夾雜著泥土和雨水的味道，撲鼻而來。

落雨紛紛，斜打在蓮塘水面上，濺起一層縹緲白霧。

塘心停著一葉小舟，舟尾坐著人，身披綠蓑，頭戴斗笠，手持釣竿巋然不動，寂寥伶仃，彷彿天地間只他一人。

秦畫晴抬手擦拭飄進眼中的雨水，將傘往後傾斜，右手攏在嘴邊，大聲喊道：「魏大人——」

聲音在暴雨中艱難地傳去，那人釣竿一晃，似乎看見了雨中相候的她，撐篙駕舟靠岸。

「上船避雨。」

秦畫晴早就被淋得渾身難受，聽見這話，立刻提著裙襬跳上船，小舟輕微晃動，將她嚇了一跳。

但很快手臂就被人扶住。

她羞窘地抬眼，便見魏正則一臉責備卻無奈的神情。

收傘進船篷後，他才問：「雨這般大，妳跑過來做什麼？」

秦畫晴不好意思地絞著手指，小聲說道：「來時不知會下雨……」

魏正則見她裙襬和袖口都被淋濕，雨水順著她耳邊垂下的幾縷髮絲落在腳面，狼狽卻不掩清秀。明明是一副乖巧柔順的模樣，但始終不聽教。

「我上次說的話，妳是不是轉眼就忘了？」

「沒忘。」秦畫晴回答得很快。她從衣袖中取出一沓灑金宣紙呈給魏正則看，言語間頗有討好的意味。「魏大人，你罰我抄的《弟子規》，我已經抄好啦。」

魏正則看著那沓被雨水淋濕大半、墨跡渲染成一團團的東西，啞然失笑。

他取下斗笠和蓑衣，同釣竿放在一旁，竹簍裡幾尾魚不時彈跳。他身上著一件茶色圓領窄袖袍衫，衣邊些微濕潤，皮質的革帶上依然壓著那塊鏤空墨玉，儒雅溫和。

秦畫晴低著首，目光不敢亂瞟，盯著墨玉半晌，看出那是輔首銜環的椒圖。

魏正則翻閱了幾張秦畫晴謄抄的《弟子規》，雖墨跡暈染開來，但依稀可辨字跡，乃極為工整的簪花小楷。

他倒是沒想到秦畫晴會當真，不禁道：「寫得很好。」

秦畫晴這才如釋重負地抬頭，微微一笑。「多謝魏大人誇獎。」

他是大儒張素最得意的門生，張素死後，他教過的七名門生皆受文人墨客推崇，其中最負盛名的便是魏正則，而自家父親因為風評欠佳，那些自詡風骨的文人反不願與他結交。

秦獲靈提起魏正則便十分崇拜，而今魏正則竟然誇她字寫得好，倘若秦獲靈得知此事，會是什麼表情？

她倒沒有忘了正事，看向魏正則，詢問道：「魏大人，有件事我不知當不當問？」

魏正則看她一眼。「妳冒雨前來，必然事出有因，說吧。」

秦畫晴被他看穿心思，都已經習慣了。

她想了想道：「這幾天，家父每日心情頗佳，言談間似乎有關項大人？」

「嗯。」魏正則已然知道她的想法。「此事說大不大，說小不小。項大人家中有遠親在朝中任從六品同事舍人，名叫項思德，這人品行爾爾，但脾氣火爆。鄭黨讓幾名小官故意將其惹怒，項思德當晚便帶上一群人，將有過節的官員祖墳通通給挖了，名曰毀壞風水。」

秦畫晴不由笑了笑，追問道：「那這事被聖上知道了？」

魏正則頷首。「盧思煥上奏，說項思德目無法紀，借項大人官威胡作非為，擾亂朝野風氣，請聖上嚴懲不貸，以儆效尤。恰逢聖上前夜作了一個夢，夢見昭陵失竊，先帝屍骨橫陳，訴苦之音不絕於耳，當即鄭海端等人便以此火燒澆油，龍顏震怒，要將項思德等人斬首示眾。然，此罪就算再嚴重，懲處不過削官為庶民，項大人極力保全，據理力爭，卻被聖上勒令不許任何人求情，否則同罪。」

秦畫晴脫口而出。「真是昏君！」隨即反應過來，飛快地捂住嘴巴，心虛地看向魏正則。

魏正則眼中閃過一絲笑意，語氣卻十分嚴肅。「這話不許再說。」

「是。」秦畫晴低頭。「那……那項思德死了嗎？」

「快死了。」魏正則不知想到什麼，眸光變幻，長長嘆氣。

秦畫晴看他神色凝重，不禁豎起耳朵，更專注地聽著。

魏正則淡淡道：「鄭海端等人妄圖慢剪羽翼，心思忒惡毒了些。」

秦畫晴坐在小矮凳上，隨手拿過旁邊一支新鮮的蓮蓬，剝著蓮子，問：「此事無轉圜餘地了嗎？」說著便將剝好的蓮子塞進嘴裡，剛嚼了兩下，苦得五官皺成一團。

可礙於魏正則的面兒，她硬是咽下去了。

她悄悄將剩下的幾顆蓮子放在旁邊，心道：真苦真難吃。偷瞥魏正則，他正盯著船外雨幕，暗想應該沒被看見。

也不知這蓮子怎麼回事，平日裡吃著並不苦啊？

「項思德必死無疑。」魏正則說。

秦畫晴皺眉。「要說魏大人你們沒有對策，我是不信的。」

魏正則看她稚氣未脫的臉色十分凝重，覺得好笑。「太常丞丁正前段時日府中失竊，唯獨先帝御賜的九龍杯不見了。前不久聖上作夢，夢見先帝托夢言九龍杯飲酒可長命百歲，當日便讓丁正拿出來瞧瞧，丁正無法隱瞞，主動告罪。」

秦畫晴不知他說起丁正是什麼意思，托腮道：「據我所知，丁正深諳中庸之道，是朝中難得的圓滑人物，為官十幾年，一直保持中立，兩邊都不得罪，這事和他也有關係？」

「丁正也沒想到會有這天，好在他不是愚笨之人，告罪後便懇請聖上徹查此事，捉拿盜賊。此案先交由刑部，但刑部對此案不甚在意，未查出蛛絲馬跡，之後此案便落到大理寺，由我鞫讞。」

秦畫晴來了興趣，問：「魏大人，你知道是誰偷了九龍杯？」

魏正則微微一笑。「也不是什麼複雜案子。九龍杯丟失，正是丁家長女與人合謀，她心中愛慕盧思煥次子盧青，恰好又聽盧青好奇那九龍杯，便想藉此物博取對方好感，便趁家中人少，邀那盧青進家門觀賞，臨走時，盧青卻將九龍杯順走。丁家長女怕心上人不喜，並沒有戳破，卻未料擺在祠堂十幾年的東西，聖上突然問起，才牽扯出這樣一樁事來。」

他說得輕鬆，秦畫晴卻知這案子應是棘手。

接下來她也猜到了，李贊、項啟軒等人定然藉此大肆打壓盧思煥，再說先帝御賜的九龍杯被人說偷就偷，有辱皇家顏面，聖上定不會輕易放過盧青才是。

「那……盧青怎樣了？」

魏正則伸手隨意撿起腳邊一支蓮蓬，淡淡道：「鄭海端等人為他求情也無濟於事，聖上將他定為死罪。盧思煥愛子心切，昨日頭撞御階，血濺宣政殿，惹得一眾朝臣驚駭，出言保全。聖上體諒盧思煥乃老臣，沒再執意死罪，但盧青一生不得考恩科入仕，盧思煥也被罰禁足，至於何時准他上朝，便不得而知了。」他手指修長，骨節分明，順著蓮蓬邊緣一滑，便將帶有凹點的一面全部揭下，只剩蓮米。指尖一碾，綠色的外殼便被除去，露出嫩生生的蓮子。

秦畫晴光看他剝蓮了，至於說了什麼沒怎麼聽清。

她實在想像不出，面前的魏正則怎麼就深得靖王看重？思及此，她不禁抬眼，輕聲說道：「魏大人，我能斗膽問個問題嗎？」

魏正則含笑道：「妳膽子這般大，有什麼不敢問的？在我面前，想說便說吧。」

秦畫晴不好意思地摸摸鼻子，斟酌著道：「聖上子嗣單薄，四位皇子夭折兩位，如今只有楚王和靖王各守淮南道、隴右道。這兩處封地雖差不多大，但淮南富庶，離京城也近，隴右卻位處邊疆，眼下鄭海端等人和楚王交好，明眼人都看得出聖上心思已有決斷，李大人、項大人，以及魏大人你，何不隨大流投靠楚王？」

魏正則沒想到，她真是什麼話都敢說。

片刻工夫他便剝了一捧蓮子，將發苦的蓮芯取出，遞到秦畫晴面前。

秦畫晴愣了一下，也不推辭，攤開潔白的手心接過，笑道：「多謝魏大人。」

「楚王性格優柔寡斷且縱聲色，與其說是鄭海端投靠他，不如說是他求鄭海端輔佐。」

他嗓音低沈，輕言慢語地講出來，差點被雨打蓮塘的聲音淹沒。

魏正則知道跟秦畫晴講這些不妥，但看她吃著蓮子聽得認真，語氣一頓，便繼續道：「光祿七年，我還在汴州任判佐，同靖王有幾面之緣。時值汴州蟲害，靖王親自督查此事，卻不備車輿馬匹，節省下一文一錢，用之於民。這樣的人，才是社稷蒼生福祉。」

有句話，魏正則沒說。聖上年邁，決斷容易被干擾，不辨忠奸，但他年輕時也是一代明君，絕非昏瞶。楚王乃按封地作稱號，而靖王卻是聖上親賜，「靖」之一字，有靖綏、治國安邦的意思。

兵部尚書詹紹奇在朝中明哲保身，同丁正算一路子，魏正則在大理寺查看舊案卷宗，通過幾個案子，無意猜到詹紹奇是靖王手下，隴右、劍南兩地各都司所、衛率所隸屬都五軍督府，聽令於兵部，楚王只是擺在明面上的傀儡。

而聖上的用意是什麼，誰又敢妄加揣摩？

秦畫晴若有所思地點頭。「社稷安危至重，到底不能讓鄭海端一手遮天。」

魏正則微微一笑，突覺和面前少年老成的小姑娘閒談頗有意思。

靠船長坐，滿目雨空濛。

一陣風挾著蓮香吹來，秦畫晴頓時覺得有些發冷，不小心打了個噴嚏。

她搓搓濕漉漉的衣袖，紅著臉看向魏正則。「魏大人，今日多有叨擾，還望見諒。天色不早，我……該告辭了。」

「我送妳過去。」說著，魏正則躬身走出船篷，「嘩啦」一聲撐開油紙傘。

他先上岸，朝秦畫晴招手，秦畫晴立刻跳下船，鑽到傘下，和他挨在一起。她這才想起，一把傘遮不住兩個人，可抬頭一看魏大人臉上掛著閒適的笑容，眼角泛起淡淡的細紋，這話轉到嘴邊又咽了下去。

秦畫晴低下頭，心中暗想，魏大人這樣親切謙和的人，真是非常容易相處，即便說錯話，也不用擔心會被為難，而且整個大元朝，誰肯和她一女子長談政事？

握著手心裡未吃完的蓮子，秦畫晴又忍不住看他一眼。

雨勢漸小，斜風簌簌，不停有雨飄進她眼中。秦畫晴伸手揉眼睛，右腳不小心踩進泥坑，她低呼一聲，忙提著裙子抬腳，蘇繡緞面的鞋子卻陷進泥裡。她飛快地提起腳，就見黏糊糊的泥水順著鞋底淌下。

秦畫晴頓時大為尷尬，臉「騰」地紅到脖子根，都不敢去看魏正則臉色。她一咬牙，打算湊合著穿，卻聽魏正則溫聲責道：「妳也不嫌硌。」

秦畫晴紅著臉看他，咬著唇瓣，卻不知怎麼回答，恨不得找個地縫鑽進去。

「拿著。」魏正則將傘柄遞到她手中，秦畫晴傻傻接過，正要問做什麼，突然身子一輕，卻是被他打橫抱起。

驚嚇之間，她手心裡的蓮子全撒了一地。「魏大人！」

魏正則看她驚慌失措，不禁嘆氣。「秦良甫也不好好管教妳？如此不讓人省心。」

秦畫晴聽他語氣完全就是教訓小孩子，想到父親，頓時便不怎麼尷尬了。或許魏大人就是把她當世姪女看待吧？

秦畫晴覷他，儒雅的臉上滿是無奈。

她一手撐著傘，一手拎著髒兮兮的鞋子，靠在魏正則臂彎，鼻尖嗅得一股書卷和徽墨交織的香氣。

她心念一動，突然問：「魏大人，我父親做了許許多多錯事，你討厭他嗎？」

魏正則步履一滯，否道：「政見不同罷了。」

「那……我父親年輕時候，是什麼樣的人呢？」

魏正則似乎也想到十多年前的往事，眼眸中染上一絲懷念。「現下憶起來倒有些模糊了。妳父親比我早拜師半年，我入學時正值寒冬，那年冬天特別嚴寒，院裡積雪有三尺深，我和另外兩名同窗便未曾前去，可妳父親卻非常好學，天還未亮，便揣著一個暖手爐，冒著漫天風雪去尋老師解問，等他到了，手中的暖爐都被凍成冰疙瘩。後來老師經常提起這件事，說他這輩子教出七名學生，唯有妳父親，他最欣賞。」

他聲音非常醇厚，秦畫晴不禁也想到，自己父親恭恭敬敬地等候在門前求見老師，再想起他現在面對鄭海端那謹言慎行的樣子，心中酸澀極了。

即便父親謹小慎微一輩子，認真地輔佐鄭海端，可他根本沒有料到，多年後的結局並不是鄭海端得勢。

世事如棋，世事難料。

秦家落得那個下場，估計誰也沒有想到，包括父親自己。

俗話說，道高一尺，魔高一丈，反之誰又不是呢？鄭海端一黨做事不容於天下，被剿滅也是情理之中，不會落個好名聲。

只有真正以日月為心，以天地為骨，高風亮節的好官，才能名垂青史。

思及此，秦畫晴不由轉動眸光，凝視著面前的男子，移不開眼。

第九章

順著小徑返回，很快便來到魏府門前。

「魏大人，放我下來吧，被你家人看到，於禮不合。」秦畫晴到底有些不好意思。

魏正則語氣一頓。「家中只我一人。」語畢，揚聲喚道：「徐伯。」

秦畫晴怔忪，不明白他話中意思？

斑駁的大門從裡打開，還是之前那老伯。他見到魏正則懷裡的秦畫晴一愣，隨即喜笑顏開。「大人回來了。」

魏正則微一頷首，抱著秦畫晴就近步入東側書房。書房裡陳設極為簡單，綠紗窗下，一張紅木書案，筆洗邊上整整齊齊掛著一排毛筆，漢白玉刻篆書的鎮紙下，壓著一幅未作完的山水畫；百寶閣擺滿書籍，角落放著一個熄滅的桐花香爐。乾乾淨淨，整整齊齊。

將傘倒放在門檻邊，秦畫晴縮坐在書案前的太師椅上，對魏正則道：「魏大人，我的丫鬟還在馬車上，你讓人把她叫過來吧。」

魏正則頷首，轉身出去吩咐。

恰好徐伯進屋，給秦畫晴呈上一杯熱茶。秦畫晴還想著剛才魏正則那句話，不由多言問：「徐伯，魏大人的家人不住這邊嗎？」

徐伯見她明眸皓齒，老臉笑成花兒。「大人父母早逝，親戚都已疏遠，且尚未娶妻，無子無女，府中只有我和幾個雜役僕人。」

他是魏家老奴，如同魏正則長輩，眼看魏正則快到而立之年，依然孑然一身，到底是操心他的終身大事。

今日見到秦畫晴，徐伯還當魏正則是開竅了，對秦畫晴的態度也越發親切。

過得片刻，就見錦玉風風火火地撞了進來，見秦畫晴狼狽的樣子，大吃一驚。「小姐！」

秦畫晴苦著臉，將髒兮兮的鞋子遞給她。「錦玉，我沒什麼事，妳別擔心。去將鞋子簡單洗一洗，咱們快些回府。」

「是。」錦玉提著鞋子就出門去了。

書房裡頓時安靜下來，秦畫晴百無聊賴，視線落在書案上未畫完的山水圖上。畫上峰巒疊嶂，青石小路往樹林深處蜿蜒隱去，瀑布倒懸，化作涓涓細流，流雲間盤旋幾隻仙鶴，疏淡飄遠。

秦畫晴也見過秦獲靈作畫，可遠不如魏正則寥寥數筆自然靈動，顯然功底深厚。

端硯旁放著一枚壽山石陽文印，秦畫晴隨手拿起，哈了口氣，在手心蓋了一戳，但見字體端正的「文霄」二字，這才記起魏正則字文霄，號嘉石。

如果把他的章子拿去賣給那些文人雅士，能賣多少銀子呢？

她正不著邊際地瞎想，就見門口光線一暗，卻是魏正則端著一大碗湯進來，擺在秦畫晴面前，叮囑道：「淋雨後喝點薑湯，祛寒。」

那薑湯味道極衝，秦畫晴看了眼魏正則，想拒絕不喝，卻說不出口，只得捏著鼻子，勉勉強強灌了一肚子。

她擦擦嘴角，臉皺成一團，將碗遞過去。「魏大人，我喝完了。」

「感覺如何？」

「……很好。」

魏正則頷首。「那再喝一碗。」

秦畫晴登時瞪大眼睛，慌不擇言道：「我飽了！」說完便見魏正則眼中笑意加深，就知道他是在開玩笑。

秦畫晴臉一紅，心中腹誹。他竟然還戲弄人。

此時，錦玉提著洗刷乾淨的繡鞋進來，背過身幫秦畫晴穿上。「小姐，還有點濕，快些回去換掉便可。」

秦畫晴穿好鞋，跺了跺腳，才發現魏正則不知何時已迴避，正負手站在屋簷下觀雨。

她緩步走到他身側，柔聲道：「魏大人，我這便……告辭了。」

魏正則低眼看她。「嗯，回吧。」

錦玉撐開傘，微扶著她。出了魏府，剛走下臺階沒幾步，秦畫晴忽而轉過身，大聲問：「魏大人，我以後還能來找你閒談嗎？」

魏正則一愣，隨即笑著點頭。

隔著重重雨幕，秦畫晴也忍不住笑起來，心下如釋重負。

現在籠絡好關係，可是為將來做打算啊！

隨著項思德斬首、盧思煥被禁足，風波稍定，兩黨爭鬥看似沈寂下來。

此時天氣驕陽似火，酷暑難挨，邊疆一道急報震驚朝野，朔方節度使宋谷明反叛，聯合回紇、黨項六萬部眾南下，京師惶恐。便在此時，卻聽傳靖王令朔方兵馬使與分甯節度使率軍閉城，堅守汾州，親自督戰，並派遣小股精銳部隊輪番襲擾，讓對方在夜晚也無法休息。

數日之後，宋谷明叛軍疲憊不堪，大元朝兵馬卻得以靈活的作戰方式養精蓄銳。靖王見時機成熟，命人開城門，湧出一群勇猛之師，殺了對方一個措手不及；宋谷明自知窮途末路，於叛逃途中自縊而亡。

此役靖王率軍斬殺叛軍將士四萬餘人，俘虜七千，繳獲戰馬五千餘匹，兵器、糧草和輜重等堆積成山。鄭海端等人見狀不妙，傳信於楚王，楚王匆匆由淮南趕至隴右，犒賞三軍，藉此功勞分羹。於是捷報傳入京師，便成了楚、靖二王聯手退敵。

戰事告捷，龍顏大悅，此事李贊等人不好上奏，邊關官吏陳情奏摺被鄭海端等人壓下，楚王白白撈了個好名聲。這還不算，楚王從回紇、黨項俘虜中，挑選出十二名外族女子獻於聖上，聖上十分喜愛，不顧臣子和皇后勸阻，破格封其中一名為愉貴妃。

這等荒唐事傳入秦畫晴耳中時，她只微微笑了一下。

愉貴妃也不過是一名受寵的妃嬪罷了，於朝政無礙，更不會波及她秦家，聖上喜歡誰便封誰，執意阻撓反而適得其反。

李贊等人也深知這點，勸阻過一次見不得行，便壓下再沒提起。適時永樂侯於會仙樓舉辦詩會，邀請京城才子文士相聚，共同探討古來文人騷客之歌賦，再由幾位老翰林評測。

幾乎每隔幾年，永樂侯就會舉辦一次這樣的風雅盛事，以前秦畫晴只當他惜才，現在想來，應是暗中選拔、培植黨羽，穩固鄭黨根基。

眼看秋闈將至，秦獲靈準備回桃李書院備考，聽聞會仙樓詩會，他卻來了興致，拉著秦畫晴同去湊熱鬧。

秦畫晴對一切和永樂侯有關的事都沒興趣，但想著秦獲靈即將離家，許久見不到了，心下一軟，便答應下來。

會仙樓就在成衣鋪對面，秦畫晴想到還有帳本還沒看，便對秦獲靈道：「你先進去，我隨後來尋。」

秦獲靈踮腳見得裡面好幾個同窗，又見秦畫晴身側有錦玉和隨從作陪，當即點頭，飛快跑了進去。

秦畫晴將成衣鋪的帳本過目，發現生意一月比一月好，不禁喜笑顏開。

羅管事道：「多虧秦少爺想出在衣裙上作畫的新穎法子，繪製起來又快又方便，加上價格降低，買的人也更多了。」

「等再過段時間，便去別地選個鋪子，廣開分鋪。」

羅管事笑道：「全聽東家說了算。」

秦畫晴又誇獎他幾句，才同錦玉一起前往會仙樓。

這是詩會舉辦的第三天，一樓大堂的位置已經坐滿，除了許多書生文士，還有幾名用心打扮過的女子。大元朝民風開放，女子也可拋頭露面，只要不太出格，都算情理之中。

秦畫晴環視一圈，沒有看到秦獲靈，便在此時，就聽會仙樓上一陣熙熙攘攘，有人驚叫道：「打人啦！」

秦畫晴心下一驚，和錦玉對視一眼，心照不宣地飛快上樓。

樓上圍了裡三層、外三層，錦玉撥開人群，瞟到躺在地上的人露出一雙鴉青色蝠紋布靴，秦獲靈今日便是穿這靴子。

秦畫晴大叫道：「住手！」心疼地喊：「獲靈，你有沒有事？」

豈料走近一瞧，那人抬起臉來，小眼薄唇，竟是極為陌生。

「阿姊，妳在這兒幹什麼？」身後突然響起一道熟悉的嗓音，秦畫晴當即大窘，扶著錦玉站起身，後退幾步。「不好意思……認、認錯人了。」

錦玉向秦獲靈解釋道：「小姐聽樓上打人了，還以為是少爺你。」

秦獲靈手裡端著一碟糯米糕，哈哈笑道：「阿姊，我剛才去給妳買糕點了。」

秦畫晴沒好氣地瞪他一眼。「快些看，看完早點回去。」

兩人正準備下樓，突然有人喊道：「秦姑娘，請留步！」

秦畫晴聞聲一怔，回頭一看，就見李敝言一襲墨竹青衫，立在梨花木的扶手旁，他身邊站著眼眶淤青的男子，正是她方才認錯的那位。

秦畫晴不好無視，微微頷首。「李公子，好巧。」

李敝言見她今日打扮的極為素淨，髮髻間只別著一朵小小的珠花，清雅秀麗不輸盛裝時的明豔。

「這位是我同窗，太醫院判宋太醫之子，宋浮洋。」李敝言微微側身，向她介紹。「方才我不在，多謝妳出言解圍。」

秦畫晴乾笑兩聲。「誤打誤撞罷了。」

她身側的秦獲靈突然「咦」了一聲，問：「宋浮洋？是不是勞夫子教的那位宋浮洋？」

宋浮洋小眼睛陡然睜大，驚訝地說：「你怎麼知道？」

秦獲靈突然撫掌大笑。「原來就是你啊！好幾個同窗早就想教訓勞夫子，卻一直沒有動手。那日聽說，他被一個叫宋浮洋的學生罩著竹筐一頓狠揍，你可是桃李書院的大英雄！」

秦畫晴詭異地看他一眼。「你一整天到底在書院學些什麼？」

那宋浮洋也面露喜色。「你也在桃李書院？」

「我的老師是周夫子。」

「周夫子出了名的和藹，比勞夫子好多了！」宋浮洋抬手一指李敝言。「那你肯定認識他，大名鼎鼎的李希直。」

「書院裡最年輕的貢士，當然認識。」秦獲靈連連點頭。

李敝言也朝他含笑，幾人攀談起桃李書院，越聊越投機，便一同入了二樓雅間，叫了壺廬山煙靄，興致勃勃地談天說地。

秦獲靈問：「你怎麼會被打呢？」

宋浮洋哼哼道：「那幾個書生在談論當今畫技誰最好，一個說是陳夫子，一個說是六弦山人，我就說了句公道話，明明是嘉石居士，不知怎的就惹惱了他們，對我拳腳相向，枉讀了聖賢書！」

秦獲靈一拍大腿。「本來就是嘉石居士啊，你哪裡有說錯？」

李敝言插嘴道：「永樂侯設的詩會，提起老師，自然不妥了。」

他說得晦澀，秦獲靈和宋浮洋都一臉不太明白的樣子，便不再聊這話題。

秦獲靈跳脫，宋浮洋性格和他無二，兩人很快打成一片，無話不談。

秦畫晴坐在臨窗的位置，看著茶葉在杯中捲散舒展，錦玉時不時跟她說幾句，頗感無趣。

李敝言自打她進屋便一直在看她，這會兒見宋浮洋和秦獲靈聊得興起，便出言問她。

「秦姑娘，妳來此是陪妳弟弟？」

秦畫晴看他一眼，面上露出適宜的笑容，「嗯」了一聲。

李敝言想了想，又問：「那日在永樂侯府，秦姑娘找我老師說些什麼？」

他實在不知以何話題開口？

秦畫晴一愣，搪塞道：「聽說魏大人腹有詩書，突然想起一個問題不得解，順便求教罷了。」

平時李敝言不會追問，今天卻多嘴道：「是何問題？」

秦畫晴垂下眼簾，思忖道：「那日在永樂侯府，無意看見一題：『今有池方一丈，葭生其中央，出水一尺，引葭赴岸，適與岸齊，問水深、葭長各幾何？』(注)我百思不得其解，恰好看見魏大人，聽聞魏大人精通算數，便斗膽上前詢問了。」

李敝言頓時來了興致，蘸了茶水在桌面演算了一番，得了幾個結果都不大對，遂問：「那老師解出來了嗎？」

秦畫晴笑道：「水深十二尺，葭長十三尺。」

李敝言算了算，答案果然如此，不禁笑了起來。「沒想到秦姑娘還喜歡算術。」

「只是偶感興趣罷了。」秦畫晴倒是沒有說假話，她對算術還真的挺感興趣，而且這道題也真的是在永樂侯府所學。

李敝言和她又討論了幾道淺顯的算術，言談間極為投機。

他看了眼秦畫晴，復飛快地移開視線，道：「那天多謝秦姑娘割愛，家母十分喜歡那涼果湯。」

「舉手之勞而已。」秦畫晴吹吹浮起的茶葉，低頭淺酌。「按理說，永樂侯舉辦的詩會，李公子不該來參加的。」

李敝言微微怔住，思忖片刻才說道：「我本也不想來，但祖父命我來此結交幾位志同道合的朋友，興許以後為官入仕，能夠幫扶。」

注：引用自九章算術。

秦畫晴沒想到他竟回答得如此直接，垂下眼簾掩飾訝異的神色，道：「李大人也是為李公子你著想。」她說話間，便準備去撚一塊秦獲靈買的糯米糕，然而右手袖子太寬，不小心便將李敝言面前的杯子拂落，茶水傾倒他一身。

秦畫晴一驚，忙掏出隨手攜帶的手帕遞給他擦拭，臉紅了一片。「李公子，實在……實在不好意思。」

李敝言捏著她遞來的繡帕，只覺絲綢滑軟，低頭一看，上面繡著鳳蝶戲榴花圖案，十分精緻。

他們這邊的動靜，惹得宋浮洋和秦獲靈一起側頭，秦獲靈開口問：「阿姊，妳怎麼給李公子潑了一身水？」

秦畫晴耳根都紅了，她瞪了眼秦獲靈，道：「不小心將茶杯打翻了。」

「無妨。」李敝言簡單擦了擦水漬，趁著秦畫晴和秦獲靈說話，不知怎的，順手將扔在一旁的繡帕納入袖中。他覷了眼秦畫晴微微發紅的臉蛋，心下一跳，懊惱自己竟如此孟浪。

宋浮洋道：「你衣服濕了，先回府換一件吧。」

李敝言自然是不願的。他好不容易才碰見秦畫晴，還沒有好好聊天，便要離開，實在有些不捨。

秦畫晴也勸道：「天氣雖熱，但穿著濕衣也不舒服。李公子，下次再見。」

李敝言看著她，「嗯」了一聲。「屆時再找秦姑娘討教算術。」

「李公子這月也回桃李書院嗎？」秦獲靈問。

李敝言搖搖頭。「殿試尚早，所以不回書院。」

秦獲靈有些惋惜。「那可惜了。」

宋浮洋上前捶了下他的肩膀。「有什麼可惜的，我陪你一起啊，再去揍勞夫子一頓。」

兩人頓時又哈哈大笑起來。

李敝言同宋浮洋告辭，宋浮洋和秦獲靈卻結為好友，約定過幾日一同去通州。

兩人前腳剛走，後腳秦畫晴便看見永樂侯世子薛文斌被一群人簇擁著到來，而這群人中，還有她那齷齪的表哥張通寧。

秦畫晴當即便唾棄道：「他倒是厲害，這麼快就巴結上永樂侯世子。」

秦獲靈冷笑。「不過是世子身邊一條狗。」

永樂侯世子一群人來，秦獲靈也沒了待下去的心思，當下便趁人不注意，同秦畫晴從前門離開。

秦畫晴和秦獲靈正好路過一輛停在路邊的華麗馬車，卻見繡金線的車窗簾晃動，裡面的人酸道：「我當是誰，原來是表妹和表弟。」

秦畫晴步子一頓，抬頭看去，正好看見穿戴華貴、神色鄙夷的張穆蘭。

她耳朵上綴著一個鴿子蛋大小的東珠，扯著耳垂，明晃晃的。

秦獲靈理都不理她，秦畫晴也僅是瞟了一眼，道了句。「真是湊巧，表姊。」

他二人對張穆蘭全然不上心，張穆蘭染著鳳仙花汁的指甲緊緊扣在掌心。

她眯眼，脫口便道：「我告訴你們，永樂侯世子答應娶我做世子夫人，愉貴妃現在是我義姊！你們裝出一副狗眼看人低的樣子給誰瞧！」

秦畫晴一聽這話簡直想笑，可她忍住了，抬頭道：「那我先在此恭喜表姊了。」說罷頭也不回地跟秦獲靈離開。

張穆蘭見二人遠去的背影，想到張橫現在朝中步步為難，全都拜秦家所賜，頓時恨得無以復加。

其實永樂侯世子不曾對她許諾，她也只和愉貴妃有過幾面之緣。可即使她說了如此大的謊言，秦家姊弟也不在意，難道……真要讓他們吃點苦頭？

遇見張穆蘭，並未給秦畫晴留下印象。

每天她不是陪著張氏繡花，便是同秦獲靈練字，偶爾去鋪子瞅瞅，日子波瀾不驚。

這段時間，秦良甫愈發忙碌，下朝後便關在書房，又忘了用午膳。

秦畫晴心疼父親，和張氏說了幾句，便讓錦玉端著餐盤來到含英院。

她敲了敲房門。「父親？」

「進來。」

秦畫晴推門進屋，便見秦良甫伏案疾書，手頭堆著幾本與建宮殿的書籍圖冊。

秦畫晴一邊擺放碗筷，一邊詢問。「父親記錄這些做什麼？此事不該由工部負責嗎？」

聞言，秦良甫擱筆冷笑。「工部尚書、侍郎連帶下屬官員，通通被魏正則彈劾貪墨，聖上正令他追查此事，沒一段時間是理不清了，督促修建姑射樓的事情便落在為父身上。」

「姑射樓？」秦畫晴怔然。為何她以前不知道有這事？

她心裡莫名生出一股不安。難道事情的發展並不與她記憶中一樣？

秦良甫「嗯」了一聲，揉揉眉心，似乎十分疲憊。「不知愉貴妃給聖上施了什麼迷魂藥，聖上非要為她修一座姑射樓。」

秦畫晴喃喃道：「藐姑射之山，有神人居焉……看來聖上是寵愛愉貴妃到骨子裡了。」

「左右不過是個妃子，隨聖上心意吧。」秦良甫倒不甚在意。不論是興建宮宇還是廣納妃嬪，他為臣子只求討聖上歡心。再說督辦修建一事，除要求每日定時巡視、檢查，在規定工期內完工，反倒十分簡單。

秦畫晴神色陰陰晴晴。她確定上輩子聖上沒有為愉貴妃大興土木，到底哪裡出了意外？她攏在袖中的手握緊，又放開。

轉眼到了秦獲靈和宋浮洋相約前往通州的日子。

通州的桃李書院雖不是官學，卻盛之於官學，目的是培養人才，以供朝廷所用。大儒張素亦曾是桃李書院的學生，門下七個寒門學子各負盛名。

但桃李書院不收皇室近親，大臣散官的子孫能在桃李書院讀書，也是近年才開放的規定。

秦畫晴親自給他打包幾盒金絲蜜棗，這是秦獲靈最愛吃的蜜餞。結果才拿上馬車，秦獲靈便和宋浮洋兩個打開吃了一大半。

「阿姊，下次回來，家中便要多個解元了。」秦獲靈含著蜜棗，笑容燦爛。

宋浮洋用手肘捅他，兩個腮幫子鼓鼓囊囊。「就算你是解元，那也是我讓給你的。」

秦獲靈「嘁」了一聲，將棗核往車外一吐，翻了個白眼。「就算現在將策題扔給你，你也考不中！」

「秦獲靈，你有本事再說一遍！」

「說就說，你考不中啊考不中！」

「你才考不中！」

兩人你一言我一語地瞎嚷嚷，最後竟然互相撓癢，秦畫晴看得眼淚都笑了出來。

她這個弟弟向來活潑，跟宋浮洋這活寶算是湊一塊兒。

這時張氏過來，兩個便都不吵嚷了。張氏溫言叮囑秦獲靈幾句，語氣滿是不捨。「去了書院好好讀書，早日考個功名，也好入廟堂替你父親分擔一二。」

秦獲靈想到父親仕途不易，便收起玩笑神色，認真地點頭。「娘，替我跟父親道別，讓他注意身體。」

張氏頷首應下。

秦獲靈又向秦畫晴告別，這才和宋浮洋催車夫離開。

落日餘暉下，馬車漸漸遠去，直到看不見了，秦畫晴才扶著張氏回到秦府。

然而一回府，卻聽下人說秦良甫到現在還沒回來。

張氏驚道：「出什麼事了？」

「母親，您別急。」秦畫晴壓下心中不好的預感。「也許父親在外應酬，等等吧，說不定待會兒就有下人來傳話。」

她如此一說，張氏倒安下心來等候。

第十章

與此同時，秦良甫正跪在興建的姑射樓九十九級臺階下。

暮色四合，空氣中熱浪翻滾，一絲風也沒有，他卻冷汗涔涔。

聖軒帝反覆踱步數次，終是無法壓抑怒氣，抄起手邊的汝窯蓋碗陶瓷杯，狠狠往下一砸，只聽「嘩啦」一聲，上好的茶杯四分五裂，茶水濺了一地。

「秦良甫！倘若愉貴妃龍種有恙，朕便砍了你的腦袋！」

秦良甫血流披面，溫熱的液體順著滄桑的臉頰滴在地上，匯聚成一小灘血漬，他不敢抬袖擦拭。

秦良甫呆若木雞地跪在被炙烤得滾燙的漢白玉地面，回憶起剛剛那幕，還恍若夢中一般不甚真切。

這日他按例來姑射樓監察，工匠忙忙碌碌，井然有序。

恰逢愉貴妃也來觀看進度，她見高樓巍峨，便出言詢問。「姑射樓有多高？建成後是何模樣？」

秦良甫自然不敢隱瞞，事無巨細地稟報。「高為二百九十尺，方三百尺，共三層。下層法四時景，各隨方色；中層法十二時辰，上為圓蓋；上層法二十四節氣，以木為瓦，夾紵漆之，施一丈黃金鐵鳳，端顯娘娘尊貴威儀。」

愉貴妃聞言甚為受用，當即便要登高一望。

然姑射樓尚未竣工，內間雜物、器具、木料堆積，工匠來往穿梭十分混亂，愉貴妃剛走幾步，便被腳下逶迤拖地的宮裝裙襬絆倒，登時花容失色，在地上疼得站不起來。

而這僅僅發生在一瞬間。

宮女急忙傳喚御醫，將其送回鍾粹宮。宋太醫一把脈可不得了，原來愉貴妃已有一個多月的身孕，她受驚過激，恐有小產跡象。

聖軒帝得知此事，龍顏大怒，當即便要將秦良甫治罪，幸得秉筆太監阻攔相勸，才有方才茶杯砸頭的一幕。

聖軒帝年邁卻冰冷的目光審視著他，秦良甫提心吊膽，思緒翻江倒海。

此事根本和他沒有關係，愉貴妃執意要去，根本攔不住；如果阻攔了，便又是一個以下犯上的罪名。

秦良甫兩處為難，但聖軒帝顯然不會替他著想，因為那是他最寵愛的妃子。

聖軒帝厲聲喝問：「你可知罪？」

「罪臣……萬死難辭其咎。」秦良甫說著違心的話，一片惶惶然。

聖軒帝因怒到極致，臉上的肌肉牽扯起下頷鬍鬚，咬牙切齒道：「明知姑射樓還未竣工，貴妃涉險也不阻攔，你的確該死！」他一抬手，明黃的衣袖在空中劃過一道弧度。「來人，將秦良甫押入大牢！若貴妃有難、皇嗣不保，無須過問，即刻賜死！」

秦良甫腦中一陣眩暈，他膝行上前，大叫道：「皇上！微臣知罪！但請聖上念及微臣為社稷江山殫精竭慮數十年，網開一面啊——」侍衛左右架起秦良甫胳膊，將他拖了下去，求饒告罪的聲音越來越遠。

聖軒帝怒氣難消，拂袖而去。

鍾粹宮內，愉貴妃側臥在床榻上，神態閒適。

隔著明黃輕紗帷幕，她伸出纖纖玉手，瞧著小指尾上精緻的三寸護甲，上頭鑲嵌著一排粉色珍珠，宛若天成，名貴非凡。

「東西扔掉沒有？」

站在一側的宮女玉屏低聲道：「娘娘放心，小順子做事十分穩妥。」

愉貴妃勾了勾唇，聲音悅耳動聽。「秦良甫與本宮無冤無仇，拿他做墊腳石是否太過殘忍？」

玉屏恭敬道：「只是秦良甫運氣不好罷了。再說娘娘將計就計，一石二鳥，實在高明。」

愉貴妃笑容滿面，頗為得意，又擺弄著手上護甲，越瞧越是喜歡。

此時，門外宮人宣皇上駕到，愉貴妃立刻做出一副孱弱模樣。

聖軒帝見她嬌美的身子病虛得彷彿一股青煙，心疼得不得了。「愛妃，可有哪裡不適？」

愉貴妃看著這五十多歲的男人，心中滿是厭煩，但面上卻愈發千嬌百媚。

她眸中蘊著淚水。「皇上，您一定要替臣妾做主啊！」

聖軒帝壓抑著怒氣，拍拍她的背。「愛妃放心。」他又問一旁的玉屏。「宋太醫怎麼說？」

玉屏忙躬身回道：「回稟皇上，宋太醫說娘娘身子虛弱，皇嗣……可能不保。」她頓了頓。「不過宋太醫醫術精湛，說不定能妙手回春。」

聖軒帝還未開口，卻聽身側的愉貴妃低聲啜泣，梨花帶雨，好不可憐。

「皇上，您可曾記得，您說若我誕下皇兒，便給他取名『昭祀』，看來……皇兒命薄，無福消受了。」說到此處，愉貴妃又開始輕聲哭泣。

聖軒帝心都要碎了，忙道：「朕怎會忘？朕還記得要封妳為皇貴妃。愛妃啊，妳放心，不管此次皇兒能否保住，朕都會封妳。若皇子無福消受，總得在妳身上多多補償才是。」

「皇上……皇上……臣妾有您足矣。」愉貴妃不停呢喃，言語充滿感激和愛戀。

她攬著聖軒帝略微肥碩的腰，溫柔靠在他身旁，低垂的眼眸中卻閃過一抹精光。

秦畫晴和張氏守在正堂至子時，也沒見秦良甫歸家。

到底是秦畫晴按捺不住，差了一名小廝前去鄭海端府上詢問。待小廝匆匆回來，已快四更天。

小廝臉色煞白，囁嚅著嘴道：「夫人、小姐，老爺他……他……」

「你快說！」張氏甫然起身，手卻止不住地顫抖。

「老爺今日衝撞了愉貴妃，恐致貴妃小產！皇上已經下令將老爺抓進牢裡，說、說貴妃和皇嗣若有問題，便直接將老爺賜死啊！」小廝說完，也是膽戰心驚，不敢相信這是真的。

張氏聞言，眼前一黑，渾身力氣都被抽走，歪倒在太師椅上。

秦畫晴瞪大眼睛，雖也驚恐萬分，但卻強迫自己冷靜。

她閉了閉眼，微微緩過神，低聲道：「春茜，帶夫人回房休息。錦玉，跟我去一趟鄭大人府上。」

錦玉看了看天色。「小姐，現下已四更天！」

秦畫晴何嘗不知，她咽下滿嘴苦澀。「倘若愉貴妃皇嗣難保，父親下一刻……便不在人世了。」

錦玉也知事情輕重緩急，立刻讓人備馬車。

在等待時，她給秦畫晴呈上一杯熱茶，問：「可是小姐，您找鄭大人，準備讓他如何幫您？」

「父親跟隨鄭海端八年，乃他左膀右臂。鄭海端位高權重，總不能見死不救。」秦畫晴握緊拳頭，心裡只希望愉貴妃母子平安。

前往鄭府路上，秦畫晴卻支著額頭，冥思苦想。

明明上輩子愉貴妃根本不會出事，為什麼今次卻和父親扯上了關係？到底是天意在改變，還是命運的軌跡出現了偏離？

她驚疑不定，心中又充滿恐懼，望著馬車外黑漆漆的夜色，前途未卜。

馬車停在鄭府門前，秦畫晴讓錦玉去敲門，很快就有下人來迎。

那人是鄭府管事，秦畫晴告知身分和來意，那管事讓她稍等片刻，前去通傳。

夜裡還是有些涼，秦畫晴抱緊身子，小臉蒼白，錦玉看得心疼極了。

「要不把少爺叫回來吧？府中出了這般大的事情，小姐妳一個女子怎麼應付得來？」錦玉一直將秦畫晴的所為看在眼裡。她打理鋪子掙錢，四處濟弱扶危，討好老爺的政敵，這本不是她一個女子該承擔的！

秦畫晴微微搖頭。「不要告訴獲靈。」

本來這一世，她就是要承受比旁人更多的責任。

就在此時，那傳話的管事打開門，朝秦畫晴搖了搖頭。「秦姑娘，您請回吧！」

秦畫晴的心沈入谷底。「鄭大人怎麼說？難道他不幫我父親嗎？」

管事倒是體諒她，嘆了口氣道：「秦姑娘，不是鄭大人不肯幫忙，而是這妻子捅得太大了。皇上子嗣單薄，好不容易最受寵的妃子懷了龍種，卻因令尊疏忽導致這等大禍，莫說令尊，當日修建姑射樓的一百二十八名工匠皆入獄，愉貴妃若有好歹，全部人頭落地！即便鄭大人去求情，只會適得其反，其中利弊，希望您能仔細掂量。」

秦畫晴沒想到，聖軒帝竟昏聵到如斯地步，心下一酸，忍住淚說：「鄭大人真的不肯幫忙嗎？」

管事看她不過十四、五歲，家中就遭此變故，泫然欲泣的樣子格外可憐，便道：「我再幫您問問吧！」

秦畫晴驚喜不已，連連向他道謝。

約莫半刻，那管事來報，卻只嘆息搖頭。「鄭大人……無能為力。」

秦畫晴彷彿被一盆冷水兜頭淋下，可憐父親苦心經營十多年，如今舉目朝中，竟是一個肯為他說話求情的人都沒有！

他一生籠絡賄賂，步步為營，到有難之時，鄭海端竟然選擇拋棄棋子，那父親這輩子苦心孤詣地諂媚，到底是為了什麼？

錦玉忍不住紅了眼眶，大聲道：「鄭大人權傾朝野，求情不過一句話，他都不肯施以援手？什麼無能為力，什麼適得其反，不過是明哲保身的藉口罷了——」

「錦玉，不得無禮！」

秦畫晴深吸一口氣，朝那管事欠身道了謝，步履虛浮地轉身，狼狽爬上馬車。

她何嘗不知錦玉說得對？

鄭海端那樣精明的人，對危機一向十分敏銳，這件事龍顏震怒，任何一個求情的官員都不會有好下場。更何況她父親是朝中出了名的貪官佞臣，自古落井下石的多，雪中送炭的少，不外乎……人之常情而已。

錦玉看她纖弱的身子無力地靠在車廂上，卻擰著眉，一臉凝重。

「小姐，回府嗎？」

「不。」秦畫晴嘆了口氣，極為難堪道：「轉道去找舅舅。」

錦玉大驚失色。「小姐，去不得！」

秦畫晴搖頭。「尚有一線希望，都不能放棄。」只要舅舅肯在皇上面前求情，或者想辦法進宮疏通一下，瞭解前因後果，是不是父親就能得救？

錦玉知道勸說無用，撩起車簾，對車夫說了一句地址，便沈默無言。

天邊一顆星也沒有，黑雲壓頂，空氣潮濕得近乎黏稠，讓人壓抑得不能呼吸。

又是山雨欲來的天氣。

張府門外，兩盞紅燈籠發出微弱的亮光，在風中搖搖晃晃。

錦玉叩了叩門，秦畫晴也大聲喊道：「舅舅！舅舅您在家嗎？」

過了片刻，門終於打開，卻是張橫親自披著衣衫出來。

他略圓的臉上沒有帶著一貫的諂媚笑容，而是說不清道不明的譏嘲。「遭難就叫舅舅了？之前在秦府那趾高氣揚的勁兒呢？」

秦畫晴沒想到他一開口，竟連假裝都懶得演了，驚愕地睜著眼，感嘆人竟能無恥到這個地步！

她回過神，一字字質問：「不論秦家現在是否遭難，舅舅您從一介白丁，被我父親一手提拔至京城七品官員，雖不是滔天富貴，但也榮華無憂。如今不肯幫忙且算了，忘恩負義至如斯地步，到底不懷絲毫感激之情嗎？」

「為何要我感激？隨便打發一個閒官就算大恩大德了？」張橫冷笑一聲。「若真想著我好，之前何必惺惺作態？分明親上加親的喜事，卻將我一家趕出秦府，妳可知我在朝中被同僚如何看待？說我張橫不要臉，背後脊梁骨都快被戳彎！秦良甫落得今天這個地步，是他自己活該。看在妳母親的分上，我不落井下石，他就該千恩萬謝了！」

徐氏也披著衣衫出來，她顴骨很高，此時不施脂粉更顯刻薄，見到秦畫晴也是一臉冷漠。「早知今日，何必當初！說來還得謝謝妹夫，不把我們趕出來，恐怕還會被牽連呢！」

秦畫晴怒極反笑，強忍著不讓淚流出來，她伸手一指蒼天。「你們說這些話，也不怕天打雷劈遭報應？」

張橫正欲說不怕，猛然烏黑的雲層中劃過一道銀龍，閃亮如白晝，隨即轟隆隆一聲暴雷巨響，將他嚇了一跳。

這時徐氏不知從哪兒端來一盆髒水，朝秦畫晴劈頭蓋臉就是一潑。「還不快滾！大半夜來尋什麼晦氣！」

秦畫晴咬緊牙關，頭上滴滴答答地淌水，握著拳，語氣卻格外鎮定。「希望你們永遠記得這天。」

驟雨暫態而至，彷彿霹靂弦驚，豆大的雨點從天而降，砸得屋簷噼啪作響。

張橫心虛地看了眼天上，對暴雨中的秦畫晴咬牙道：「妳有空在此廢話，不如早點回去替妳父親準備後事！」話音甫落，他便「啪」地一聲摔上大門。

錦玉也氣懵了，使勁砸著大門，怒罵道：「沒天理的東西！豬狗不如！畜生！」

秦畫晴到底是沒忍住，腳下踉蹌，歪跪在臺階下。

暴雨沖刷她滿身滿臉，一直強忍著的淚水混著雨水流下，頭髮濕漉漉地貼在臉上，她望著緊閉的大門和滂沱大雨，不知該怎麼辦？

重活一世又怎樣？她依舊無能為力。

「小姐，您不要這樣……」錦玉看著心疼，伸手將她扶起。「老爺吉人自有天相，一定會沒事的。」最後一句話很快被淹沒在聲聲暴雨裡，飄忽消散。

秦畫晴站在雨中，望向漆黑的夜幕，身心俱涼。

錦玉抹了把臉上的雨水。「小姐，我們回府吧。」

秦畫晴張了張蒼白的嘴唇。「那父親怎麼辦？」

他是秦家的頂梁柱，絕不能倒下。如果父親出事，她可以想像母親會有多難過，弟弟會有多傷心，即便她可以支撐去安慰，可終有身心疲憊的那天……況且，父親不能死！

錦玉啞口無言。

兩人站在張府門前，各自沈默。

秦畫晴看著面前蜿蜒的泥濘小路，眼眸微微閃爍。

這裡，離魏府也不遠了。

她挺直脊背，伸手抹了把臉上的水，顫聲道：「我要見魏大人。」

錦玉一怔，心想秦畫晴是急糊塗了，皺眉道：「小姐，魏大人可是老爺的死對頭，老爺淪為階下囚，他不該撫掌稱快嗎？」

「我如何不知？」秦畫晴淒然一笑，目光卻堅定起來。「魏大人不幫，我就去找李大人、項大人、盧大人……朝中京官我通通求個遍！我就不信，沒一個人肯幫父親！」

她一字字說得極為吃力，攥緊拳頭，也不知眼中流下的是雨是淚。

「小姐……」

錦玉眼睛一酸，扶著她纖弱的手臂道：「不管小姐您做什麼決定，奴婢都會一直陪在您身邊。」

魏府並不遠，就在蓮塘後面。

秦畫晴和錦玉艱難地踏過泥濘，轉過一棵白楊，就見到那斑駁的朱漆大門。

主僕二人都被暴雨淋得渾身濕透，秦畫晴抬手重重敲門，衣袖打貼在門上，拖出長長一道水漬。

此時，滂沱雨似乎已剿滅她心頭焦急的火，成為似有若無的期待。

不多時，門內蒼老的聲音響起。「這個點兒了，誰在敲門啊？」

秦畫晴攥緊腰帶間的流蘇，淒聲道：「徐伯，我、我要見魏大人，求你通傳一聲。」

睡眼惺忪的徐伯撐著傘，將一盞油紙風燈往前一提，映亮秦畫晴蒼白可憐的容顏，頓時睡意全無。

「秦姑娘？這麼大的雨，您怎這時來了？」徐伯忙將大門打開，將傘遞給一旁的錦玉。「先在廊上坐會兒，我馬上去稟報大人。」

秦畫晴看著他匆匆而去的背影，想她一夜求見了鄭海端、張橫，唯有魏府的徐伯對她如此關照，突然覺得心中酸酸脹脹，感動莫名。

「小姐，我去給您討杯熱茶。」錦玉將傘靠牆倒放，便去尋徐伯。

冷雨夜裡，秦畫晴看著雨珠重重疊疊順著屋簷流淌，雙眼出神。

薄薄的淺藍縐紗湘裙同濕漉漉的頭髮貼在她身上，裙邊一圈髒泥，整個人像從水裡撈起。她瑟縮著肩膀，眼睛卻格外明亮，眸中染著焦慮惶恐的憂色。

魏正則看到她，便是這副楚楚可憐的模樣。

「為何每次來都喜歡弄得這般狼狽？」

秦畫晴聞言一怔，轉頭就見廊下身穿淺青色直裰的魏正則，眉眼中帶著倦色。

看樣子是匆匆趕來的。

「魏大人……」

秦畫晴心中突然覺得莫名委屈，憋了一夜的情緒在他面前竟無法忍耐，鼻尖一酸，眼睛眨了眨，便流下大顆淚滴。

見她突然流淚，魏正則頓時無措，不自覺地放柔了語氣。「莫要哭了，到底發生何事？」

秦畫晴胡亂擦了把淚，抬眸解釋道：「父親在宮中掌管修建姑射樓，卻不知怎的衝撞了懷有身孕的愉貴妃，現在不知母子是否平安？我父親為人謹慎，是絕不會衝撞愉貴妃的，這件事一定有疑點……皇上因此遷怒，倘若皇子或愉貴妃有恙，便要殺了我父親，還有……還有姑射樓百餘名無辜的工匠，全部牽涉其中！」

魏正則聞言不禁正色，沈聲道：「此事鄭海端怎說？」

秦畫晴垂眸，眼淚又掉了下來，哽咽道：「鄭海端不打算插手。」

魏正則顯然猜到了。要鄭海端這人去冒險是萬萬不可能的，或許他已經得知前因後果，將秦良甫當做一顆廢棋。但這話他卻沒有明講，怕面前的小姑娘哭得更慘。

他微一蹙眉，思忖道：「妳此時找來，無非是想讓我在御前求情。但妳父親和我是正反兩派，他因此落馬，李大人、項大人和無數被他欺壓過的官吏，皆覺此乃好事。說句難聽的話……我亦是這樣認為。」

秦畫晴臉色微變，咬緊唇瓣道：「魏大人，我父親的確做了許多錯事，正如你曾說過的，選錯了道，便沒有退路。他也想過不再干涉朝政風波，可深陷其中，怎能脫身？倘若大人你肯救我父親，他此次出獄，必定再不會同你們為難……」

魏正則一擺手，打斷她的訴求，緩聲道：「妳有沒有想過，我今次若幫忙，李大人、項大人會如何看我？而鄭海端、盧思煥又如何看待妳父親？妳這樣，讓我委實難做。」

他聲音自始至終都很溫潤，可秦畫晴的心卻越來越冷。

這些她也知道，可當魏正則赤裸裸地說出來，她連最後一分希望都沒有了。

她死死咬緊唇瓣，手指掐著掌心，不敢抬頭，怕魏正則看見滿臉淚水。

到底是自己想法太天真，竟然以為魏大人會幫她秦家！頓時她臉上火燒火辣，朝魏正則屈身，匆匆道謝。「多謝魏大人相告，小女告辭。」隨即傘也不打，直直步入暴雨中，朝大門走去。

這舉動讓魏正則不禁頗惱，喝止道：「站住！」

秦畫晴低著頭，站在雨中，原地未動。

魏正則嘆了口氣，上前拉著她濕透的衣袖，將她牽到屋簷下，責道：「就這麼喜歡淋雨？染上風寒，難受的還是妳自己。」

秦畫晴聽他關切的責備，卻是難以控制自己委屈的情緒，囁嚅著蒼白的唇，雙手掩面，低聲啜泣。

「魏大人，我何嘗不知你為難，可我……實在走投無路啊！」

她帶著哭腔的嗓音柔弱無助，在雨夜裡久久徘徊不散。

魏正則長嘆一聲，到底是動了惻隱之心。

他斟酌片刻，沈聲道：「妳莫哭了，雖然此事棘手，但我沒說不幫。」

秦畫晴以為自己聽錯了，愕然抬頭，淚水還掛在腮邊，猶如梨花帶雨。

魏正則抬手抹掉她腮邊淚珠，眼中帶著疏淡的笑意。「這下可高興了？」

秦畫晴只覺他粗糙指腹擦過的地方有些熱熱的，說不清，道不明，連著心也跟著熱了……

第十一章

錦玉和秦畫晴換下濕漉漉的衣服，簡單洗了個澡，借穿魏府一負責浣洗婦人的衣衫。此時還不到五更天，魏府人少，能住的房屋也少，錦玉湊合在那婦人房中休息，魏正則便將屋子讓給秦畫晴，自己轉去書房。

魏正則的寢屋不大，正面一張添漆床，鋪著薄褥，沒懸帳子；東牆邊有一對高几，雕花鑲珠圓肚香爐擺在其中，盈盈暗香從中飄散而出。

秦畫晴踮腳上床，用薄被把自己裹了個嚴實，只露出一張臉蛋。頭擱在軟軟的枕上，鼻尖嗅得淡淡的書卷香氣，回想起方才一幕，都不知是夢是真。

魏大人竟然答應幫她？

雖然震驚，可並不奇怪。即便魏大人不肯幫助父親，卻見不得那百餘名無辜匠人慘死。她在床上輾轉翻身，望著桌上一燈如豆，想到魏正則不久前便睡在這裡，似乎還能感到床榻間的餘溫。

思及此，秦畫晴頓時臉紅心跳，明明睏乏得很，卻翻來覆去不能入睡。

窗外雨勢漸收，淅淅瀝瀝，合著漏聲迢遞，十分吵擾。

秦畫晴乾脆從床上坐起，披著寬大的粗布外衣，走到桌邊，小心翼翼地端起油燈，推開門，竟不自覺放輕步子，來到書房外。

房裡亮著光，窗戶開了一條縫，隱隱約約能聽見書頁翻動的聲響。

秦畫晴在窗外駐足，右手護著微微搖晃的燈火，探頭透過窗縫望去，就見魏正則閒適地靠在太師椅中，手裡捲著一本書，低頭看得專心致志。桌上擺著碟梅花糕，讓書房裡增添一絲甜膩。

暖黃色的燈光映在他臉上，柔和了輪廓和歲月，更顯清濯儒雅。

秦畫晴怦然心跳。

她站立良久，發現魏正則的視線始終停留在那一頁，想來是思考什麼走神了。思及此，她忍不住輕輕笑了下。

魏正則的確在想事，他在想，怎樣力保秦良甫？

自己活了大半輩子，一直謹言慎行，唯今日做的決定格外荒唐。他有些發愁，秦良甫保下來還好，若不成功，秦畫晴會有多失望？想到秦畫晴那失望的神色，魏正則心下頗不是滋味。

便在此時，他聽見窗外一點動靜。

他抬頭看去，見秦畫晴長髮未綰，披著衣衫，手護著一盞油燈，含笑的眼裡波光流轉。

魏正則怔了怔，合上書頁，繞過書案，將門打開。「怎麼不休息？」

秦畫晴躊躇著該不該進去？她本打算在外面看看就離開，卻沒想到被魏正則發現，而且她衣衫不整，又是夜色裡，實在不好意思做出不合規矩的舉動。

魏正則見她臉色一抹窘然，站在門口不進來，便猜到了緣由，微微一笑，道：「這會兒妳倒是記起自己的身分和禮數了？三更半夜不在家待著，冒著暴雨來我府上，舉目京中，哪家閨秀是妳這樣的？」

「魏大人教訓得是。」秦畫晴低垂著頭，心裡卻想，對別人，這些踰矩的事她做不來，但魏大人不一樣，就連他的教訓責備，聽來也順耳。

魏正則見她又做出乖巧聽話的樣子，無奈道：「妳何時聽過我的話？」

秦畫晴聞言，忍不住抿嘴莞爾。

她抬起頭，真誠無比地說：「魏大人，若此番當真是父親時運不濟，我也不會怪你。不論你求情能否保他周全，畫晴都永遠記得你的恩情。」

魏正則微一揚眉。「畫晴？」

秦畫晴有些不好意思。認識這般久，她從未主動透露自己的名字，而魏大人連她名字都不知便答應犯險，當真令她感動又無地自容。

她「嗯」了一聲，認真道：「畫堂春色暖，晴空萬里雲。」

魏正則笑了笑。「好，我記下了。」

秦畫晴正好撞入他眼神之中，臉上一熱，飛快低下頭。

耳邊靜靜的只有颯颯雨聲。

「五更天了，妳先去休息吧。」

「那你呢？」

魏正則沈聲道：「我再看會兒書，便準備朝參。」

秦畫晴心尖一顫，望向他眼睛，囑咐道：「魏大人，倘若聖上真的不能饒恕我父親，你也不要爭辯，明哲保身重要。」她意識到自己說了什麼，差點閃掉舌頭。

魏正則目光閃了閃，卻也沒多言，點頭算是應下。

看她捧著油燈離去，背影漸漸隱沒在廊下，他才嘆了口氣，揉了揉眉心。

五更五點，禁宮門外百官絡繹不絕。

下了一夜雨，即便是在三伏天裡，也頗為寒涼。

魏正則一身深緋官服，犀銙革帶上掛著銀魚符，定定望著朱紅厚重的宮門，佇立良久。隨即正了正襆頭，方往東華門走去。

沒走多遠，就碰上了李贊。

李贊難得一臉輕鬆，摸著鬍鬚心情頗佳。

魏正則叫他一聲，他才看到，面上露出笑容。「文霄，你來得挺早啊！」

魏正則笑道：「李大人，你又何嘗不是？」

兩人來到東華門前，上朝時辰未到，宮門未開，便並肩站著閒聊。

「你應該知道秦良甫大禍臨頭的事了吧？」

魏正則頷首。

李贊一笑，瞇了瞇眼說：「枉他一輩子小心謹慎，沒承想也有今日。我已擬了好幾道奏疏，準備待會兒在朝上狠狠參他一本，萬不能教他有翻身的機會。」

魏正則負手而立，面沈如水，沒有表態。

李贊見他神情有異，正想詳詢，但身邊的官員越來越多，鄭海端也昂首而來，他便不再說話。

漏房報了卯時，宮中太監們便敲響朝鼓。

三通鼓響，威嚴沈重，魏正則的心也越來越沈。

司閽將厚重的朱漆金釘門緩緩推開，百官赴掖門前按官階排列，待朝鐘響起後，司禮監太監宣進，文官以鄭海端、李贊為首，持玉笏魚貫而入。

聖軒帝著玄冕端坐在宣政殿的龍椅上，神態威儀。

鴻臚寺的禮贊官下令參拜，百官隨即持笏至前，恭敬行禮，山呼萬歲。待平身後，除了六部並當值御史，四品下官員各回衙門理政。

隨即便是奏報政務，請求聖裁。

魏正則前面站著李贊和五位尚書，有幾名官員上報各地修繕橋樑之事，又有鴻臚寺奏官稟報致仕的官員名單，聖軒帝簡略做了回覆。

便在此時，鄭海端邁步出班，從袖中拿出道奏本，端敬有禮地躬身道：「聖上，臣有本奏。」

「講。」聖軒帝淡淡開口。

司禮太監將奏摺奉到御前，鄭海端便稟奏道：「聖上寬宏仁德，現下盧大人已在家中閉門兩月餘，朝中政務堆積，老臣一人委實不便，還望聖上能網開一面，赦免盧大人禁足之罪。」

聖軒帝想了想，點頭道：「准奏。」

李贊等人想著秦良甫已無轉圜餘地，鄭海端要保盧思煥便讓他保吧，金殿上一時無人反對。

「謝聖上。」鄭海端鞠了一躬。

接下來又是鄭黨幾名官員上奏，無不是請賞楚王，誇讚吹噓他在叛軍一戰中的功績。這邊廂靖王一黨坐不住了，也紛紛上奏，細數靖王功勞。

聖軒帝揉揉太陽穴，沈聲道：「朕自有決斷，你們也不要爭辯孰優孰劣了。此役大勝，便蠲免逋欠賦稅，犒賞三軍，以彰顯聖德。」

這下兩黨倒沒有再爭，鄭海端率先道：「聖上英明。」

李贊見時機差不多，便準備上遞奏疏，將秦良甫有的沒的罪行通通上奏。他正準備邁步出班，卻聽身後有人比他先行一步，正是魏正則。

「皇上，臣有本奏。」

「講。」

李贊見是他，朝鄭海端露出一個笑容，那笑容說不出的諷刺。

鄭海端面無表情，卻是氣得牙癢，暗罵他老匹夫。

魏正則沈吟片刻，方拱手道：「微臣聽聞秦良甫負責興建姑射樓，不知為何衝撞了愉貴妃娘娘，聖上盛怒之下，便欲賜死秦良甫和興建姑射樓的百餘名工匠，微臣斗膽問聖上，是否屬實？」

聖軒帝想到鍾粹宮中病殃殃的愉貴妃，立時怒氣上湧。「是有此事。秦良甫監管不力，竟讓愉貴妃在姑射樓前摔了一跤，皇嗣若因此夭折，即便賠上秦良甫和百名工匠性命又如何！」

「臣以為，此事仍需商榷。」魏正則復又說道：「皇上若失子嗣，心中定然極為難過，親戚或余悲，他人亦已歌。將心比心，那些無辜的百名工匠若因此牽連受罪，他們的父母、子女和妻妾，同皇上的心情又有何分別？」

聖軒帝怒極反笑。「魏卿是想讓朕赦免他們？」

魏正則臉色微微一變，卻也沒有否認，目光堅定道：「不論皇嗣是否康健，皇上都要赦免這百餘名無辜匠人，更要赦免秦良甫。其一，愉貴妃受難，既不是秦良甫指使，也不是秦良甫慫恿，他身為姑射樓監察，恪盡職守，盡心竭力，即便為分內之事無功德可賀，卻也安守本分，何罪有之？若皇上將其治罪，朝臣個個惶然。

「其二，皇上愛民如子，從來以仁德治天下，君者為舟，庶人為水，水則載舟，亦能覆舟，君以此思危，則危將焉而不至矣。倘若皇上一意孤行，斬百餘名無辜百姓，此事傳出，天下人將如何看待？皇上的仁德之名又該如何保全？其三，如今四方多故，時局艱危，邊疆不安，滄州等地旱災未除，富豪強而國貧，皇上大肆興建姑射樓本就不該聲張，恐寒百姓之心，還請聖上斟酌實際，權衡利弊而行。」

此言一出，臣僚一片譁然。

有人認為他說得在理，有人認為他瘋了，李贊和鄭海端不約而同對視一眼，想從對方眼中探究出什麼，可惜只從對方眼裡看見了茫然。

偏偏這時候，聖軒帝卻沈默了。

廟堂兩黨之爭，向來水火不容，可今日竟有比太陽從西邊出來更奇怪的事——魏正則替秦良甫求情。

這是什麼情況？

官員們猜測紛紛，甚至有人低聲說魏正則已投靠鄭海端，又有李贊一黨的官員辯駁，朝堂上嗡嗡聲一片。

「肅靜——」

鴻臚寺官員忙出聲道，眾人這才安靜下來，皆把目光投向魏正則。

魏正則眼觀鼻，鼻觀心，握著玉笏，保持著恭敬端正的姿勢巋然不動。

聖軒帝冷笑，陡然將手中的奏疏往堂下一擲，喝道：「魏正則，你好大的膽子！當真以為朕不敢砍你腦袋？」

頓時朝中噤若寒蟬，官員人人自危，空氣凝重得沈悶壓抑。

魏正則這時也不懼了，定然道：「微臣鞠躬盡瘁，死不足惜，但皇上乃一代明君，權衡利弊方知何可為，何不可為，又怎會被一時憤怒所蒙蔽？」

聖軒帝注視他良久，重重舒了口氣，一拂袖，轉身離開龍椅。「退朝！」

魏正則還欲再談，卻被人一把拽住衣袖，卻是李贊老臉通紅，氣得聲音發顫。「你發什麼瘋，怎替秦良甫說起好話來了？你可知方才皇上是真想砍你腦袋？」

「文霄兄，你這是做什麼？」項啟軒也快步走來。「為了百來個平頭百姓，連自己的命也不顧了？」

鄭海端本已走出大殿，但始終想不通其中關竅，復折返回來，朝魏正則狐疑道：「你到底在打什麼鬼主意？」他一捋鬍鬚，眼中閃過一抹警告。「有什麼手段儘管使來便是，老夫等著！」說罷，一揮衣袖便昂首離開。

李贊知道魏正則如果不想說，打死他也說不出半個字，不禁急了。

魏正則蹙眉道：「身為臣子，為天地立心，為生民立命，為往聖繼絕學，為萬世開太平。我怎能眼睜睜看著皇上做出這等殘暴不仁之事？」

項啟軒重重嘆了口氣，道：「話雖如此，你也太過大膽了！皇上對子嗣看得多重你不是不知，這麼多年，也就只有愉貴妃一人有幸懷上皇嗣，還偏偏被秦良甫衝撞了。若子嗣保住還好，若保不住，縱然有十個八個魏正則，也休想救這群人！這不，經過這事，皇上對愉貴妃更疼愛有加，還說不論皇嗣是否還在，下個月也要往上封她一階，直接是愉皇貴妃，就連皇后娘娘也要看她臉色！」

當今皇后是項啟軒妹夫的堂姊，說起來沾親帶故，因此對愉貴妃言語中頗為不喜。

魏正則聞言，眼睛微微一瞇。「竟有此事？」

李贊也道：「罷了罷了，好在皇上不計較，這事且按下，莫要再提。」

「不可。」魏正則也沒有多做解釋。「我還要去牢裡問秦良甫幾個問題，先告辭了。」

「哎！文霄兄！」項啟軒拉都拉不住他，氣得一旁的李贊吹鬍子瞪眼，大聲嚷嚷。「瘋了！當真是瘋了！」

項啟軒看李贊氣得滿臉通紅，連忙又轉來安慰李贊。「李大人，你不是不知文霄兄的脾性，認定的事從不聽勸，切莫生氣。」

魏正則匆匆趕到刑部大牢，典獄長倒也沒有為難，直接將他迎了進去。

秦良甫被關在最盡頭的內監，一身髒汙囚衣，落魄不堪。

他見到魏正則，微微一怔，隨即咬牙切齒道：「皇上竟然派你來監斬？」

魏正則也不多言。「不管你信是不信，想要活命，便將姑射樓那日發生的事一五一十告訴我。」

秦良甫抬眼看他，昏暗的牢房中看不清他表情。

他冷笑道：「難道你還會好心相救？不往我身上潑髒水，我便謝天謝地了。」

「你想死，我當然會成全。」魏正則面沈如水，負手在監牢外踱步。「就怕你死了，你家中親人無依無靠，落個不得善終的下場。」

秦良甫一聽這話，立刻從地上站起，撲在牢門上大喊：「我兒女妻子怎樣了？魏正則，你膽敢對他們做什麼，我變成鬼都饒不了你！」

魏正則冷冷道：「你人我都不怕，又怎會怕鬼？」

「你！」秦良甫氣結。

魏正則也不想與他多費唇舌，只道：「快將姑射樓那日事情始末告訴我，任何一個細節都不要遺漏。」

聽他語氣，秦良甫心中暗道，莫非自己這案子還有轉機？雖然和魏正則處處不對盤，但此人查案還算有些手段。為了妻子兒女，秦良甫也按捺下戾氣，沈聲道：「那天，我按例前往姑射樓監察……」

魏正則下意識摩挲著右手拇指的象牙扳指，平靜地聽他敘述，待秦良甫說罷，他良久未曾出聲，牢中靜謐得落針可聞。

「你……怎看？」到底是秦良甫按捺不住，率先問道。

魏正則微微蹙眉。「表面上看，似乎只是你運氣不濟，但你想想，愉貴妃自從入宮，身邊一直不乏宮女、內侍跟隨，十分講究排場，那日前往姑射樓，卻只跟著一名貼身宮女；且姑射樓尚未竣工，就連你也不甚踏入，她卻執意要登樓遠眺……愉貴妃能從十二名女子中被提拔為妃，獨佔恩寵，本身絕不會是愚笨之人，這倒有些耐人尋味了。」

秦良甫沒想到他從三言兩語裡便察覺到這些，不由一驚。「你的意思是，愉貴妃是故意害我？可我與她無冤無仇，她為什麼要這樣做？」

「這話先別亂說，我不能斷定愉貴妃到底是有意還是無意？」魏正則摩挲著右手扳指，皺著眉頭，不知在思索什麼？

秦良甫沒有打攪，心中惴惴不安。

魏正則道：「我現下立刻去太醫院一趟。」說罷，便轉身欲走。

秦良甫忙脫口喊：「魏文霄！」

「何事？」魏正則駐足，微微側頭。

秦良甫嘆了口氣，道：「禍不及妻兒子女，倘若……我有三長兩短，請務必放過他們。」

魏正則腦海裡頓時閃過秦畫晴的笑顏，下意識便道：「這點你大可放心。」

待魏正則走後，秦良甫心中彷彿堵著一團氣。自他入獄以來，鄭海端、盧思煥等人無一個來獄中看望，倒是死敵為他的事情奔波，想來也是造化弄人。

太醫院在重華門一帶，魏正則趕到時還未到晌午。

他率先找到熟識的宋太醫，正好宋太醫閒來無事，忙笑著將他迎進去。

「魏大人怎麼不在大理寺辦公，來我這太醫院？」宋太醫的么子宋浮洋是李敝言的好友，因此魏正則和宋太醫也曾打過交道。

魏正則覺得宋太醫為人風趣，進退有餘，但又有自己的底線，從不幫著做傷天害理之事；宋太醫本十分仰慕大儒張素，知曉魏正則清正廉明，兩袖清風，故此，二人之間極為欣賞。

「宋太醫，可否借一步說話。」魏正則一臉嚴肅。

宋太醫一愣，知曉事情牽涉重大，不敢怠慢，立即將他引入內間茶室，道：「魏大人，請坐。」

他正想叫人奉茶，魏正則卻擺手道：「不必麻煩。宋太醫，你博覽群書，對草藥見識甚廣，可曾聽過一種名叫『暗珠草』的藥材？」

宋太醫一愣。「這……天下草藥千奇百怪，宋某所知不過十之二三，暗珠草更是聞所未聞。魏大人，提起這草藥，可是有什麼需求？」

魏正則也不隱瞞，直言道：「服用暗珠草可使女子腹中脹氣，從脈象上看恍若懷孕一般，但不過三天，這種症狀就會隨著流血消失，營造出小產的假象。當年我任洛州司馬，曾結識一名回紇藥材商，無意間聽他說過回紇三大奇藥，這暗珠草便是其中一種，本以為太醫院會有此藥材，想來是我多慮。」

宋太醫人也不笨，聯想到宮中那位，頓時冷汗涔涔。「魏大人，難道你懷疑……」

「魏某也只是說說罷了。」

宋太醫皺眉道：「魏大人，我倒想起一件事。當時宮中那位叫我去診脈，的確顯示月餘滑胎之脈象，但又隱隱像是疝氣虛浮所致，不過宮中那位一口咬定自己月事一月多未臨，我便也沒往他處想，如此看來，此事恐怕大有文章啊。」

魏正則擺擺手。「現在僅憑猜測，難下定論。」

宋太醫倒也是個耿直之人。「太醫院中存著不少古籍醫書，我這就讓人去查查有沒有暗珠草的記載？」

魏正則拱手道：「有勞宋太醫費心，魏某感激不盡。」

「別，魏大人，你今後若能多多指點我孩兒文章，便是對在下最大的感激。」宋太醫微微一笑，只覺這舉手之勞的順水人情，何樂不為？

兩人正說著話，突然宮中有人來報，愉貴妃突然腹痛難忍，月華門值守太醫說，皇嗣已經不保，讓宋太醫立刻前往。

從秦良甫出事到愉貴妃小產，期間正好不超過三天！

宋太醫忙揹上藥箱，要隨那宮人快步而去，魏正則心中隱約有了推測，目光一凝，道：

「宋太醫，我隨你一同進宮。」

第十二章

魏正則隨宋太醫坐馬車匆匆趕往鍾粹宮，在宮外，就能聽見裡面忙碌的腳步聲。

宋太醫正要進去，卻被魏正則拉住衣袖，叮囑道：「宋太醫，屆時還需你幫忙才可。」

宋太醫一愣。他雖不敢和愉貴妃作對，但見魏正則一臉堅定，又想到自己的從醫宗旨，鄭重點頭。「魏大人，你身為大理寺卿，以洗盡世間冤屈為己任，而我宋某身為太醫院判，也為懸壺濟世、救死扶傷為己任，路都是同的。」

魏正則難得地笑了笑。「即便此事不得昭雪，也不會連累宋太醫。」

宋太醫才進鍾粹宮，便有一名內侍太監執黃如意準備出去傳話，魏正則視線微一頓，忙拉住他衣袖。「站住！」

那內侍太監一瞧是魏正則，大驚道：「魏大人，你、你怎會在此？」

「你奉皇上口諭是要作何？」魏正則抬了抬下巴，眼神從他手中的黃如意上掃過。

內侍太監嘆了口氣，道：「魏大人有所不知，愉貴妃娘娘沒有保住皇嗣，聖上大怒，已經下旨將秦良甫和一百二十八名匠人通通斬首，為皇嗣殉葬。」

魏正則心頭大震。沒想到聖軒帝當真已昏庸至此，做出草菅人命的殘暴之事，他當即便道：「你先不要去，傳話給皇上，說我有要事求見！」

「這……」

「生死攸關，你快些去稟報，就算有天大的事，本官一力承擔！」
內侍太監見狀，便折身返回，前往鍾粹宮通報。
不過多時，那內侍太監便請魏正則進政事堂，甫一進門，便見聖軒帝摔了一個景泰藍的雕花茶盅。
越是危急，魏正則越鎮定，他朝聖軒帝恭恭敬敬行了大禮，沈聲道：「啟稟聖上，臣要狀告一人。」
聖軒帝強壓怒意，倒是緩聲問道：「你要告何人？」
「微臣要告愉貴妃目無王法、誣陷忠良、假孕皇嗣的欺君大罪！」
聖軒帝以為自己聽錯了，可壓根兒沒有，他猛然起身，瞇眼道：「魏正則，你知不知道你在說什麼！」
魏正則冷靜地看向聖軒帝。「微臣身為大理寺卿，本就掌管鞫詢之事，愉貴妃雖是後妃，但欺上瞞下，陷害朝臣，此等大罪如何能被隱瞞？」
「好好好。」聖軒帝怒極反笑，撫掌道：「好一個大理寺卿，查案竟查到朕的妃子身上。朕給你三天時間，你若查不出一個水落石出，朕便摘了你的腦袋！」
魏正則眼睛都未曾眨一下，他望了眼窗外漸沈的夕陽暮色，定定道：「不必三天，只今一夜即可。」
聖軒帝往身後的椅子上一靠，似乎已經十分疲倦，他擺了擺手。「朕只看結果。」
魏正則倒沒想到聖軒帝竟會同意，雖然是拚了他一條命，但這結果他已經很滿意了。

魏正則持了聖軒帝手諭，起身告退。

鍾粹宮中一派雞飛狗跳。

宋太醫從殿中出來，便見魏正則在殿外負手而立，薄薄的夕陽將他的身影拉得老長。

「魏大人。」

魏正則回頭，便見宋太醫嘆息搖頭。

魏正則卻笑了笑，道：「宋太醫先不要離開，魏某還有事相求。」說罷，便吩咐皇宮禁軍將鍾粹宮所有人都抓起來，就連負責伺候愉貴妃的貼身大宮女玉屏、琉光，都沒有放過。

那玉屏見這陣仗也不懼怕，反而厲聲道：「你如此作為，皇上定不會饒過你們！」

魏正則看也不看，一擺手。「全部押進大理寺監牢，再提兩個死囚。」

宋太醫見狀，也知魏正則是要審人了，他嘆氣道：「魏大人，這短短一夜，鍾粹宮八十個宮人你怎審問得完？」

「且看著吧。」魏正則眸中卻毫無笑意。

八十名宮人被綁在刑部的刑具架上，依次排開，陰森的大牢裡風一吹，燭火便飄忽不定。

魏正則讓人將兩名死囚綁在木架上推到眾人跟前，淡淡道：「你們都是宮裡的奴才，平時至多便是去個慎刑司，吃頓板子就沒什麼事了，但到了監牢卻不一樣，事關上百人生死，免不得諸位要吃些苦頭。但諸位放心，本官也不會要了大家的命，總歸要給愉貴妃留些面子。給大家半炷香的時間好好回想一下，這幾個月來，愉貴妃、鍾粹宮裡可有什麼反常之事。」

大牢裡除了諸宮女哭哭啼啼地抽泣，便只有燭火燈花爆開的噼啪聲。

魏正則閉目養神片刻，便讓劊子手拿一張漁網綁在赤身的死囚身上，再用薄如蟬翼的小刀開始凌遲，鮮血四濺，慘叫聲不絕於耳。

眾宮人見狀，紛紛閉上眼睛驚叫，卻被獄卒用竹籤將眼皮頂起，大牢裡頓時充斥一片哭聲哀嚎，恍若人間地獄。

他低聲道：「玉屏，妳先說。」

玉屏沒料到第一個輪到的就是她，戰戰兢兢道：「魏大人，我……我什麼也不知道。」

魏正則摩挲著象牙扳指，頭也沒抬，漫不經心道：「說一次謊，用一次刑。」

說罷，旁邊早就準備好的獄卒拿起燒得通紅的鉗子，抓起玉屏的右手，狠狠拔掉她右手拇指的指甲蓋。

十指連心，玉屏慘叫一聲，臉色煞白。「……你這是屈打成招！」

「是又如何？」魏正則使了個眼色，便讓人繼續。

他曾經也不愛酷刑，但今日之事非同小可，免不得要使出這樣的手段。

十個手指頭拔光了，又讓人用燒紅淬毒的鋼針刺進腳心，玉屏終是忍不住號啕大哭，求他饒命，給個痛快。

魏正則不顧她慘叫，讓人依樣畫葫蘆去對待其他宮人，便在此時，就聽琉光嘶聲慘叫：「魏大人！我知道一件事，我知道！」

「說。」

琉光一把鼻涕一把眼淚道：「幾天前的夜裡，我睡不著靠在窗邊乘涼，看見小順子揹著一個包袱，鬼鬼祟祟地往冷宮的方向去了，我不敢說，也只知道這件事，還請魏大人饒命啊！」

魏正則立刻找出其中的小順子，劊子手才將漁網套在他身上，那廝便嚇得抖如篩糠，交代道：「魏大人饒命！奴才什麼都不知道，玉屏姑姑只是指使奴才去埋個包袱！咱們做奴才的，主子一句話，赴湯蹈火不也得去嗎？」

魏正則就知道，這宮裡人嘴巴閉不住話，稍微一嚇唬，什麼都會說。

他立刻讓小順子領人去冷宮挖掘，果不其然挖出一個青灰布包著的包裹，裡面沈甸甸的，不知有些什麼？

打開包裹，但見裡面有一堆無法處理的藥渣，藥渣呈紫色；另外還有珍珠大小的圓珠子，似是某種植物的種子，以及女人用過的月事帶。

魏正則見到這兩樣東西，已了然於心，將東西扔在玉屏面前，冷聲道：「大膽奴才，證據確鑿，你還敢不招！」隨即吩咐道：「來人，請宋太醫來驗。」

玉屏見得此物，頓時洩氣，頹然道：「我招……還請魏大人放奴婢一條生路。」

帶著三名宮人，一行人浩浩蕩蕩來到鍾粹宮。

魏正則又找來敬事房太監，仔細查閱各妃嬪的侍寢記錄，發現這個月有幾天，愉貴妃竟然請皇上去別的妃子處臨幸。他心下已經有了九分把握，唯一的一分，便是愉貴妃咬緊牙關不肯招認。

聖軒帝高居偏殿上位，聽著宮人戰戰兢兢地招供。

「……愉貴妃生怕皇上因為沒有子嗣便不再寵愛，便想出這個法子。她服下回紇草藥暗珠草，故意製造出懷孕假象，想著皇上對愉貴妃恩寵有加，一定會對她大大封賞。奴婢也是豬油蒙了心，聽了愉貴妃的話，月中娘娘來了癸水，便是奴婢讓小順子連著暗珠草的藥渣一同丟進了冷宮，只是沒想到會被琉光看見……」

聖軒帝隱忍怒氣不發，而是問：「為什麼要陷害秦良甫？」

「愉貴妃本也不想陷害任何人，只是前些日子，張橫張大人之女送來錦盒給娘娘，裡面是世間難求的粉珍珠還有二十萬兩銀票，請求貴妃娘娘在皇上面前陷害秦良甫。貴妃十分喜愛那粉珍珠，便順水推舟，將小產的事怪在秦大人身上，美其名曰一石二鳥。」玉屏說到此處險些哭起來，心中暗罵：若不是愉貴妃財迷心竅，今日這件事又怎會被捅出來？到底是蠻夷出來的卑賤女子，區區珍珠便能將其收買。

聖軒帝一愣。「張橫張大人？」

魏正則思忖道：「聽說和秦良甫沾親，以前住在秦府，後來不知怎的得罪了他，搬到了郊外。估計因此事和秦良甫結仇，才買通愉貴妃陷害。」

聖軒帝冷笑。「朕的妃子竟然和朝臣勾結……她怎麼說？」

「還未告知。」

聖軒帝起身，一甩衣袖，滿臉怒氣凝結，厲聲道：「魏卿，隨朕去審問那賤人！」

魏正則跟在聖軒帝身後，緊繃的神色沒有一絲變化，然而心底卻已鬆了一口氣。他知道，秦良甫和那百餘名工匠的性命已經保住了。

他又想到那張如花笑靨，心下五味陳雜。這次以命犯險，到底值不值得？

愉貴妃望著灑金紗帳，看著空蕩蕩的寢殿，總有不好的預感。

她尚在思索，就見玉屏和琉光跌跌撞撞地闖了進來，跪在地上，朝她哭喊：「娘娘，您認罪吧！」

愉貴妃驚疑不定，大罵道：「要死了妳們！說什麼胡話！」她正欲發火，就見聖軒帝身後跟著一幫人湧入寢殿。

「皇上，您、您怎麼叫這麼多人進來？臣妾還要靜養……」

她話未說完，便見聖軒帝身後站出一名身穿紫色官服的俊雅男人，正驚詫間，就聽那人說道：「愉貴妃，妳可承認欺君罔上，服用暗珠草假孕一事？」

「你是誰？你胡說八道什麼！」愉貴妃驚坐而起，指著魏正則大罵。「來人，把這個滿口胡言、私闖後宮的賊人給我押下去砍了！」

然而寢殿周圍並沒有人動作，只有玉屏和琉光斷斷續續的哭聲。

魏正則微一側首，命人將那包裹扔在地上，又將小順子拖了出來，厲聲道：「愉貴妃，人證、物證皆在，妳有何話說？」

愉貴妃見這番情形，如何不知事情已經暴露？但她抵死不肯承認，淚流滿面。「皇上！

後宮之中，覬覦臣妾寵冠六宮的妃嬪不在少數，臣妾完全不知道你們在幹什麼！若有人存心陷害臣妾，臣妾又有什麼法子？還不是任你們捏扁搓圓嗎？」

聖軒帝聽到她這話，有一絲絲鬆動。難道真的有人陷害愉貴妃？

「陷害？」魏正則冷然道：「誰會如此陷害愉貴妃？讓愉貴妃假裝有孕，獲得皇上恩寵，再晉封為皇貴妃，真是好一齣陷害！」

聖軒帝也回過神來，冷冷道：「事已至此，妳還不肯坦白？」

「皇上！」愉貴妃突然落下淚來。「臣妾一心只有您，何必再用什麼手段？您讓臣妾坦白，可臣妾什麼也沒做！」

聖軒帝一時啞然，看向魏正則。

魏正則拱手道：「懇請皇上恩准微臣找幾隻貓來。」

「作何？」

「服用暗珠草的人身上，會有一股常人聞不到的香氣，貓一聞到就會靠近，並且四肢無力，愉貴妃若沒有服用暗珠草，這貓兒自然不會主動往她身上去；反之，謊言不攻自破。」

聖軒帝大手一揚。「准！」

很快地，內侍太監便抱來大大小小五、六隻貓，愉貴妃見狀，不由發怵。

暗珠草吸引貓？她怎麼沒聽說過？

然而下一秒，五、六隻貓全部往寢殿的大床上跳去，親暱地往愉貴妃身上蹭，有兩隻還直接翻了肚皮躺倒。

內室的宮女將情形稟報，愉貴妃頓時啞口無言。

魏正則適時道：「愉貴妃，妳還有什麼狡辯之詞？」

一旁的玉屏、琉光也勸道：「娘娘，您就招了吧！求皇上赦免，還能尋條活路！」

愉貴妃像瘋了一般驅趕床榻上的貓，可那些貓始終不肯離開她，還將她頸脖間撓出三道血痕。

恰好宋太醫及時趕到，呈上一本《邊疆秘藥》的古籍，裡面正好記載了「暗珠草」的藥性。聖軒帝草草翻看兩頁，想起她對自己的情誼全是假象，怒不可遏。

「來人，將愉貴妃重打三十大板，打入冷宮，賜鴆酒一杯！」

愉貴妃也顧不得裝病了，環視殿中的證據、宮女和太監，自知沒了退路，連滾帶爬撲到聖軒帝腳下，哭喊道：「皇上、皇上！臣妾只是一時糊塗！還請皇上您網開一面，饒了臣妾吧！」

「到底是不入流的奴籍女子，朕當是瞎了眼，才會封妳為妃！」聖軒帝絕情起來也絲毫沒有情義可言，此時看愉貴妃涕泗橫流，只覺醜陋至極。

他一腳將愉貴妃踹到一旁，頭也不回便要離開。

魏正則快步追上，忙道：「皇上，您看秦良甫……」

聖軒帝駐足，咬牙道：「魏正則，你這次雖破案有功，但以下犯上，膽大妄為！恰逢渭州刺史入冬致仕，屆時你便去渭州頂了他的職位吧！」

魏正則愣在當場，沒想到此事到底是牽連了自己。京中大員被貶去渭州任刺史……他嘆了口氣。倒也不算糟糕。

愉貴妃從後門跌跌撞撞地跑出來，卻又被幾名太監押住。

她瘋瘋癲癲的朝魏正則一通亂罵，隨即咬牙切齒道：「到底是本宮算錯一步，竟沒想到暗珠草會引貓前來，不然……不然你們休想抓到本宮把柄！」

魏正則本轉身欲走，聽聞此話，卻頓住腳步。

他冷冷道：「貴妃娘娘，其實暗珠草並不會引來貓，只是微臣讓宋太醫在給妳看診時，撒了些貓草粉罷了。若要人不知，除非己莫為。」

語畢，他看也不看愉貴妃的表情，拂袖而去。

次日，宮中便傳出消息，稱愉貴妃暴斃而亡。聖軒帝體恤民間疾苦，大赦天下，赦免秦良甫和百餘名工匠罪責，一時間朝野上下議論紛紛。

鄭海端等人打聽到內幕，無不覺得奇怪。魏正則到底哪根筋不對，竟然冒殺頭的死罪也要保秦良甫，實在不像他的作為。李贊也接連發問，可魏正則不說，誰也不知道為什麼？

包括秦良甫自己。

他一臉疲憊地回到秦府，張氏和秦畫晴已經站在門口等候。

秦畫晴見他短短幾日，兩鬢便生白髮，滄桑幾許，心酸得想掉淚，忙迎上去攙扶。「父親，您可安好？」

張氏也扶著他，垂淚道：「真是蒼天保佑！」

秦良甫安撫兩人道：「別哭了。伴君如伴虎，這種事早該有準備。」

張氏抬袖擦了擦眼淚，嘆了口氣，忙張羅廚房上桌好菜。

一家人圍坐在一起，秦良甫又喝了半壺酒，這才露出劫後餘生的笑容。「事情到底是過去了，不過……魏正則為何會仗義執言，實在讓我驚奇。」

秦畫晴不想將自己深夜去求魏正則的事說出來，只低下頭，細聲道：「魏大人明是非、辨曲直，他肯定知道父親您蒙冤，才會如此作為。父親，您看看鄭海端、盧思煥這些人，您落難之時，女兒去請求幫忙，可卻連一面也不見，心思可謂冷漠歹毒，毫不顧念八年交情。路遙知馬力，日久見人心啊。」

秦良甫端起酒杯的手一頓，面色陰晴不定。「不要說了，魏正則肯幫我，定然有所圖謀！」

「能有什麼圖謀？」秦畫晴下意識爭辯。「魏大人為了父親連日奔波，只為讓父親沈冤得雪，縱然以前你們再多不合，可他救了您的命，如今也該化解了！」

秦良甫佛然不悅，將酒杯往桌上一拍。「妳是怎麼回事！竟替那魏正則說起好話了？」

秦畫晴大聲道：「女兒只是幫理不幫親。」

「妳！」

「老爺！」張氏拉住他衣袖。「才回來就不能消停一會兒嗎？畫兒，妳也是，怎能和妳父親爭吵？」

她嘆了口氣。「魏正則和妳父親鬥了這麼多年，從同窗到同僚，他今日突然轉性，的確莫名其妙，妳父親懷疑也是應該。但是老爺，你落難，朝中無一人肯幫，畫兒去求張橫，那廝竟然咒你早些死，還潑一盆水潑了畫兒滿頭滿面，魏正則肯幫你，這點咱們該銘記於心。」

秦良甫被她一勸，也冷靜下來。他抿了口酒，只覺入口辛辣。「罷了，這恩我會記下，趁早還了人情。」

「父親。」秦畫晴也低下嗓音認錯。「方才是女兒不對，您不要生氣。」

「好了，吃飯吧。」秦良甫倒也沒有怪罪她的意思，只是想到從來憎恨的人竟然成了恩人，一時間有些不能接受。

張氏言道：「老爺，咱秦家也是知恩圖報的，你看看擇什麼禮給魏正則送去？」

秦良甫聞言，倒也沒有不樂意，只道：「他那人看不起珠寶錢財，我書房中有一幅張素老師當年繪的『湖心亭觀雪圖』，便差人將那幅畫送去吧。」

張氏問：「你不親自去？」

「現在我怎好出面？若傳入有心人耳裡，還當我秦良甫是兩面三刀的牆頭草。」

秦畫晴轉念一想，忙道：「父親，不如讓我去魏府登門致謝。」

秦良甫和張氏一同蹙眉，否定道：「妳一個未出閣的姑娘怎好意思！要去也是妳弟弟去，只可惜他不在家。」

見二人臉色，秦畫晴也不敢再提。

秦畫晴思索良久，又道：「疾風知勁草，板蕩識忠臣。父親，此事也不全是壞事，至少您看清了舅舅一家，看清了鄭海端等人，該結交、該疏遠，女兒相信您心中已有決斷。」

這是一個很好的契機。鄭海端等人先棄了父親，自此後，父親與他們疏遠便說得過去了，鄭海端也不會多想。

至於父親願不願意成為李贊一黨，秦畫晴也無從得知。

秦良甫一愣，倒沒有想到秦畫晴會提這個。

他「嗯」了一聲。「妳不用操心。」

只是想要疏遠，哪有那麼容易？有時候明哲保身，比站隊的危險還要大。

這其中緣由，秦良甫不想細說罷了。

第十三章

時間一轉，酷暑的煩悶燥熱漸漸褪去，迎來秋日天高雲淡，清風颯爽。

秦良甫在朝堂上只做好分內之事，偶爾還告幾日病假，亦離鄭、李兩派的爭鬥越來越遠，隱隱向丁正、詹紹奇的中立派靠攏。

至於張橫，明明和愉貴妃一案有關聯，卻不知怎的洗清了嫌疑，反而在鄭海端的提拔下一路高升，同李贊、秦良甫等人分庭抗禮。

秦畫晴這些日子也忙起來。她從成衣鋪選了兩名得力人手前往通州、崇州兩地開「錦繡成衣鋪」的分鋪，不管是招人還是選址，都要經由她過問。

眼看入秋，蝴蝶衫因為太薄，興許要改良，也需要製作的各種成衣款式；小雅食肆的涼果湯、酸梅湯已經賣不出去，得招兩名正兒八經的廚子，弄些秋冬適宜的小菜和糕點；糧油店在各地廣開粥棚，秦良甫的名聲也越來越好。秋闈將近，秦獲靈不再寄書信，準備專心應試。

林林總總的事情累積下來，秦畫晴忙起來便忘了時間。

這日她正伏案想著成衣鋪的新款式，手握著毛筆，半天卻畫不出一道。

窗外吹進一陣冷風，她忍不住咳嗦了下，才驚覺入了深秋。

錦玉取來青藍繡百鳥的織金披風給秦畫晴披上，隨即走到窗邊，看了眼外面紛紛揚揚的梧桐枯葉，將窗戶關嚴。

「小姐，明日夫人去給裕國夫人賀壽，備的禮可不輕，聽說有嵌寶石連紋金盒和定窯釦銀白瓷片呢。」

秦畫晴握筆的手微微一頓，訝異道：「那可是母親珍藏多年的東西，怎捨得送人了？」

錦玉走來，給她斟了杯熱騰騰的花茶，笑道：「小姐，冬月初七您就及笄啦，正賓便是裕國夫人，贊者請的是她的長女虹玉縣主，夫人能不討好嗎？」

「冬月初七？」秦畫晴偏頭，驚道：「豈不是過不久我便要行及笄禮了？」

大元朝的女子及笄後，便可議親嫁做人婦，及笄儀式或簡或繁。上一世秦畫晴家請的也是裕國夫人，因此她並不驚訝。只是那時剛過及笄禮，便定下了和永樂侯世子的婚事，而這輩子，不知母親會給她指定什麼人家？

想到嫁人，秦畫晴沒由來一陣煩悶。

以前懵懂無知也就罷了，現在她有了自己的打算，一切都要為了家人努力。永樂侯世子，她是再也不想與其有瓜葛，就連這京城裡的貴族公子，她也一個不要。若非要嫁人，對方是什麼身分不要緊，只要像父親一般，一生一世一雙人便足夠了。

秦畫晴嘆了口氣，不再去想。

她畫好圖紙，便和錦玉一道前往成衣鋪，和羅管事簡略商談幾句，詢問分鋪盈利。成衣鋪收益頗為可觀，一切倒都在預料之中。

接著她轉道去了小雅食肆。新來的廚子是杭州人，擅長精緻甜點，秦畫晴在廚房看他做梅花糕看到出神，十分歡喜，便也跟著學了幾招。

回到府裡，她便親自下廚，練習了幾天，總算做出幾碟梅花糕，拿去給張氏、秦良甫各嚐了嚐，都誇不錯。

明秀院中，秦畫晴托腮望著桌上淡粉色的糕點，眼神放空，不知在想什麼？

錦玉捧來幾份蜜餞，放在桌上道：「小姐，您這梅花糕連朱師傅都說做得不錯呢！」

不知秦畫晴這幾天怎麼致力於做糕點，特別是這梅花糕，非得做出和朱師傅一個味道。

「真的好吃嗎？」秦畫晴指尖捏起一塊，仔細端詳。

錦玉笑道：「老爺和大人都說好吃，他們怎會騙您呢？」她也是疑惑，問：「小姐，您從前不愛吃甜食糕點的，怎的最近研究起這梅花糕了？」

秦畫晴目光一凝。要她怎麼跟錦玉解釋，自己是當初看見魏大人書案上放著梅花糕，便想著學來做給他嚐嚐。

「突然感興趣罷了。」秦畫晴搪塞道。

她偏過頭，看天色尚早，又去廚房做了幾碟新鮮的梅花糕，邊上撒上幾朵剛摘的桂花，用朱漆的食盒裝了兩盒，也沒叫隨從或婆子跟著，主僕二人從後門溜出去，雇了輛馬車，匆匆前往城郊。

錦玉再傻也回過味了，她掩嘴驚訝道：「小姐，您是要去找魏大人？」

秦畫晴被她揭穿，的確有些不好意思，可轉念一想，自己是去還恩的，便也不窘了。

她「嗯」了一聲，定然道：「魏大人於秦家有恩，前些日子我忙不過來，無法登門致謝，今日得空，怎麼也得來一趟。」

錦玉也清楚，低聲道：「可老爺和夫人不許小姐您去啊。」

秦畫晴板起臉，故作嚴肅。「妳不說，我不說，他們怎麼會知道？」

錦玉暗自咋舌，只道小姐膽子是一天比一天大了。

二人至魏府門前，秦畫晴熟門熟路地上前敲門，喊道：「徐伯！」

不多時，穿著長衫褂子的徐伯便打開大門，瞧見秦畫晴，大喜道：「秦姑娘！您可有好些時日沒來啦，快快請進。」

錦玉提了其中一盒梅花糕，笑嘻嘻道：「小姐，我去找鳳嬸說會兒話。」

鳳嬸便是那夜和錦玉同住一屋的浣衣婦人，沒想到錦玉還跟她有了交情。

秦畫晴笑道：「去吧。」

待錦玉離開，秦畫晴才問徐伯。「魏大人還沒回來嗎？」

徐伯嘆了口氣道：「這段時間各地複審的案子太多，囚犯服罪文書摞得比山還高，大人天不亮上朝，在衙門待到深夜才歸，人都清瘦了幾圈。秦姑娘，您今日怕是等不到他，不如改日再來？」

秦畫晴聽到這話表情一呆。她好不容易過來一趟，卻見不到他。她低頭看了眼手中精緻的食盒，難以掩飾眸中的失落。

她和徐伯閒聊，卻心不在焉，徐伯見她不時朝門口張望，暗暗好笑。

不死心地等了半個時辰，陰沈沈的天氣突然飄落秋雨，秦畫晴站在簷下，伸手去接雨滴，指尖一片冰涼。

錦玉回來，便催促秦畫晴該回府了。

秦畫晴看了眼大門口，嘆氣道：「還好雨勢不大。徐伯，那……我改日再來拜訪。」

徐伯去屋裡拿了傘出來，遞給她道：「秦姑娘，您若看見大人，也替老奴勸慰一二，政務再繁忙，也要將息自己的身體啊！」

秦畫晴「嗯」了一聲，輕輕頷首。

錦玉替秦畫晴撐開傘，往門口走去。見她手指繞著腰間羊脂玉的五彩流蘇，眉間悶悶不樂的神色，不由安慰道：「今日天公不作美，小姐您下次再來拜訪便是，莫因此不愉。」

秦畫晴長哎一聲，低下頭咕噥：「梅花糕若不趁熱吃，味道就不好了。」

剛準備下臺階，錦玉撐傘的手突然一抖，幾縷金風細雨飄在秦畫晴面上，吹面微寒。

錦玉驚呼道：「魏大人！」

秦畫晴頓下腳步，抬眸看去，臺階下，魏正則頭頂襆頭，一身紫色圓領直袖官服，靜靜地站在朦朧雨中，水霧沾衣，倒把這身刻板嚴肅的打扮襯出幾分溫和清潤。

四目相接，都是一怔。

還是錦玉率先反應過來，撐傘將魏正則迎進，絮絮叨叨道：「魏大人，我家小姐今日專程前來向您道謝，但徐伯說您這些時日十分繁忙，恐怕深夜才歸，等了快一個時辰，眼瞧著下雨，才說告辭呢，趕巧，大人您就從衙門回來了。」

魏正則看向秦畫晴，正好看進她清澈的眼底。

他溫言道：「以後要來提前說一聲，免得久等。」話音剛落，便自覺失言。

秦畫晴眼神一亮，翹起嘴角，連忙點頭。「嗯，好！」

徐伯正在廊下打理一盆君子蘭，見秦畫晴去而復返，跟在魏正則身後，不由笑道：「大人，幸得您今日回來得早，不然秦姑娘該白跑一趟了。」

魏正則笑了笑，心下亦頗有慶幸之意。

他回屋換了一身舒適的月白常服，走到廊下，秦畫晴正伸手擺弄著腰間的流蘇，嘴角帶著甜甜的笑，讓他想起少年時自己養過的一隻貓兒。

「我正想畫幅秋景圖，準備去蓮塘邊走走，可願同行？」魏正則走到她身側，輕聲詢問。

秦畫晴眨了眨眼，抿唇笑道：「榮幸至極。」

微雨朦朧，小徑紅稀，秦畫晴乾脆收傘，加快腳步，同魏正則並肩。

魏正則見狀，不禁責道：「還在飄雨。」

秦畫晴笑笑。「這雨若有似無，連傘都無法潤濕，撐著怪麻煩的。」

魏正則無奈一笑，直接從她手裡拿過傘撐開，傘柄微微傾斜，將她遮得嚴實。

兩人靠得極近，秦畫晴攏在袖中的手不由握緊，鼻尖彷彿能嗅到他身上淡淡的書卷香氣。

秋日的蓮塘早已沒了盛夏時的燦爛，蓮蓬凋敝，風鳥寂寂。環繞蓮塘的梧桐、銀杏也都染上秋色，枯葉落入水中，蕩漾起一圈圈縠紋。

兩人走進岸邊的八角亭避雨，秦畫晴抬眼環顧四周景致，笑道：「斜風細雨裡，這些枯枝倒映在水中，疏影橫斜，一年四時，皆有美景。」

她看著蓮塘，魏正則負手而立，卻在看她。

他聞言莞爾。「此景甚美。」

秦畫晴沒有留意他的目光，思忖道：「說起來，關於我父親的事，還真要好好感謝大人……」

「不足掛齒。」魏正則微一擺手。「況且令尊也送來謝禮，那幅『湖心亭觀雪圖』是恩師成名之作，當年贈予妳父親，他珍重愛惜至極，而他今次將這幅畫贈我，說來還是我占了便宜。」

秦畫晴心裡知道，這不過是他謙辭的藉口，哪怕畫再名貴，也根本償還不了這份恩情。

她雙手交握，抬眸問：「魏大人，你那日到底是怎麼做的，能跟我講講嗎？」

魏正則隱去聖軒帝貶謫他一事，簡略說了大致經過，言談間似乎極為好辦。

然而秦畫晴聽到他狀告愉貴妃，忍不住揪心。那不僅是父親生死攸關，魏正則也一樣。

秦畫晴克制住自己感動的情緒，低聲嘆道：「魏大人，勞你費心，若你當日因此受牽連，我一輩子也不會原諒自己。」

魏正則淡淡一笑。「事情已過去，便不必再提。我救妳父親是受妳囑託，但那百餘名工匠的確無辜，身為臣子，怎能看君王鑄錯而坐視不理？再者，如今妳父親在朝堂上明哲保身，收斂許多，不參與鄭海端等人的爭鬥，此乃好事。」

秦畫晴抬眼看他，一字字道：「話雖如此，但魏大人雪中送炭的恩情，秦家永不會忘。」

「不必記懷。」魏正則倒不求回報。

秦畫晴一時不知再說些什麼，她低眉斂目，無意識地繞著腰間的流蘇。

亭外是綿延的蓮塘和無邊絲雨，秋色在她粉衣上灑上一層淡淡光華，臉龐輪廓上，一圈細弱的絨毛模模糊糊，襯得人格外嬌美。

魏正則收回視線，沈聲問：「張橫因何事與秦家交惡？」

提起這個舅舅，秦畫晴就生氣，她蹙眉道：「說起來，張橫是我的舅舅，我作為小輩不該背後妄議，只是他未免太齷齪了些。當初在渭州只是一個小小縣丞，用盡一切法子求我父親將他提拔到京中，這本該是天大的恩德，可當父親鋃鐺入獄，他不肯伸出援手也就罷了，還詛咒我父親早些死……」

想到那一夜的滂沱暴雨，以及張橫和徐氏的絕情，秦畫晴便忍不住心頭難受。

「我記得他當初來京是住在秦府，緣何又搬了出來？」魏正則問。

秦畫晴愣了愣，隨即隱晦地道：「張橫的兒子張通寧……不擇手段想害我，被我識破，父親大怒，便把他一家人攆了出去。」

她不說張通寧那下流手段，同為男人的魏正則卻瞬間了然。

一時間，他心底竟然無名火起。

面前這般娉婷毓秀的女子，怎容無恥之人唐突？張橫的兒子竟對秦畫晴生過齷齪心思，早知如此，他當時就該坐死張橫罪名，讓他永遠不能翻身？

思及此，魏正則又忍不住看了眼秦畫晴。

她眉宇間始終有種超越本身年齡的美麗，始於相貌，卻勝於相貌，天下間尋常男子又如何配得上她？

尚在出神，就聽秦畫晴問：「既然皇上得知此事，為什麼張橫沒有遭難？」

魏正則聞言，不禁蹙眉道：「他受了鄭海端重用，買通好些官員、宮人，將行賄美化成見好物而進貢，加上鄭海端等人為他說話力保，皇上便沒追究。」

說來他們臣子只是諫言，真正的決定權依舊在聖上手中，他聽與不聽，無人能左右。

說起這事，魏正則也略覺無奈，伸手揉了揉眉心。

秦畫晴見他神情染了倦色，眼尾多了兩道淡淡的細紋，沒來由感到心疼。

想起徐伯的話，她不由關切道：「魏大人，聽說你最近公務繁忙，常常起早貪黑，這樣不好。縱然事情再多，你也不要太勞累，保重身體要緊。」

她的目光滿是誠摯，魏正則很久沒被人這樣叮囑關懷，心裡不禁一暖，笑道：「好。」

興許最近勞累，他笑意平添幾分風霜，但一點也不難看，比起那些風華正茂的少年郎，反而還要清俊。

秦畫晴心想，若魏大人再年輕十年，也就沒李敝言什麼事了。

她兀自發呆，魏正則卻忍不住笑，伸手在她眼前晃了晃。「在想什麼？」

秦畫晴臉色一紅，連忙低頭，哈氣搓手地掩飾。「這亭裡四面漏風，突然覺得有些寒涼罷了。」

「那回吧。」

「不再多欣賞一會兒雨中秋景？」秦畫晴不想這麼快分別。

魏正則定定地看著她。「四季變換，如何欣賞得夠？」

秦畫晴似懂非懂地點點頭，也不好再賴著不走，率先邁步下臺階。

那階上生滿叢叢青苔，又沾雨水，秦畫晴一不留神，腳底打滑，突然向前撲去，她驚呼一聲，眼看就要摔得頭破血流，手腕忽被人重重往回一拉，霎時便撞入溫暖的懷抱。

秦畫晴瞪大眼睛，連呼吸都忘記，右側的臉頰緊貼在魏正則胸膛，清晰地聽見他怦怦的心跳聲，連帶著自己的心跳也越來越快。

兩人靠得如此近，到了後來，她已無法分辨是誰的心跳聲。

她回過神，連忙驚慌地往後退開，霞飛滿面，不敢抬頭看魏正則的臉色。

良久，她才聽到魏正則的聲音從頭頂淡淡傳來。「注意腳下。」語氣溫和，一如往昔，就像什麼事都沒發生。

秦畫晴乖順地點頭，視線落在他左手手背上，發現上面有兩道抓痕，正在滲血。她立刻想起方才情急之下他伸出手，被自己的指甲不小心給劃傷！

秦畫晴慒了，連忙從懷裡掏出貼身繡帕，拉起魏正則的右手，紅著眼道：「魏大人，我……我不是故意的。」她咬著唇，仔細擦拭血珠，愧疚得無以復加。

魏正則目光轉柔，溫聲道：「這點小傷並無大礙。」

「胡說，肯定很疼！」秦畫晴抬起眼，眸中竟帶了一絲水氣。

魏正則的心莫名一頓。

秦畫晴愧疚極了，卻也沒有辦法，低頭輕輕吹了吹他的手背，用繡帕將傷處包紮。

她這般無意的動作，像一片羽毛柔軟地拂過魏正則心頭，傷處絲毫不疼，反而酥酥麻麻，恍若覆蓋絲絲絮絮的層雲。

秦畫晴給他包好傷處，才發現他手指修長，手掌很大，幾乎能將她的手完全納入掌心。她呆了呆，才發現二人這樣執手於禮不合，似乎摸到滾燙的烙鐵，忙飛快退後兩步。

「還痛嗎？」

魏正則看著她疼惜而愧疚的眼神，搖頭輕笑。「從未覺得。」

雨已經停了。

二人一路無話，漫步到魏府，錦玉早已候在門外。

「小姐，天色不早，咱們該回去了。」

秦畫晴「嗯」了一聲，抬眼看向魏正則，低聲說：「魏大人，今日實在不好意思……」

魏正則挑眉一笑，揶揄道：「妳膽子一向都大，哪次不是冒冒失失的？現下如此小心謹慎，倒是奇了。」

秦畫晴雙頰微紅，羞惱道：「我何時對大人無禮過？」

「現在。」

「……」

她瞪著大眼，陡然失語，這副模樣倒教魏正則忍不住莞爾。

錦玉又在一旁催促，秦畫晴不好逗留，向魏正則告辭離去。

魏正則站在門口，看著馬車漸行漸遠，心中沒由來生出失落。他轉身回到書房，鋪紙研墨，準備將秋後的蓮塘畫下。

就在此時，徐伯輕叩房門，捧來朱漆食盒，將糕點取出擺放，笑容可掬地道：「大人，秦姑娘知道您喜歡梅花糕，親手做了許多，您快嚐嚐。」

淡粉色的梅花糕個個可愛精緻，散發出甜膩的香氣。

魏正則語氣一頓。「放下吧。」

徐伯答是，又提著食盒退步出門。

書房裡又恢復安靜，魏正則端詳著空白的宣紙，始終無法落筆。回憶秋景，腦海中卻浮現秦畫晴的一顰一笑，懷中似乎還殘留著她髮間的清香。

一滴墨滴在紙上，令魏正則收回思緒，他嘆了口氣，將紙張揉成團，扔落在地。

他往椅背上一靠，揉揉眉心，良久才抬起左手，取下沾了血跡的繡帕。

繡帕是上好的錦緞，繡著紫藤黃鸝圖，左下角淺淺繡了「畫兒」二字。

他目光膠著在繡帕上，忍不住伸手摩挲二字，微微出神。

第十四章

離開魏府，秦畫晴坐在馬車上，忍不住撩起簾子向後張望，待什麼也看不見了，她才呆呆地托腮冥想。

錦玉看她時不時發出一聲笑，又時不時嘆口氣，總算坐不住了，問道：「小姐，您怎麼見過魏大人後便魂不守舍的？」

秦畫晴下意識提高聲量。「我哪有。」她側過頭，不去看錦玉，反而透出一股子心虛。

錦玉莫名其妙。

車廂裡又陷入一片安靜，秦畫晴突然一轉眼珠，伸手扯扯她衣袖，發問道：「錦玉，妳覺得魏大人怎樣？」

「什麼怎樣？」

「他的為人。」

錦玉撓撓頭髮，偏著腦袋想了一會兒，才道：「奴婢雖然沒見過幾個當官的，但魏大人著實不錯，他既是李敝言公子的老師，一定文采過人，老爺此次遭難，也只有他肯仗義執言，是個大大的好人；至於性格更是沒話說。只是……」

秦畫晴急忙問：「只是什麼？」

錦玉半晌不答，看了眼秦畫晴的神色，嘆了口氣。「只是老爺和魏大人關係一直不好，小姐，您以後還是少和魏大人來往吧。」

秦畫晴怔然，結結巴巴道：「魏大人對父親有恩，說不定他們會冰釋前嫌……」說著，自己都有些不太確信，畢竟父親那性格……

錦玉又語重心長道：「小姐，恕奴婢多嘴，就算老爺和魏大人關係交好又怎樣？您隔三差五往這邊跑，被有心人瞧見大肆宣揚，您的名譽怎麼辦？這輩子還要不要嫁人啦？」

秦畫晴的睫毛微微顫抖，細聲細氣道：「我不在乎名譽，也沒有想過嫁人。」

「小姐！」錦玉不禁氣惱。「別說胡話，這要是被夫人聽見，免不了又要數落您。」

想到張氏，秦畫晴不由雙手捧臉，重重地嘆了口氣。

月中。

秋闈結束，各地方布政司放榜，秦府收到秦獲靈高中解元的好消息，一陣大喜。秦良甫雖然面上波瀾不驚，但捋鬚言談間，流露出驕傲得意之情。

待秦獲靈歸家，秦良甫破天荒地允許他邀請同窗好友來家中赴宴慶賀。

秦獲靈在京中的同窗也不少，花園裡擺了滿滿三桌。一群年少學子風華正茂，對月吟詩，各抒抱負，秦畫晴在詠雪院用過晚飯，正好路過，不由在廊下駐足含笑，多看了幾眼。

人群裡還有宋浮洋和李敝言，想到秦獲靈和他們結交，對今後秦家大有好處，秦畫晴笑得更開心。

「李公子也在。」錦玉踮腳望去，笑嘻嘻道：「這些人裡，當真一眼就能看見他，太出類拔萃了。」

秦畫晴微微一笑，附和道：「是啊。」

二人正在閒聊，偏偏這時李敝言突然回頭，看見迴廊下亭亭玉立、巧笑嫣然的女子，不由一愣。

秦畫晴被他發現，先是一驚，卻也沒驚慌躲避。她落落大方朝他頷首一笑，算是打過招呼，便轉身同錦玉離開。

「希直兄，該你了。」秦獲靈推了推他手臂，見他都沒有發現，順著李敝言視線看過去，長廊下空空如也。

李敝言回過神，卻扶額道：「興許是喝多了，腦子有些昏沈，我去散散酒氣。」

宋浮洋同秦獲靈丟給他一個鄙視的眼神，催促道：「去吧去吧，待你回來再行酒令！」

秦畫晴同錦玉相攜往明秀院走，正路過池塘，卻見一長身玉立的男子立在鞦韆架下。

秦府四處都掌了風燈，藉著燈光一瞧，秦畫晴不由驚道：「李公子，你怎繞到這邊來了？可是迷了路？」

李敝言終於等到她，喜不自勝，神色卻十分平靜。「……不錯，方才出來吹風醒酒，卻不知走到了何處？」

他說出這句話，便有些後悔。自己做出這等「藉故尋香」的孟浪事，當真枉讀聖賢書。

但自從那日詩會一別，心中總是對她念念不忘。

「錦玉，妳去找個人來，帶李公子回宴席。」秦畫晴側首吩咐道。

「是。」錦玉看了眼李敝言，又看了眼小姐，料想在秦府中不會出什麼岔子，便匆匆忙忙去了。

李敝言注視著她，隱約的燈光下，更添幾分綽約。

「秦姑娘，前些日子在下又尋了道題，妳可願解答一二？」

秦畫晴笑了笑。「願聞其詳。」

李敝言忙道：「今有二人同所立，甲行率七，乙行率三。乙東行，甲南行十步而邪東北與乙會。問甲、乙行各幾何？」（注）

秦畫晴認真聽著，在手心裡寫寫算算，不太確定道：「甲行二十步半，乙行十步半？」

「乙算對了，甲錯了。」李敝言輕輕搖頭。「甲應行二十四步半。」說完，便仔細地解釋起來。

末了，秦畫晴有些不好意思。「是我糊塗。」

李敝言忙道：「哪裡，秦姑娘倒比在下當時算得還要快。」

秦畫晴不由粲然一笑。「李公子，我有幾斤幾兩，自己還是知道的。」

李敝言被她的笑容迷花了眼，頓了頓，才又道：「還有兩道題也很有意思，今有田廣五十步，從十六步……」

有了共同話題，兩人便也不如先前那般拘謹，說說笑笑，倒真如熟識舊友。

此時，秦畫晴覺得鞋面有異，她下意識低頭看去，登時渾身僵直，驚呼道：「蛇！有蛇——」

「別動！」李敝言大驚。

一條拇指粗細、黑白斑斕的蛇正從秦畫晴鞋面爬過，秦畫晴動也不敢動，心如擂鼓，握緊雙拳，被嚇懵了。

李敝言挽起衣袖，蹲下身子道：「秦姑娘，別怕。」

秦畫晴連連點頭，閉上眼睛，不敢去看。

李敝言瞅準時機，出手如電，飛快捏住蛇頭，隨即往湖中一扔，這才折身返回，就見秦畫晴還站在原地閉著眼睛。她這副模樣，倒是說不出的楚楚可憐。

李敝言不禁柔聲道：「無事了。」

秦畫晴心有餘悸地捂著胸口，感激道：「多謝。」

「花園裡草木多，難免會有蛇蟲鼠蟻出沒，待入冬就好了。」

「嗯。」秦畫晴舒了口氣，抬眼又朝李敝言道謝。「多虧了李公子，若我和丫鬟碰見這東西，指不定就被傷了哪兒。」

李敝言看著她姣好的面龐，脫口便道：「有我在，定不會讓妳受傷。」

秦畫晴覺得這話太過奇怪，不禁皺了皺眉，正欲回答，錦玉卻已領了一名小廝過來。

錦玉道：「府裡人少，找了半天才找到人，李公子久等了。」

「一點也不久。」

錦玉只當他是客套話，便同秦畫晴告辭。

注：引用自九章算術。

李敝言望著她遠去的翩然背影，心裡莫名生出一股惆悵。看樣子，秦畫晴對他沒有絲毫在意。

轉眼便迎來冬月的第一場雪。

大雪過後，推開窗戶，寒風呼嘯，光禿禿的梧桐枝椏上，覆蓋積雪，歇著寒鴉兩點，格外陰冷。

許是因上一世的緣故，秦畫晴對寒冬有種說不出的厭惡。自從天氣越來越冷，她便極少出門，就連例行前往鋪子查帳，也是讓錦玉帶回來給她。

黃蕊才抱來一盆燒旺的炭火，就見錦玉撩開門簾進屋。

屋子裡暖烘烘的，秦畫晴穿著錦衾，肩上披著雪白的狐裘，正靠在錦榻上繡鴉青色的荷包。

錦玉將手裡幾個精緻的錦盒放在雞翅木的小几上，搓搓手，呵出一股白霧。「小姐，外面可真冷。」

秦畫晴一針一線繡得極為專注，頭也不抬道：「正在化雪，這時最冷，妳們就在屋裡待著，別亂跑了。」

黃蕊大聲道謝，便搬了杌子坐在炭盆旁，錦玉伸手戳她腦門兒。「再過幾日，小姐便及笄了，府中都忙得團團轉，就妳悠閒。」

黃蕊哈哈笑道：「錦玉姊姊，俗話說能者多勞，可不就是說妳嘛！」

錦玉無奈搖頭。

聽見這話，秦畫晴刺繡的動作慢了下來，她咬斷絲線，微微側頭問：「母親有說請了哪些人嗎？」

錦玉走上前，一邊打開那幾個錦盒，一邊說：「夫人正讓奴婢給您說呢！因為老爺最近漸離朝政，故小姐您的及笄禮請的人不多，除了臨近幾家和老爺交好的同僚，便只有太常丞丁家、兵部尚書詹家。對了，還有李贊李大人。」

「李大人？他怎麼會來？」

「誰知道呢！」錦玉也十分納悶。「聽夫人說是李大人主動提的，今兒上午已經托人送禮過來了，一對翡翠鑲金玉鐲、一對四羊雙耳青銅鼎，特別的是那多寶流光金步搖，當真價值不菲，打開盒子時，夫人都讚嘆不已呢！」

李贊此舉到底是什麼意思？他曾經在永樂侯壽宴上挖苦過對方，難道自己的及笄禮，他也要來鬧一鬧？

可是不對啊，若無誠心，不可能送這麼貴重的禮物。

秦畫晴百思不得其解。

錦玉打開錦盒，裡面是張氏讓翡翠閣打造的兩副嶄新金絲頭面，光彩奪目。

秦畫晴伸手摸了摸頭面上的攢珠，嘆道：「又鋪張了。」

「一生只有一次，小姐您也莫因此煩擾。」說著，錦玉便拿起一嬰戲蓮紋金釵，在秦畫晴髮間比劃。「昨日，翰林院編撰趙大人托程夫人來替他幺子說親，被夫人一口回絕。他那么子百事不成，家中侍妾三個，連考六年還沒及第，老爺看得上他才怪。所以小姐您放寬心，老爺和夫人絕不會亂定您的親事！」

秦畫晴扯了扯嘴角，卻笑不出來。上輩子永樂侯世子不也看著人模人樣？

入了夜，窗外又飄起大雪。

京城的天氣就是這樣，夏天熱得很，冬天冷得很。屋子裡燒著暖烘烘的炭盆，秦畫晴仍翻來覆去睡不著，她嘆了口氣，翻身下榻，披上狐裘，伸手推開窗戶。

冷風一下灌了進來，秦畫晴瞇了瞇眼睛，望著幽深寒夜裡的樹影幢幢，手肘靠在窗框上，托著下巴，滿臉鬱色。

待自己及笄，父母就會張羅她訂親的事，她這輩子當真是一點也不想嫁人。可大元朝風俗如此，女子一旦及笄，越早訂親越好，若是過了十七還不嫁人，一人一口唾沫星子都能把人淹死。

倘若真要嫁，也必得是她喜歡的人，喜歡她的人。

那個人不能像永樂侯世子一樣三心二意，也不能喝醉酒便對她大吼大叫，更不能和楚王、鄭海端等人有交集。最好還有德有才，重孝重禮，溫和儒雅，明辨是非……可世上哪裡有這樣的人？

思及此，秦畫晴腦中閃過魏正則的名字，登時嚇了一跳，暗道自己怎能有這樣的想法？

她拍了拍臉頰。才吹了這麼一會兒冷風，臉便被凍麻了，但心底卻微微發熱。

兩世為人，她從未有過這樣的思緒。當年和永樂侯世子在一起，也是稀裡糊塗的，訂親、拜堂、為人婦，一切井然有序。接著，眼睜睜看著自己的丈夫納妾、徹夜宿在別人床上，表面還說不得，為此爭風吃醋，攢怒生氣，窩在那深宅裡，白白蹉跎了青春年華……

那種滋味她不想再憶起，今生也不會再重蹈覆轍。

細雪飄進，秦畫晴腦子也清醒了些，她唉聲一嘆，合上窗櫺。

這一睡，便近晌午。

錦玉輕輕推了推秦畫晴，卻見她昏昏沈沈，說話也含糊不清，忙伸手一探，額頭竟是滾燙。

「黃蕊！」錦玉失聲驚叫。

黃蕊忙從外面奔進屋子。「錦玉姊，怎麼了？」

錦玉又摸了摸秦畫晴額頭，急道：「快去告知夫人，小姐發燒了，立刻請梁大夫過來。」

黃蕊一瞧，窩在床鋪裡的女子面色發白，立刻點頭。「誒！」

她跑得太急，險些將門口的百鳥屏風撞倒。

秦畫晴雖然昏沈，但意識還算清楚。估計是昨晚吹了風才病倒了。

張氏和秦獲靈很快便趕了過來，張氏給秦畫晴頭上換了一塊濕帕子，心疼極了。「大門不出、二門不邁的，怎麼就病倒了？眼看過幾天便是妳的及笄禮，妳說妳……」

「娘，您少說兩句，阿姊還病著呢！」秦獲靈不滿地打斷她。

張氏語氣一頓，看著秦畫晴蒼白的小臉，這數落的話怎麼也說不下去。

張氏伸手捋捋她耳邊濡濕的頭髮，眼底滿是疼愛。

過不久，梁大夫揹著藥箱來了，隔著簾子靜靜診脈，隨即道：「夫人大可放心，不過是普通風寒。我開幾副藥，用小火，五碗水煎成一碗，按時喝三次，燒一退便無礙了。」

張氏道了謝，讓秦獲靈親自把梁大夫送走，這才轉回秦畫晴榻前守著。

錦玉將熬好的藥端來，張氏接過碗，親手餵秦畫晴喝下。

秦畫晴虛弱地道：「母親，您別擔心，我很好……」話音未落，人便又虛弱地昏睡過去。

秦獲靈和張氏又守了一會兒，囑咐錦玉好生伺候，讓她安靜休息。

秦畫晴作了一個夢，夢見寧古塔的鵝毛大雪，紛紛揚揚，將她掩埋，帶來刺骨的冰冷。最後一眼，卻是父親人頭落地的樣子，血腥至極。

她一哆嗦，便睜開眼睛，卻見自己腳邊放著兩個湯婆子，錦玉正支著下巴，在她榻前打瞌睡，桌上的蠟燭幾欲燃盡。

窗外積雪壓斷枯枝，發出「啰嚓」輕響。

「錦玉，給我倒杯水。」她出聲，竟是無比嘶啞。

錦玉陡然醒過來，忙站起身，給她倒杯熱茶。「小姐，您睡了一天一夜，可還有哪裡不舒服？」

秦畫晴就著她的手喝了幾口，覺得嘴唇不乾了，才道：「頭還有些暈，身子也沒有力氣。對了，現在是什麼時辰？」

錦玉又給她倒了一杯。「子時三刻了。」

「幾月幾日？」

「明日一早便是冬月初六。」錦玉給她掖了掖被角。「夫人說，若小姐還是不舒服，及笄禮便往後挪幾天。」

秦畫晴搖了搖頭。「這怎麼行？我再將養一日就差不多，如期舉行便是。」

錦玉點點頭。「梁大夫給的方子劑量大著呢。奴婢只是奇怪，小姐您好好的，怎麼一晚上就病了？」

秦畫晴可不敢告知她是半夜睡不著覺，吹了冷風，便抿了口茶，含糊其辭。「我也不知什麼時候染的病氣。」

錦玉沒有再問，而是去撥弄炭火，讓火燒得更旺一些。

秦畫晴捧著茶杯，心事卻化不開，蹙眉道：「錦玉，妳明日一早去尋魏大人，問他能否來參加我的及笄禮？」能找藉口遠遠看上一眼也好，即便她也不知道為什麼？

「啊？」錦玉正在剪燈花，聞言不由驚訝。「魏大人和老爺政見不合，應該不會來的。」

秦畫晴也不知自己為何會有這樣的荒唐想法，其實她並不是想讓魏正則參加及笄禮，只是想讓對方知道，她及笄了。

「別管那麼多，妳按吩咐去傳話便是。」

「是。」

楚王向聖軒帝引薦了一名紫華山得道高人，此人名曰「丹青子」，自稱修煉長生仙術，於乾德八年生，今已有九十歲。

他甫一進宮便給聖軒帝進貢仙丹二枚，聖軒帝當夜服下，攬鏡自照，只覺精神奕奕，眉眼放光，走起路來步步生風，一晚竟臨幸四名嬪妃，次日又早起上朝，容光煥發。

聖軒帝當即便大喜，在朝中欽封丹青子為大元朝國師，負責煉丹求長生，捉鬼觀天象，並在紫華山和京中大興土木，興建丹青觀，塑丹青子泥像，供後人參拜。

這等荒唐事，李贊等人當然要出來諫言，可聖軒帝對丹青子深信不疑，隱忍怒氣，險要大發雷霆。

李贊上前兩步，大聲道：「皇上，謂長生可得，而竭民脂膏，濫興土木，法紀弛矣！」

聖軒帝佛然不悅。「朕修建丹青觀，是為福澤百姓！」

「古者人君有過，澤被於民，賴臣工匡弼。而今皇上卻靠修建道觀、設壇作法，第恐貽笑大方！」李贊也是直言慣了，此言一出，朝中一片譁然。

鄭海端等人臉上閃過幸災樂禍的神色，而秦良甫作為諫議大夫，卻眼觀鼻、鼻觀心，漠不關心。

聖軒帝臉色青一陣、白一陣，正要發怒，卻見魏正則邁步出列，插話道：「李大人，夫天下者，陛下之家也，人未有不顧其家者。皇上興建丹青觀同政事也無衝突，國庫尚充，依微臣之見，此意甚好。」

項啟軒也連忙附和。

李贊這才抬頭看去，但見聖軒帝眼底殺意漸淡，才知道，自己這條老命剛才險些沒了。

聖軒帝隱去不愉，指派戶部撥銀，規定工部要在明年中旬竣工，便宣布退朝。

群官走出大殿，李贊還是怒氣難消，拉著項、魏二人，低聲道：「那丹青子一看就是個老神棍，陛下連他的鬼話也信？這世道還能不能水朗天清了！」

項啟軒急道：「你在朝上這般拂皇上面子，他不殺你已是皇恩浩蕩。」

魏正則淡淡開口。「凡用丹藥者，初時極好，再而衰，三而竭，且易怒偏激，方才皇上眼睛發紅，我便知他起了殺意。李大人，以後切莫再如此行事，天早已不是天，地也不是那地，我等需得韜光養晦了。」他拉長尾音，不忍嘆息。

李贊不禁長「唉」一聲。

三人剛出東華門，卻見前面的人正是秦良甫，他身旁一名著六品官服的官員正嘰嘰喳喳說著什麼，走近一聽，卻是在道：「……你不提拔我又怎樣？我還不是官升一級？」

魏正則目光微微一凝，語氣晦澀。「工部員外郎，張橫。」

「狗咬狗。」項啟軒嗤笑一聲。

還在天子腳下，人多口雜，秦良甫懶得搭理張橫，只把他當做跳樑小丑。

張橫卻不依不饒起來。「你怎麼不說話了？你不是看不起我張家嗎？現在我女兒同永樂侯世子交好，我兒子也高中了，鄭大人看重我，遲早官運亨通，你不過……」

「張大人。」

突然身後有人喊他，聲音低沈，帶著一絲懶洋洋。

張横和秦良甫同時轉身，見是魏正則一行，不由愣了愣。

秦良甫一言不發，張横卻立刻換了張諂媚的臉。「李大人、項大人、魏大人。」

李贊和項啟軒沒有搭理，魏正則卻是微微笑道：「大理寺前些日子復審工部屯田主事，說半月前給張大人送了七百兩銀票，請張大人給予提攜，不知此事可謂真假？」

張横心虛極了，他的確收了那人七百兩，本以為那廝鋃鐺入獄，不會抖露出來，沒想到還是傳到魏正則耳裡。

他立刻否認。「一派胡言，空口無憑，定是誣衊下官，魏大人切莫聽信了！」

魏正則睨他一眼，不鹹不淡道：「清者自清。」

張横莫名被他盯得發怵，忙拱手道：「衙門還有要事，下官便不作陪了，告辭、告辭。」

他被魏正則擺了一道，心頭越想越不樂意，腳步一頓，回過身道：「魏大人，聽說你明日便要去渭州任職，下官在此先恭喜了。」說罷，立刻腳底抹油，溜得飛快。

項啟軒忍不住罵道：「鄭海端是越來越沒水平了，連這種人都肯收羅！」

一旁的秦良甫聞言，滿面驚訝，問道：「好端端地，你為何要去渭州？」

魏正則正欲搪塞，卻聽項啟軒譏諷道：「還不是多虧秦大人您所賜。上次文霄兄替你求情，惹惱皇上，直接貶他去渭州做刺史，從此天南海北，秦大人再不用擔心誰擋你路了！」

秦良甫神色怔然。「竟有此事？」

李贊一捋鬍鬚，眼珠子轉了轉，道：「擢升貶謫皆有定數，秦大人也不要過意不去，文霄才幹出類拔萃，要不了幾年還會回京。」

這話說來，也不知是安慰秦良甫，還是安慰他自己？

魏正則倒也不在意，還笑了起來。「渭州雖偏遠貧瘠，但天高皇帝遠，我也可乘機偷閒。」

秦良甫心裡不是滋味，卻又不知說什麼好？要他道歉、感謝是萬萬不成。半晌，他才沒話找話道：「本說明日小女及笄禮，請魏大人一同飲筵，看來是不能了……」

李贊一聽這話，脫口便道：「怪不得文霄讓老夫帶禮過來，原來秦大人早有此意。」

「什麼？」秦良甫一頭霧水。

魏正則欲要阻攔，卻是晚了，李贊老臉笑呵呵的。「那多寶流光金步搖，其實是魏大人借老夫名義相送。」

這東西秦良甫知道，當晚回去，張氏絮絮叨叨在他耳畔說了好幾遍，誇李老兒大手筆，卻沒想到是魏正則送的，他這又是什麼意思？

魏正則卻笑道：「上次秦大人送的畫我甚是喜歡，此次不過是藉個由頭還禮罷了。再說，李大人送的禮才更貴重。」

李贊摸摸下頷花白的鬍子。「哪裡、哪裡。」

他一生清廉，若不是孫子看上秦家嫡女，他還捨不得呢。

秦良甫倒沒有多疑，李贊又請他晚上一同在會仙樓參加踐行宴，秦良甫思忖片刻，還是應下了。

客套一番，幾人見無甚好談，便各自回衙門理事。

魏正則左右沒有可整理的卷宗，待明日交了官印，便要領著文書前往渭州。和大理寺同僚作別一番，他提早離開，回府收拾行李。

故此，錦玉趕到魏府，便見一派忙碌搬遷之象。

第十五章

「徐伯，你們這是要去哪裡？」

錦玉疑惑極了，伸手替徐伯將兩個包袱放進箱子。

徐伯見是她，不禁向她身後張望。「妳家小姐呢？」

錦玉道：「小姐染了風寒，臥病在床，她差我來問魏大人，明日可否參加她的及笄禮？」

徐伯嘆了口氣，搖搖頭，頗為難過。「大人去不了。他遭貶渭州，明日一早便要離開京城。」

「什麼?!」錦玉大驚失色。「這……這是怎麼回事？」

徐伯倒沒有隱瞞，一五一十說了。

錦玉聽完，怔在原地。

徐伯放下手中東西，又道：「我去找大人說說。」

魏正則正埋首整理書籍，這些書多是孤本，十分重要。

門突然被推開，徐伯躬身進來，稟報道：「大人，秦姑娘差錦玉過來，問您明日是否前往秦府，我給回絕了……您當真不去和秦姑娘道別嗎？」

魏正則動作一頓，沈聲道：「不必。」待捆好一摞書，才問：「她……怎麼沒來？」

徐伯長嘆道：「秦姑娘倒是想來，可她生病，臥床不起。」

「病了？」魏正則手一抖，剛摞好的書便散落一地。「什麼病？」

「風寒而已，只是來勢洶洶，免不得身子發虛。」徐伯見他眉頭微蹙，就知道他定然是關心秦畫晴的。

魏正則立刻伏案疾書一封信，折好遞給徐伯。「拿給錦玉，讓她去太醫院尋宋太醫。」

徐伯接過答是，張了張嘴想說幾句，但看魏正則眉宇間疏淡的神色，到底沒說出口，嘆了口氣，甫轉身離開。

天氣越發陰冷，下午又下起大雪。

秦畫晴窩在床榻上，蓋著厚實的錦被，腳邊放著湯婆子，正拿著荷包刺繡。

錦玉回來時，裹挾了一身風雪。

「他怎麼說？」秦畫晴立刻從床上坐起，催促著問。

錦玉囁嚅半晌，道：「魏大人不會來。但他得知小姐生病，專門讓宋太醫給您配了藥。」說著，便從懷裡掏出一個瓷瓶，倒出一粒藥丸，服侍秦畫晴吃下。

秦畫晴只覺苦澀難當，可這份苦澀，不知是因為藥，還是因為心？

「他有沒有說為什麼不來？」

錦玉嘆了口氣。「即便他想來，也來不了。魏大人因上次替老爺求情，惹怒了皇上，將他貶官，明日就要離京，哪能留下呢？」

「貶官？」

「大理寺卿貶為渭州刺史。」錦玉又解釋道：「小姐，您也莫在意這些。魏大人和老爺的關係您不是不知，該避諱的一樣都不能少，他這次離京，未必不是好事……」

秦畫晴呆若木雞，錦玉嘴巴一張一合，她卻聽不清在說什麼？

原來命運的軌跡並沒有改變，魏正則還是被貶去渭州，但上世是因父親的陷害，這次卻因替父親求情，始終和秦家息息相關。

渭州地勢偏僻，外祖母很早以前就說想來京城探親，卻因為路途太遠，這麼多年一直沒來。那裡常年水患，外祖母他們早就想搬遷，可又捨不得老祖宗傳下來的基業。

靖王起碼還有幾年才會登基，換言之，魏正則很久不能回京，從此，是要和他斷了音訊？

秦畫晴瞬間五味雜陳。

宋太醫的藥確有奇效，到了夜裡，她腦子便不暈了，人也精神，臉上浮現紅潤。

張氏親自送來明日及笄禮上要用的東西，順便叮囑她道：「正賓是裕國夫人，司正是盧夫人，贊者請的是虹玉縣主，倒也不丟秦家臉面。」

秦畫晴倒不甚在意。「左右不過是慶賀生辰，一切從簡就好。」

張氏摸了摸她的長髮，嘆道：「妳呀，一下子就長大了、懂事了。」

秦畫晴微微一笑。

張氏又讓春茜拿過一方冊子，遞給秦畫晴說：「妳且看看這些賓客送的賀禮，這些東西今後都是要給妳添置成嫁妝的。」

秦畫晴隨意翻看了兩頁，正準備合攏，卻猛然看見魏正則的名字，揉揉眼睛，確信自己沒有看錯。

「這……魏大人怎會給我送禮？」

張氏湊過去一看，了然道：「妳父親晚上回來，讓我將這些東西登記在冊，還以為這多寶流光金步搖是李贊送的，不料是魏正則托他帶來的禮。那人做事一向出乎意料，誰知道他又是什麼意思？但東西是好東西，放眼整個京中也找不出同款首飾，過幾天便拿來給妳。」

秦畫晴呆呆地看著冊子上的名字，想到他明日便要離京，半分喜悅也無。

天邊濛濛亮，錦玉和黃蕊便來伺候秦畫晴梳洗打扮。

一夜大雪還未停歇，院裡院外的白雪沒過腳踝，一腳踩下去嘎吱響。府裡的婆子和護院都冒著風雪，拿著掃帚、鐵鏟清掃，一片忙碌。

錦玉挑了件厚實的月色梅花絲裳裙給秦畫晴穿上，外邊又罩著桃紅芙紋滾白貂毛大斗篷，秦畫晴一張小臉幾乎全藏在毛茸茸的斗篷裡。

她覺得身上重得很，不禁忸怩道：「會不會穿太多了？」

錦玉拿起一個喜鵲繞牡丹銅手爐遞到她手心。「小姐，您風寒才剛好，瞧外邊這麼大的雪，又受涼可怎麼辦？」

秦畫晴望著窗外的大雪，呢喃問：「妳說，這樣的天氣，魏大人還會走嗎？」

錦玉一噎，遲疑道：「小姐，您且莫要想了。」

秦畫晴垂下眼簾，摩挲著手爐上的花紋，沈默無語。

用過百合蓮子粥，就聽兩個丫鬟說，裕國夫人等人到了，張氏在正堂會客，正堂裡全是女眷，賓客宴席要等晚上秦良甫回來主持。

到了吉時，秦畫晴按規矩跪在準備好的墊席上，裕國夫人微笑著取過象牙篦子，替她梳順頭髮，綰了一個高高的雙螺髻。

盧夫人和張氏是多年好友，亦是司者，從朱漆雕花托盤的錦盒中，取出三支累絲嵌寶珠仙草簪，遞給裕國夫人。

裕國夫人朗聲道：「家道以正，王猷有倫。婦德尚柔，含章貞吉。既昭婦則，又擅母儀。具宣閨範，有裨陰訓……」

她唸了一串方畢，秦畫晴叩首應諾。「女當謹從。」

隨即裕國夫人為她插好三支金簪，虹玉縣主立刻上前扶簪，三加之後，及笄禮成。

秦畫晴站起身，伸手捶了捶膝蓋，朝裕國夫人等人道謝，一旁的虹玉縣主笑道：「妳現在可是大姑娘了。」

秦畫晴笑著答是。

本該由秦畫晴帶著諸位在秦府逛逛，但這般大的雪，沒人願意出去受凍，便都窩在正堂閒聊。張氏見秦畫晴一直神色鬱鬱，以為她病還未好，便讓錦玉將她帶回明秀院休息，中飯也不必冒雪出來，一切由她操持。

秦畫晴回到明秀院，抖落帽上雪花紛紛，便坐在錦榻上發呆。

她垂著眼簾，長長的睫毛隱蓋了眸中憂愁。

錦玉也知道秦畫晴在想魏正則，可她卻什麼也不敢說。

桌上擺著幾個錦盒，都是張氏讓春茜送來的，裡面是各樣珠寶首飾。秦畫晴目光落到那錦盒上，突然站起身，飛快將一個個盒子打開，果然看到那多寶流光金步搖。

她拿起步搖，輕輕搖晃，琳琅的流蘇碰撞出好聽的玉石聲。

秦畫晴不禁滿嘴苦澀，嘆息道：「錦玉，妳知道嗎？魏大人此去渭州，興許是三年、五年、十年才能再見了。」

錦玉不知如何接話？

秦畫晴眼神微微一亮，將那步搖珍而重之地放回錦盒，道：「他於秦家有恩，這般走了，也不知父親有所表示沒有？不如……不如我去送送他。」

「這怎麼成！若是平日也就罷了，可今天是小姐的及笄禮，府裡這麼多雙眼睛都看著您呢！」錦玉忙不迭打消她的念頭，可秦畫晴卻越想越覺得可行，竟是唰地站直身子，眼裡綻放出光彩。

「對啊，我可以去送行！」

錦玉急道：「小姐，您走了，夫人來尋妳怎麼辦？」

秦畫晴思忖道：「囑咐黃蕊，讓她把人攔在外邊，說我頭暈在休息，不便打擾。」

「可是……」

「沒有可是！」秦畫晴拿起手爐，一字字道：「灞河也不遠，咱們快去快回，沒人會發現的。」

她意已決，錦玉也不好阻撓，將暖烘烘的手爐塞進秦畫晴手心，飛快取了柄竹絹傘，主僕二人從後門溜了出去。賓客都在正堂，僕人也在那邊伺候，竟是十分順利。

風雪呼嘯，長街上冷冷清清，莫說雇馬車，就連寥寥行人也都裹衣疾行，神色匆匆。

錦玉好不容易雇到一頂軟轎，但轎夫聽說要去長安城東二十里的灞河，都不太願意。兩人費勁口舌，那轎夫才點頭同意。

時間緊迫，秦畫晴也沒有多談，上了轎子，顛簸了大半時辰，總算停下。

城外積雪無人清理，已經沒過了小腿，秦畫晴有些後悔，可仍舊硬著頭皮前行。四下寒風肆虐，白茫茫一片，厚厚的斗篷也遮擋不了那刺骨的嚴冷。

過了灞橋，再不遠便是津渡。河水寬廣，常年湍急，因此不會結冰，這樣的天氣走水路，順流直下，可比覆蓋積雪的官道還要快捷。

秦畫晴咬緊牙關，提著裙襬，深一腳、淺一腳地艱難行走。待轉過大雪覆蓋的彎道，流水聲便愈發清晰起來。

岸邊停著寥寥兩艘船隻，幾名小廝正往船上搬運箱子、貨物，到底是錦玉眼尖，抬手一指。「小姐，您看，那是不是徐伯？」

徐伯穿著一件棉袍大褂，頭上戴著頂羊皮氈帽，正在給那些搬運箱子的小廝撐傘。他將傘微微一傾斜，便顯現出一道頎長的身影，那人一身淺灰色圓領袍，身披青羽滾毛邊的披風，秦畫晴再熟悉不過。

她眼底一熱，脫口喊道：「魏大人——」

遠處傳來細微的呼喚，和著呼嘯寒風，聽不真切。

魏正則還以為自己出現了幻聽，就見徐伯一轉身，大喜過望。「哎呀！是秦姑娘！」

他不禁一愣，側目望去，漫天風雪中，一抹纖弱的桃紅身影正提著裙襬，踩著厚厚的積雪朝這邊快步奔來，身後的丫鬟舉著傘，竟是追不上她。

秦畫晴氣喘吁吁地跑到他跟前，揚起一張凍得通紅的臉蛋，目光盈盈。「魏大人，我來給你送別！」

她身上的桃紅斗篷濡濕成深紅，頭上是及笄時插的金簪，衣服隆重而華貴，看樣子，竟是從及笄禮上追了過來。

秦畫晴見他凝視著自己久久無言，不禁輕聲喚道：「魏大人？」

魏正則回過神，抬手拂去她肩頭白雪，神色複雜。「讓我如何說妳？昨日還病著，今天便冒雪而來，當真以為傷寒不傷身？」

秦畫晴咬了咬嘴唇，低聲道：「還要多謝魏大人。吃了宋太醫的藥，身子早就好索利了，況且……」她語氣一頓。「況且你離京，一別不知經年，我無論如何也得來送你。」

渡口不遠處有座草亭，魏正則看她鼻尖被凍得通紅，便撐傘帶著她走過去暫避風雪。

錦玉見得此景，正要跟過去，卻被徐伯拉了回來。

亭中依舊寒冷，只是不會被飄一臉冰渣。

秦畫晴手爐已經涼了，抱在懷裡反而更冷，她索性隨手擱在亭中的石桌上。看著雪中兩人蜿蜒的腳印，秦畫晴心下一動，定定地望向魏正則。

他負手而立，看著亭外紛飛大雪，隨和的目光說不清、道不明。

秦畫晴率先打破沈默，問：「魏大人，你被貶去渭州，為何不告訴我？」

魏正則壓低嗓音，緩緩說道：「除了讓妳心生愧疚，又有什麼意義？」

秦畫晴一怔，竟不知如何作答？

她的確愧疚，而這愧疚裡又夾雜了一絲絲她捉摸不透的情緒。

她垂下頭，聲如蚊蚋。「於大人你來說，的確沒有意義，可這件事因我而起，我便有責任知道，今後也好盡力彌補。」

魏正則側頭看她，正好看見她眼上長長的睫毛，彷彿停留著一隻振翅欲飛的蝴蝶。

他不自覺放柔語氣。「世事如流水，哪有定數？忠言逆耳，皇上本就不滿我、不滿李大人，貶謫乃意料當中，妳一個小姑娘自責什麼？」

「我已經十五了。」秦畫晴下意識反駁，眼中帶著一絲倔強的神情。「難道在魏大人眼裡，我是個不諳世事、驕縱不堪的小姑娘？」

魏正則一愣。

她雖年紀尚小，可心思卻十分細膩，哪有半點驕縱的模樣？

他輕輕搖頭。「我從未這樣覺得。」

秦畫晴神色一鬆，嘴角漾起抹淺笑。她搓搓凍僵的手，問：「魏大人從前去過渭州嗎？」

魏正則沈聲道：「這倒未曾，但聽說渭州地靈人傑，乃荊國公故鄉。」

「其實家母便是渭州鄣縣人，外祖母前不久才寄信來過。」秦畫晴微微一笑。「渭州地處隴右道，雖然十分貧瘠，但百姓皆遵禮守法。不僅如此，鄣縣還有一座天寶峰，山高萬仞，常年積雪不化，相傳王母娘娘和玉皇大帝便是在天寶峰相識，魏大人若公務不忙，倒可去觀賞一番。」

魏正則隨口笑答：「今後有的是時間。」

雖是一句玩笑話，但秦畫晴卻忍不住心下一沈。

是啊，他有好多年的時間。

渡口邊，幾個大箱子已經全部搬到了船上，徐伯和錦玉正說著什麼。

秦畫晴不由仰起臉，看向魏正則一貫清俊儒雅的面龐，想要將他的模樣記在心底。想到兩人相處時的點點滴滴，不自覺地，眼眶微微發熱，視線也略有模糊。

秦畫晴一驚，立刻低下頭，聲色帶著一絲鼻音，問：「魏大人，你此次離去，什麼時候才會回京？」

魏正則眼底閃過一抹複雜。「說不準，看朝中局勢。」

「哦……」

秦畫晴低下頭，不知該說什麼？

魏正則看著她單薄的身影，心念微動，抬手解下腰間的椒圖墨玉，敦聲道：「妳今日及笄，我也未備厚禮，這塊墨玉是金殿傳臚後，張素老師親賜，天下間只此一枚，妳且收下。」

秦畫晴聞言一愣，看著他手心的墨玉，沒有去接。

「魏大人，你不是送了賀禮嗎？」

魏正則卻輕笑出聲，目光柔和而深邃。「不一樣，這是我親手送妳的。」

秦畫晴被他一笑迷了眼，道了句多謝，鬼使神差便伸手接過，珍惜地放進袖中。

她忽而想起一事，遲疑片刻，鼓足勇氣從懷裡拿出那繡了兩月餘的荷包，雙手遞去。

「禮尚往來，魏大人切莫覺得寒酸。」

荷包上繡的並不是鴛鴦、花卉之類的俗豔圖案，鴉青色的綢緞為底，用銀線勾勒出一圈圈繁複雲紋，簡單精緻，看得出費了許多心思。

「甚喜。」魏正則由衷說道。

剛好腰間的墨玉不再，掛上這荷包也同淺灰色的衣衫相得益彰，他低頭去繫，卻怎麼繫都不好看。

恰在此時，一雙白皙的玉手伸來，幫他繫個活結。

十指纖纖，指甲是好看的淡淡粉色，但因為被凍僵，動作不甚靈巧。魏正則心下一動，順手便握住了她的手。

彷彿像握著塊玄冰，冷得驚人。

秦畫晴身子一僵，連縮回手都忘了，呆呆地抬起眼，閃過羞窘和茫然。

「手怎麼這般冷？」魏正則略一遲疑，拉起她另一隻手，包入掌心給予溫暖。

他臉上依舊是那副認真板正的表情，似乎只是長輩一般的關心，不夾雜一絲綺念。秦畫晴卻覺得，手裡傳來的溫度快要將她融化，連帶著臉頰也越來越燙……

遠處的錦玉見得亭中執手相對的兩人，不由驚得瞪大雙眼，像是見到了極為可怕的事情。

徐伯卻笑呵呵的，兩手攏在袖中，喜聞樂見。

待秦畫晴雙手回暖，魏正則才放開她，轉眼看向亭外，沈聲道：「風雪漸大，妳早些回府吧。」

秦畫晴雙手交疊在身前，望著白茫茫一片的雪景，身子卻不如來時寒涼了。

她紅了耳根，轉身盯著魏正則的雙眼，抿嘴道：「魏大人，此去經年不知何時才能再見，若能回京復職，一定，一定要回來。」

四目相接，她白皙的臉上染了紅暈，說不出的嬌豔，但眼眸裡的情緒卻是那樣認真，認真到固執。

魏正則眼底飛快閃過一抹複雜的留戀，淡淡道：「好。」

雪越來越大，艄公催促聲傳來，亭中二人越發沈默。

秦畫晴身子很冷，但心卻是熱的。

魏正則凝視著她，問：「妳還有什麼話要對我說嗎？」

她看向魏正則，彷彿有許多說不完的話，可張了張嘴，什麼字也吐露不出。

魏正則心底莫名有一絲遺憾，但他很快便掩飾下去。「天冷，早些回去。」說罷，便邁步離開草亭。

他下了臺階，腳步微有一頓，不知想到了什麼，卻未回頭。

秦畫晴看著漫天風雪中，他高大的背影漸漸遠去，到底是忍不住追上前，大聲道：「魏大人！」

魏正則駐足。

秦畫晴提著裙襬，走到他跟前，順手在旁邊歪脖柳上折下乾枯的柳枝，遞給他，眸中染上淡淡的水氣。「天涯路遠，折柳相送。魏大人，你一定要珍重。」

魏正則將柳枝攏入袖中，見幾片雪花在她鬢邊流轉，抬手為她輕輕拂去。

秦畫晴似乎能感覺到他指尖的溫度，她心頭微微一顫，脫口便道：「魏大人，到了渭州，給我寄信好嗎？」話音甫落，她臉上便火燒火辣。憑什麼要他給自己寄信？寄信又說些什麼？這根本於禮不合！於是她又結結巴巴地掩飾道：「畢竟我外祖母住在那邊，所以……嗯，要多多瞭解渭州的事情。」

「這個好辦。」魏正則回答得很乾脆，眼底滿是笑意。

看著他眼角淡淡的笑紋，秦畫晴也不禁勾起嘴角。

她知道他還會回京，等他回京時，便是朝代更迭，風起雲湧。

立在岸邊，目送魏正則一行登船，徐伯囑道：「秦姑娘，雪越下越大了，您儘早回府，別送了。」

秦畫晴飛快地看了眼魏正則，呆呆答道：「好。」反應過來，又說：「一路保重。」

魏正則笑著頷首，立在船頭，凝望著她。

艄公鬆開繩索，撐槳划過河水，小船在飛雪中漸行漸遠。

錦玉拂落袖上的白雪，催促道：「小姐，我們走吧。」

秦畫晴靠在柳邊，遙望船頭挺拔的身形漸漸模糊，心裡百轉千迴，有失落、不捨，也有期許。回想魏大人的點點滴滴，到底是難過多一些，可為什麼會有這樣多的情緒，她卻不敢深究。

「嗯，回吧。」語畢，秦畫晴又望了一眼舟行的方向，才提裙轉身。

舟行水上，寒風凜冽。

徐伯和兩名小廝坐在船篷下，緊靠著取暖，旁邊是幾大箱子的行李雜物。

魏正則仍然立在船頭，幞頭上落了一層淺淺的積雪。

一名小廝搓了搓手，呵出口白氣。「徐伯，叫大人進來坐吧，外邊太冷啦！」

徐伯看了眼，起身迎去。

枯柳群山的景色向後退去，那抹桃紅的身影早已看不見，魏正則心底生出一股愁緒，他從懷中取出那方繡帕，盯著上面的紫藤黃鸝出神。

「大人，您可給秦姑娘說清楚了？」徐伯攏了攏頭上的氈帽問。

魏正則蹙眉道：「說什麼？」

「自然是說您心悅她。」徐伯遲疑一會兒，語重心長道：「不說大人是否喜歡秦姑娘，秦姑娘定是喜歡您的，不然也不會在及笄禮上溜出來見您。老奴雖然老，眼睛還沒瞎，若大人願意娶她，秦姑娘定然不會拒絕。大人，您年紀也不小了，總該為自己打算打算，想想死去的老爺和夫人，您總不能愧對他們啊！」

魏正則將繡帕塞入袖中，想要矢口否認，可一看對方是徐伯，是看著自己長大的親人，這否認的話頓時便說不出口。

半晌，他才嘆道：「她年紀小不懂事，我總不能害她。你想想，若捅破這層紙，秦良甫作為她父親會怎樣？他和我鬥了半輩子，向來恨我，眼看關係剛有緩和，得知我覬覦他女兒，指不定會鬧出什麼事。我無甚關係，反而是她難做，倒不如就此罷了，過幾年不見，她便會淡了這份心思……」說到後來，魏正則也略不是滋味，然而這卻是最好的結果。

秦良甫肯定不會同意，難道要秦畫晴背離秦家？這萬不可能。

思及此，徐伯感慨道：「可惜了。」

第十六章

秦畫晴和錦玉回府，張氏還在花廳和裕國夫人閒談。

她換下濕衣鞋襪，躺在床上，回想今日一幕幕，恍若在夢中。

錦玉立在一旁，欲言又止。

秦畫晴瞥到她神色，奇怪道：「錦玉，妳想說什麼？」

錦玉從濕衣袖中摸出那塊墨玉，問：「小姐，魏大人送的玉珮，您準備擱在哪兒？要不奴婢給妳找個錦盒存放到庫房吧……」

「別！」秦畫晴立刻從床上翻坐起來，伸出手。「快拿給我。」

錦玉將墨玉遞給她，秦畫晴連忙珍而重之地擦拭，手心的觸感冰冰涼涼，她立刻想到魏正則溫暖的掌心，一時間怔忪出神。

錦玉心裡直嘆氣，但到底謹記自己的身分，不敢踰矩，囫圇說：「奴婢去給小姐準備膳食。」一語畢，便轉身離開。

秦畫晴在院子裡窩了半晌，臨近晚宴，才讓錦玉扶著，施施然來到外間會客。

男女坐席用屏風分開，因此秦畫晴也不知道那邊有些什麼人？酒過三巡，秦良甫喝得東倒西歪，被張氏攙扶著去往詠雪院，宴席過罷，賓主盡歡。

李贊辭別秦良甫，早早回到府中，等了一天的李敝言忙上前詢問：「祖父，您可見到她了？」

見孫兒一臉著急，李贊不由好笑。「遠遠看了一眼，相貌是個好相貌，和你也般配。但不知才學如何？那性子是否同她父親一樣……」

「不一樣！秦姑娘品行優良，京中沒有女子比得上她。」李敝言又解釋。「她才學甚佳。祖父，記得我說過的那幾道算術嗎？她比我都解得快！再說了，女子有無才學並不重要，相夫教子、賢良淑德才是根本。」

李贊擺擺手，捋鬚道：「八字還沒一撇，你急什麼？」

「我……」李敝言也自覺有些急躁，但今日秦畫晴及笄，李贊死活不要他跟著去，可把他悶了一天。

前些日子，下人發現他時常拿著一方繡帕發呆，稟告給主母劉氏，劉氏高興壞了，想著李敝言從十六歲起，媒人絡繹不絕地往家裡來，他一個都看不上，眼瞧著都快二十，可算開了竅。

她連夜去逼問他喜歡哪家女子，不管什麼身分她都同意，一問就問出了秦畫晴。

劉氏和丈夫一合計，便把這事告訴了李贊。

李贊雖和秦良甫是政敵，但秦良甫最近逐漸脫離鄭海端一黨，風頭漸收。為了孫兒，李贊也就顧不得許多了，厚著臉皮去了秦家及笄禮，一打聽發現，秦家嫡女和他孫兒倒也相配，心頭到底是有些高興。

他今年六十三了，沒幾年就要致仕，若能抱個重孫，也不枉這輩子忙忙碌碌。思及此，李贊又蹙眉道：「萬一秦家人不同意怎麼辦？我瞧你們書院陳夫子的女兒不錯，要不然……」

「祖父！」李敝言略有不悅，固執地偏頭。「除非秦姑娘心中另有他人，或不喜孫兒，否則不會甘休。」

當然，李敝言和李贊都覺得這不可能。

李贊老臉笑開了花，安慰道：「好了好了，待過兩月，便讓你母親尋個媒人去秦府打探。」

這日，好不容易雪霽雲消，暖陽和煦，秦畫晴帶著錦玉去鋪子查看。

糧油鋪那邊一如既往，生意不好不壞；小雅食肆偶爾烤羊肉，還能滿座。由於天氣惡劣，秦畫晴便不讓張管事委託人去別的地方開粥棚，囑咐他們開春再辦。成衣鋪上新的冬裝依然走俏，雖然款式不打眼，但質量上乘，製好的狐裘、兔毛圍脖毛色都油光水亮，一看就名貴不凡。再者，蝴蝶衫將「錦繡」的招牌打了出去，京中貴女覺得穿「錦繡成衣鋪」的衣衫更能彰顯身分。

看完帳本，秦畫晴從後堂出來，準備在鋪子轉轉，給家裡人挑幾件適合的帶回去。

羅管事跟在她身後介紹道：「東家，這件百子刻絲銀鼠襖是店裡新製，配夫人正適合。」

秦畫晴看顏色不錯，摸摸料子覺得很好，便笑道：「包起來吧。」

她剛轉過身，便見一群人呼啦啦湧入鋪子，為首的是永樂侯世子薛文斌。他身邊立著一名嬌俏姑娘，身穿百蝶穿花錦緞襖，撒花洋縐裙邊繫著綠色宮條，青春靚麗。

恰好這人秦畫晴識得，乃薛文斌的一個遠房表妹，名叫謝晴蓉。

她嫁進侯府第二年，薛文斌便和謝晴蓉攪到一塊兒了，非要將她娶回家，若不是秦良甫權勢還在，薛文斌不敢，指不定秦畫晴還要受多少侮辱。

「真是湊巧，秦姑娘也來逛鋪子嗎？買了什麼，通通記在我帳上！」薛文斌看見秦畫晴雙眼一亮，忙迎上前，謝晴蓉臉色頓時便沈了下來。

秦畫晴無意和薛文斌扯上關係，更不想莫名其妙被謝晴蓉恨上，往後退了一步，欠身道：「多謝世子美意，不過是為家母買了件鼠襖，這便要回了。」說罷，便讓錦玉抱著東西準備離去。

薛文斌不明白為何秦畫晴每次見到他都避之唯恐不及，莫名生出一股不服氣的心理，眼看秦畫晴要離開，伸手就去抓她胳膊，好在秦畫晴反應極快，往側邊一躲，惱怒道：「男女授受不親，世子自重！」

錦玉聞言，腳下一趔趄，心道：小姐，妳還知道授受不親啊？和魏大人在一起可是想怎麼來就怎麼來，隨意得很啊！

薛文斌被她拂了面子，也極為不樂。「秦姑娘，妳這是什麼意思？」

秦畫晴還沒來得及說話，一旁的謝晴蓉突然插嘴道：「表哥，這位姑娘的意思你還不明白嗎？讓你離她遠點兒。」

她這話說得直白，等於直接搧薛文斌的耳光。

秦畫晴沒反駁，算是默認。

薛文斌臉色一青，氣得牙癢癢，卻不知想到什麼，突然長舒一口氣，微微笑道：「秦姑娘，來日方長，妳總會對薛某另眼相看的。」

他這種男人就是賤骨頭，越得不到就越是想念。平時看慣了對他千依百順的女子，秦畫晴這樣處處躲他的，反而來了興致。

秦畫晴聽見這話，果然臉色不愉，柳眉微蹙的樣子別提多好看。薛文斌瞧瞧身旁的謝晴蓉，突然覺得她的姿色寡然無味。

秦畫晴連虛與委蛇的客套都不給，轉身便和錦玉離開。

薛文斌看著她的背影，日光幽深。

這件小事並沒有在秦畫晴心中留下痕跡，她回到秦府，將鼠襖給張氏穿上，果然十分合身。

張氏摸著衣襟，笑咪咪地道：「這衣裳倒是好看，剛好虹玉縣主遞來邀帖，邀請參加半個月後的鹿宴，屆時我便穿這件吧。」

「什麼鹿宴？」秦畫晴一愣。

張氏笑著解釋：「虹玉縣主在圍場獵了好幾隻鹿，便擇了時辰，邀請交好的世家去嚐個鮮。」

京中貴女一無聊就喜歡弄這些五花八門的東西，秦畫晴見怪不怪，「嗯」了一聲。「冬天吃鹿禦寒，倒是不錯。」

張氏拉著她的手，坐在雞翅木的小几旁，讓春茜捧來一本厚厚的冊子，攤在桌上，示意秦畫晴翻看。

秦畫晴問：「母親，這是什麼？」

張氏眨眨眼。「自然是好東西。」

秦畫晴翻開第一頁，發現是一名男子畫像，一旁寫有生辰八字、姓名、年紀，還有家世功名的詳細注解，一連翻了幾頁，都是如此，頓時反應過來，彷彿觸電一般，將冊子扔開，惱道：「母親，您給我看這個幹什麼？」

「自然是讓妳挑選啊。」張氏沒想到她反應這麼大。「妳也到了適婚年紀，先找戶好人家訂親，免得在家待成個老姑娘。」

秦畫晴蹙眉道：「母親，我才十五，這事不急。」

張氏卻反駁說：「哪裡不急？妳看陳翰林的三個女兒，都是十四便指了人家，現在孩子都有了。」說到此處，她嘆了口氣。「也不知我和妳爹什麼時候能抱上孫子？小孩兒都是軟軟糯糯的，瞧著就喜歡……」

「喜歡便和爹再生一個好了。」秦畫晴倏然起身。「母親，我還有事，先回院子了。」

「畫兒！」張氏想要追出去，卻被春茜攔著，寬慰道：「夫人，小姐興許是害羞呢，妳總得給她點心理準備。」

張氏一想也是，嘆了口氣。「倒是我太著急了。」

秦畫晴氣沖沖地回到院子，心裡莫名升起一股煩躁的情緒。

錦玉遲疑半晌，才道：「小姐，夫人也是為您著想，您別生氣。」

秦畫晴趴在桌上，用指甲刮著銅手爐上的花紋，嘆道：「我怎會生母親的氣，只不過是有些厭煩罷了。」

錦玉疑惑道：「小姐為何厭煩？」

「妳想想看，」秦畫晴語氣苦澀。「嫁人後，就在一個全新的環境生活，早上天不亮便得去給長輩請安，晚上又要伺候夫君。夫君若對妳一心一意也就罷了，但他若三妻四妾，一年抬好幾個妾室、通房，便要無止境地和那些女人爭奪寵愛。人的一顆心，怎能分成無數份呢？再者，秦家人丁不興，父親從來不讓我和弟弟遵守那些繁複的規矩，母親也溺愛我們，試問京中哪戶人家還有咱們秦家好呢？倒不如一輩子留在秦家。」

「小姐，您可別生出這份心思！」錦玉一驚，忙驚呼出聲。

秦畫晴知道，這些想法說出來他們也不會明白，無奈地擺了擺手。「興許過三、五年，我這想法就沒了。」

「三、五年？」

秦畫晴挑了挑眉。「不然七、八年？」

錦玉頓時不再言語。

天氣嚴寒，秦畫晴和秦獲靈都足不出戶，天天窩在院子裡，要麼刺繡，要麼練字。

轉眼到了虹玉縣主的鹿宴之日，張氏好不容易將姊弟二人拽出院子，死活要他們跟著同去。秦畫晴和秦獲靈一上馬車便開始打瞌睡，到了虹玉縣主的府上才清醒過來，臉上掛著僵硬的笑。

秦獲靈一進府便瞧見李敝言和宋浮洋，頓時來了精神，同張氏告知一聲，便飛快溜了。距離開宴尚早，張氏便和裕國夫人、一眾貴婦在花廳閒聊，秦畫晴聽得直打瞌睡，後來實在睏得不行，藉故小解，讓錦玉扶著從偏門走出去後，便沒回花廳。

虹玉縣主是裕國夫人的女兒，但她夫君乃是入贅，因此一家人都還住在一起。秦畫晴心想，若有人願意入贅到秦家，倒也不錯。

她想得正美，便見一旁的錦玉伸手拉了拉她的衣袖，擰眉道：「小姐，您看，是他們。」

秦畫晴順著她的目光看去，水榭裡，張通寧兄妹和薛文斌、謝晴蓉等人都在，這倒是有意思了。虹玉縣主同裕國夫人一樣，處事圓滑，宴請他們不足為奇。

秦畫晴正要轉身，卻被張通寧眼尖發現，他立刻高聲道：「表妹，既然來了，怎不過來坐坐？難道看不起世子爺？」

秦畫晴腳步一頓，遲疑著要不要過去客套？卻見秦獲靈一行人從小徑過來，正好看見這幕。

「阿姊！」秦獲靈忙大喊道：「快過來，母親催妳過去呢。」

秦畫晴欠身一笑。「不巧，家母正在尋我，各位慢聊，先行告辭。」說著，便步履穩健地離開眾人的視線。

謝晴蓉見得這幕，不禁諷刺出聲。「故作清高。」

薛文斌臉上卻笑了起來，朝身旁的隨從遞了個眼色。那隨從微微一笑，埋首悄然退下。

秦畫晴飛快走到秦獲靈身邊，拍了拍心口道：「還真是心有靈犀，你若不來，我都不知如何和那些人敷衍？」

秦獲靈笑嘻嘻道：「阿姊，我本不想往這邊走，是希直兄非要來的。」

這話一出，秦畫晴頓時有些尷尬，不好意思地看向李敝言和宋浮洋，朝他們微微點頭，算是打過招呼。

幾人另尋了一處八角亭坐下，縣主府裡的丫鬟十分有眼色，立刻燃起炭盆，端來各色點心、茶水，守在一側。

「阿姊，張橫那廝不知怎的巴結上鄭大人，步步高升，聽希直兄說，昨兒朝堂上又和父親針鋒相對，企圖拿捏父親的錯處。」秦獲靈說起此事便咬牙切齒，將手中茶杯重重一拍，恨不得將張橫直接打回渭州老家。

秦畫晴一愣。她這段時間全心撲在生意上，倒沒怎麼關心父親，此時聽秦獲靈提起，不由緊張道：「那父親可化解了？」

秦獲靈擺擺手。「父親為官這麼多年，怎麼可能連他也擺不平？任他嘴皮子說開了花，父親隨便兩句就能將他噎回去，皇上到底還是向著父親，怎麼可能幫他一區區六品工部員外郎？」

「如此便好。」秦畫晴隨口應道，心中卻有些沈悶。

上一世，張樍沒坐上員外郎的位置，父親也沒和鄭海端劃清界限，結果是否會如前世一樣，她不敢保證。

宋浮洋「哎」了一聲，捶了秦獲靈肩膀一拳。「你我是好兄弟，我爹肯定也幫你秦家，甭管生瘡害病，還是缺胳膊、斷腿兒……」

李敝言立刻咳嗽，將他不吉利的話打斷。

秦獲靈看著他的綠豆眼，「噗」的一聲笑出來。「你還是別說了。」

秦畫晴瞧宋浮洋長得憨厚可喜，不由帶了幾分笑意。她鼻尖被寒風吹得通紅，顯得容顏格外乾淨純粹。

李敝言目光凝在秦畫晴臉上，心下一動，從袖裡摸出一個小錦盒，遞了過去。「前幾日聽獲靈兄談起秦姑娘及笄，李某未能前來道賀，著實遺憾，這小小心意，便當是遲來的賀禮，秦姑娘務必收下。」

秦畫晴一怔，並未伸手接過，推辭道：「煩勞李公子掛心，左右是個生辰，無甚好慶賀；再則，那日李大人前來送了厚禮，我又怎能再收你的東西？」

「這……」李敝言沒想到她會拒絕得如此乾脆，頓時啞然。

宋浮洋搗嘴偷笑，秦獲靈卻呆呆傻傻的，不明所以，一邊打開錦盒，一邊幫腔道：「阿姊，這鐲子可好看了，是我和希直兄一起挑選的，大家都是朋友，妳就收下吧。」

秦畫晴瞪他一眼，伸手在桌下狠掐了下他，秦獲靈頓時飆出兩行熱淚。「阿姊！妳幹什麼——」

秦畫晴卻低頭輕呷淡茶，朝李敝言笑道：「李公子、宋公子，按獲靈說的，大家都是朋友，我也不說暗話。」

她抬手取出那對累絲鎏金鴛鴦鐲，鐲子內裡還刻著一行小詩，秦畫晴低聲唸道：「得成比目何辭死，只羨鴛鴦不羨仙。這詩句到底有些不妥，若被旁人看見，恐怕有損李公子清譽。」

秦獲靈一愣，忙搶過鴛鴦鐲細看，果然看見裡側的詩句，頓時驚訝道：「我當時怎麼沒發現？」

李敝言臉色微微一紅，忙道：「是嗎？買的時候沒注意，若是這樣，那……那的確不妥。」

秦畫晴面無表情，心中卻七上八下。那詩一看就是後來刻上去的，也只有他這個傻弟弟不知曉。若是這樣，是否可以猜測，李敝言對她起了心思？這又是哪兒跟哪兒啊，他不是一直很討厭自己嗎？

上一世秦畫晴只見過李敝言一面，便被他英俊的外貌迷得七葷八素，一衝動就去李府堵過李敝言，只是沒有成功，這種行徑現在想來也覺得丟人。後來與薛文斌成親，便全心全意投在侯府上，這些少時的旖旎情事倒全都忘了。

但秦畫晴明明記得，李敝言是個頗有文人傲骨的清高之人，因為秦良甫的緣故很討厭她，卻不知這一世他怎麼轉了性子，對自己起了興趣？

思及此，秦畫晴疑惑地掃了他一眼，卻見他已經收起錦盒，低聲道：「今日是李某疏忽，下次一定給秦姑娘補上更好的賀禮。」

「李公子客氣了。」秦畫晴立刻給他一個臺階。「眼看三月便要會試，李公子你是京中最年輕的貢士，才學淵博，幫獲靈多解幾道策題，便是最好的賀禮。」

李敝言不由謙虛道：「秦姑娘過獎，獲靈兄的學識並不在我之下，說不定今年殿試能名列三甲。」

秦畫晴微微一笑。「獲靈我不知道，但李公子一定能雁塔題名，一日看盡長安花。」

「秦姑娘謬讚。」

宋浮洋忙笑著說：「嘉石居士就你這一個學生，希直兄又何必自謙？」

秦獲靈擠眉弄眼地揶揄他。「如果是你，早就藉著響噹噹的名頭招搖撞騙去了，你說是也不是？」

宋浮洋不樂意了。「秦獲靈，你會不會說話？」

「我這不是順著你的意嘛！」

眼看二人又要打嘴仗，秦畫晴忙肅容問道：「對於會試，你們有幾分把握？」

一聽會試，宋浮洋和秦獲靈臉就綠了，忙扯東扯西不敢再談這個話題。宋浮洋是知道自己考不上，無法承受宋太醫的苛責；而秦獲靈是害怕秦良甫把他關在書房，暗無天日的學習。想想這種場景，二人都覺得可怕。

秦畫晴看了看天色，道：「大抵快開宴了，我先告辭，免得母親著急。」

跟幾人作別，秦畫晴起身便要離開，恰好秦獲靈想起一事，一著急便忙去扯她衣袖。

「阿姊，等一下！」

秦畫晴只覺袖中滑落一件物什，「叮」的一聲脆響摔在地面。她還沒反應過來，秦獲靈已經彎腰去撿，隨即疑惑道：「阿姊，妳什麼時候買了塊墨玉？成色挺不錯啊！就是有點舊……」

「還給我！」秦畫晴登時大驚，忙從他手裡搶過，攥在手心。

秦獲靈何時被她這樣搶過東西，頓時撇了撇嘴。「是誰送妳的好東西，還寶貝成這樣，都不要我這個做弟弟的瞧個明白？」

秦畫晴臉莫名就紅了，跺腳佯怒。「胡說什麼！京中時興這種做舊的古玉，我花高價買的，怕你毛手毛腳給我碰壞了。」

秦獲靈有些不好意思地摸摸腦勺，正欲開口，秦畫晴卻飛快扯開話頭。「你方才要說什麼？快些交代了。」

「哦。」秦獲靈被她一打岔險些忘了，忙道：「妳給母親捎個話，我晚上不回府了，要同希直兄他們去會仙樓訪幾名同窗。」

秦畫晴「嗯」了一聲，表示知道了，便同宋浮洋和李敝言道別。

宋浮洋還好，李敝言卻是呆愣著出神。

他想借秦畫晴那塊墨玉仔細瞧瞧，可又不好開口。如果沒有記錯，他記得……記得老師也有一塊同樣的墨玉，可老師的墨玉怎麼可能會出現在秦姑娘手中？

也許只是湊巧相似？

他正在猜測，卻見秦畫晴和她的丫鬟已經走遠，頓生遺憾。

宋浮洋伸手在他眼前晃了晃。「別看了，人都走了。」

秦獲靈這才後知後覺地反應過來，走到李敝言跟前問：「希直兄，你難道……難道中意我阿姊？」

李敝言略有些尷尬，可他不能否認，只好頷首。

秦獲靈一拍大腿笑起來。「這很好啊！」

第十七章

鹿宴開席，秦畫晴同張氏、裕國夫人等上賓坐在同一桌，她旁邊一桌正坐著謝晴蓉、張穆蘭。

謝晴蓉還好，張穆蘭卻不時用眼光上下打量她，那目光意味不明，盯得秦畫晴很不自在。

席面上除了山珍海味便是鹿肉，蒸煮燉炸，花樣百出。鹿肉性燥，味道略膻，秦畫晴吃了幾口便沒胃口，喝了口淡茶，便百無聊賴地端坐著。

恰在此時，一名紫衣丫鬟垂首走來，在秦畫晴身旁低聲道：「秦姑娘，令弟秦公子讓奴婢來傳話，他有急事邀妳外出詳談。」

「急事？」秦畫晴探頭，卻不能看見男賓席那邊的情況，張氏正在和裕國夫人笑著談話，她不好打擾，便直接站起身隨那丫鬟從偏門出去。

這幕剛好被謝晴蓉和張穆蘭瞧在眼裡，謝晴蓉端起茶杯抿了一口，不鹹不淡道：「瞧她那鬼鬼祟祟的樣子，莫不是去私會情郎？」

張穆蘭雖然討厭面前的謝晴蓉，但更討厭秦畫晴，她略一遲疑，便道：「我去看看。」

旁邊的丫鬟正要跟著同去，謝晴蓉卻讓那丫鬟留下。「人多怕被發現，妳留下來幫我斟茶好了。」

那丫鬟看了眼張穆蘭，張穆蘭不耐煩地擺擺手。「別跟來，我去去便回。」

待張穆蘭離去，謝晴蓉忍不住勾了勾唇角。

紫衣丫鬟在府裡左拐右繞，漸漸四周看不見一個下人，秦畫晴頓生警覺，問：「我弟弟在哪兒？」

丫鬟恭敬道：「秦公子說他多有不便，人多口雜，請秦姑娘進屋一敘。」說罷指了指前面不遠處的屋子，轉身退下。

錦玉也察覺不對，阻攔道：「小姐，這丫鬟古裡古怪的，我們還是回去吧。」

秦畫晴看了看四周，假山灌木，鬱鬱蔥蔥，靜謐得不像話，連忙點頭。「不管了，若獲靈真有要事和我商議，待回家再談也是一樣。」

二人正準備順原路返回，就聽「砰」的一聲，那房屋的大門被推開，一名青壯男子赤裸上身，只著棉布褲衩，光天化日下大剌剌地站著，臉上帶著癡呆憨傻的笑，見到秦畫晴，忙朝她張開雙臂。

四下無人的環境、衣衫不整的男人，若被人撞見……秦畫晴腦子裡猛然警醒，突然拖起錦玉的手，不管不顧地往旁邊的灌木叢裡鑽，剛好那假山裡有處石洞，秦畫晴想都不想就拉著錦玉躲進去。

錦玉大驚失色。「小姐，您……」

「噓！」

即便大元朝民風開放，可面對一個脫得光溜溜的男人，她不得不警惕。

秦畫晴驚魂未定，就聽不遠處有腳步聲輕輕傳來，隨即，便聽一個女子驚呼道：「啊！你是誰！」

接著一個癡癡傻傻的聲音僵硬地說：「好寶貝兒，我想死妳了，妳讓哥哥我等得好苦。」

「胡說八道，你快放開我！」那聲音裡帶著急怒，竟是張穆蘭。

錦玉和秦畫晴對視一眼，眼中都看到了驚駭。

若秦畫晴反應慢些，此時被男人抱著的就是她了吧？

秦畫晴也想離開假山，但只要一出去，定然會被外面的男子和張穆蘭瞧見，正犯難時，突然一大幫腳步聲紛沓而來，秦畫晴貼著假山壁，側耳傾聽，便聽一女子高聲道：「穆蘭，縱然妳和鍾家少爺情投意合，也不能在此幽會啊！」

「謝晴蓉，妳胡說什麼！我才沒有和這傻子幽會！」張穆蘭滿面通紅，又氣又急，然而鍾少爺本來就憨，力氣也大，抱著張穆蘭讓她掙脫不得。

鍾少爺還在反反覆覆地唸叨。「好寶貝、好娘子……」

薛文斌後腳立刻帶了一大幫人過來，他一看這場景，奇怪極了，為什麼鍾少爺抱的不是秦畫晴，而是張穆蘭？

他皺眉，問一旁的謝晴蓉。「表妹，妳沒跟穆蘭說我們的計策？她怎會被鍾家那傻子抱著？」

謝晴蓉突然掩嘴，驚慌失措道：「表哥，是我不對，我……我給忘了。」薛文斌早就對張穆蘭膩味了，因此倒沒有生氣，要怪就怪張穆蘭倒楣，給秦晝晴下的套，她自己鑽了進去。

張穆蘭見到薛文斌，立刻大喊道：「世子爺，我是清白的，你快讓他放手！」一時間眾人都看向薛文斌，薛文斌暗罵了一句晦氣，冷言冷語地警告她。「張姑娘，妳和鍾少爺竟然在此情不自禁，不如早些回家商議婚事。話莫多說，否則惹火燒身啊！」

「你……你……」張穆蘭呆愣在當場，連推搡鍾家公子都忘了。

聞訊而來的徐氏和鍾家人都大驚失色，徐氏險些氣昏，鍾家人卻甚是高興。整個京城的人都知道他家長子是個傻子，二十五了都沒有說到人家，這下可好，張穆蘭長相不錯，父親在朝中又是個六品員外郎，和鍾家門當戶對，當下鍾家夫人便去和徐氏商議了。

張穆蘭不知想到了什麼，猛然推開鍾少爺，大聲道：「不關我的事，我……我是跟著秦晝晴來此地的，要是幽會，也是秦晝晴跟這個傻子！」

張氏正好在場，聽見這話險些氣瘋。方才宴席進行到一半，突然聽薛文斌說在縣主府裡發現了一隻百年難見的百靈鳥，一大幫人全都呼啦啦地跟過來，想看看百靈鳥的風采，沾點喜氣。

然而百靈鳥沒看到，卻看到張穆蘭和赤身的鍾少爺抱在一起，恬不知恥也就罷了，還往秦晝晴身上潑髒水。

張氏氣得正要站出去辯駁，就聽人群後傳來一道清朗的嗓音。「表姊，凡事要講個

『理』字，妳這般含血噴人，就不怕遭報應？」

就見秦畫晴被錦玉扶著，施施然出現，她身邊還站著臉色鐵青的秦獲靈。

張穆蘭一愣，指著她震驚道：「我明明跟著妳來的，妳……妳如果心中無鬼，怎會半途離席前來？」

秦畫晴微微一笑，讓錦玉拉出方才那傳話的紫衣丫鬟，道：「弟弟有事尋我這個阿姊，有什麼好奇怪嗎？方才是這名丫鬟替我傳的話，裕國夫人和虹玉縣主都看著呢，妳若不信，大可問一問。」

那紫衣丫鬟環視眾人，為了保命，只得點頭。

裕國夫人自然偏袒張氏的女兒，於是附和道：「不錯，是她傳話。」

秦獲靈也適時道：「我找阿姊是讓她告知母親我夜裡不回府，要去會仙樓，至於我為什麼去會仙樓，是不是也要拎出來講個清楚？」不等張穆蘭回答，秦獲靈又飛快道：「鍾少爺一表人才，表弟先在此恭喜穆蘭表姊了。」

徐氏剛清醒一些，聽見這話，又雙眼一翻，暈了過去。

謝晴蓉心頭不禁對秦畫晴刮目相看。她脫身也就罷了，還把自己摘得乾乾淨淨，比起張穆蘭不知聰明多少。

薛文斌也奇怪，不知秦畫晴怎麼識破他們的計策？為了敗壞她的名聲，他對鍾少爺不知用了多少法子，或哄或騙，或打或罵，沒想到卻便宜了張穆蘭。

一次不成，再要二次就難了。

可眾目睽睽之下，也不可能再誣陷秦畫晴。

眼看煮熟的鴨子飛了，別提薛文斌心裡多不是滋味，反反覆覆地瞧著秦畫晴的身段，心思也旖旎起來。

謝晴蓉瞥了眼他色迷迷的樣子，暗自握緊了拳頭。

張穆蘭啞口無言，到底是虹玉縣主出來說了幾句客套話，一群人便這般散了。百靈鳥沒看見，幽會的被撞破，一時間各婦人、貴女都竊竊私語起來，言談間滿是嘲笑。

鍾夫人長得五大三粗，直接挽起徐氏的胳膊親熱地叫「親家」，徐氏掙脫不得，氣得臉都綠了。

經過這件事，午宴後便走了一大群人，張氏也沒有久留，坐了一會兒便起身告辭。

秦畫晴和秦獲靈怕張氏擔心，並未將始末告訴她，因此張氏只當張穆蘭和鍾少爺果真有一腿，坐在馬車裡，一邊嘆氣，一邊說：「妳舅舅知道肯定會氣死，一輩子攀龍附鳳、巴結權貴，沒想到精心教導出來的女兒卻要嫁給一個傻子。」

「我瞧那鍾家公子挺好的，她嫁過去有的是福分呢。」秦畫晴倒是肺腑之言。若真讓她嫁給薛文斌，以後流放寧古塔，有她哭的時候。

鍾家公子的父親是個六品小官，母親是丁正的親妹妹，在朝中屬中立一派，無禍無災，張穆蘭嫁過去定然是一生順遂。

但張氏定然不這般想，嘆了嘆氣，不說話了。

秦畫晴看向對面一臉幸災樂禍的秦獲靈，朝他眨了眨眼睛。

說來也巧，秦晝晴和錦玉躲在假山洞裡時，渾身冒冷汗，生怕被發現，正膽戰心驚，突然有人被推倒進灌木叢，卻是湊熱鬧不甚踩滑的宋浮洋。

宋浮洋倒也聰明，沒有聲張，而是飛快找到秦獲靈和李敝言，幾人一合計，趁著人多，便掩護兩人從假山洞裡出來，好在三人人高馬大，眾人也專心在看張穆蘭的笑話，一時間無人發覺。

秦晝晴整理好衣衫，就聽見張穆蘭將髒水潑給她，於是就出現了先前那幕。

回到府中，張氏一離開，秦獲靈立刻繞到秦晝晴身邊，焦急地問：「阿姊，到底是怎麼回事？為什麼鍾家公子要毀妳清譽？咱秦家和他鍾家井水不犯河水，他為什麼這麼做？」

秦晝晴瞧他一臉懵懂，不由嘆氣。「那鍾少爺是個出名的傻子，他怎麼可能害我？還不是有人指使的。」頓了頓，問：「是誰第一個提議要來那麼偏僻的地方看百靈鳥？」

「是……永樂侯世子。」秦獲靈當下也回過味來了。「他這麼做又有什麼意義？」

一旁的錦玉插話道：「少爺您有所不知，世子一直覬覦小姐，但小姐對他全無好感，他便想出這陰損主意。如果小姐清譽毀了，京中無人肯娶小姐，他便可以乘虛而入，不管是娶妻還是納妾，他的目的都達到了。」

秦獲靈心中一直還當兩人是小孩子，這才記起阿姊已經不小，到了可以許人的年紀。再細看之下，發現這張和自己有三分相似的臉，姿色絕佳，想來京中最美的也是阿姊，怪不得那永樂侯世子會用這樣下作的手段。

秦獲靈一陣後怕，又想起一事。「阿姊，妳是萬萬不能嫁給薛文斌的，此人人品太差！」

「這是自然。」秦畫晴微微一笑。她上輩子吃的虧還不夠嗎，怎會又跳進火坑？

「其實……」秦獲靈撓撓腦袋，欲言又止。

秦畫晴沒好氣地說：「有話快說，這天冷著呢。」

「其實希直兄容貌、品行都不錯，阿姊妳和他倒也相配，不如……」

秦畫晴板起臉訓斥。「這些事是你該議論的嗎？父親給你的策題你寫完沒有？每天練一篇台閣體，昨天和今天的你還沒寫吧？」

「這就回去寫，妳可千萬別跟爹說！」秦獲靈登時不敢再談，一溜煙跑了。

明秀院中，幾個婆子正在打掃積雪，屋裡燒著炭盆，暖烘烘的。

秦畫晴回到屋裡，解下厚厚的斗篷搭在屏風上，打了個呵欠，便窩入軟軟的被褥中小憩。

這一覺人也睡乏了，晚膳都是張氏差人送到房中。她草草吃了幾口，便隨手從多寶閣抽出一本書翻看。

錦玉貼心地給她端來一杯熱茶，放在雞翅木的小几上，又點亮一盞油燈，讓屋裡更亮堂。

「小姐，其實少爺的話也沒錯，您總該為自己打算打算。」錦玉將火石收起來，如是說道。

秦畫晴「嗯」了一聲，對這個話題不想詳談。

錦玉搖搖頭，悄悄退下。

秦畫晴手中雖拿著書籍，可字一個也看不進去，她發了會兒呆，不知想到什麼，翻身坐起，趿拉繡鞋，披著狐裘，抬手推開窗戶。

冷風和著寒月的光輝投過窗欞，一輪冬月泠泠地懸在枯枝間。

秦畫晴從袖中摸出那塊墨玉，反覆摩挲玉珮上的椒圖紋路，想起那人，微微失神。

好半晌，她才輕嘆一聲，將墨玉收起，愁眉苦臉地呢喃：「都快一個月了，怎麼還沒寄信來？難道是忘了我說過的話？」

「這不可能。」秦畫晴想起他的一言一行，立刻推翻了自己的設想，自我安慰道：「一定是公務纏身，沒有時間。」

望著天邊圓月，她眨了眨眼，伸出右手，接了一捧月光。「不堪盈手贈，還寢夢佳期。」語畢，自己不好意思地發出輕笑。

她捂著微微發燙的臉頰，心想：此時此刻，不知魏大人能否看到滿寄相思的明月呢？

「大人，三更天了，您早些歇下吧！」徐伯挑了挑燈芯，望著書案上厚厚一疊文書，嘆了嘆氣。

炭盆的火早已熄滅，魏正則也沒叫人來燒，屋裡冷得厲害。

他披著一件寬大的鶴氅，神情專注，右手執朱筆在紙上用楷書注解，半晌才道：「眼看快翻年了，渭州多水患，到了六、七月，渭河正道淤塞，支港橫溢，指不定會怎麼樣。」

徐伯微微一怔。「那……大人您作何打算？」

魏正則語氣一頓，道：「看了渭州近年記載，遭澇之因，多是治理無方，或堤堰不修，或溝渠未泄。提前興修水利，代民賦稅，以工代賑，倘若今年澇災來患，倒也不難應對。我現在將摺子遞上去，朝廷那邊不知多久才批得下來，早些未雨綢繆，尋個安穩。」

「即便如此，也不急於一時。」徐伯指了指窗外天色。「都三更天了，您又起得早，怎麼也得將息點身體，還當自己是十幾二十的少年郎嗎？到了我這個年紀，腰痠腿疼就夠您吃一壺！」

魏正則忍不住笑了笑，順著他手指的方向，才恍然看見月懸中天，亮得驚人。

看來明日是個難得的好天氣。

魏正則從屜中取出一封官文，遞給徐伯。「明日將此信帶去驛館，寄給鄗縣縣令。」

徐伯忙伸手接過，應諾後便要離開，魏正則不知想到什麼，驀然道：「等下，還有一封。」說著從袖中取出信封，火漆封得嚴嚴實實，信封外沒有署名。

他語氣一頓，說：「這封寄往京城，找個可靠的腳夫，親自遞到她手上。」

「她」是誰？

徐伯愣了一下，隨即心領神會，笑著接過。

轉眼入了臘月，京中每戶門前都掛了新油桃符和大紅燈籠，準備迎接新年。

聖軒帝近來越發癡迷煉丹長生之術，對朝政疏忽，十天半月不上朝。朝中局勢緊張，本以為秦良甫會因此舉步維艱，卻不料他集詹紹奇、丁正等中庸一派，隱有同李贊、鄭海端等人形成三足鼎立之勢。

臘月二十三，張氏帶著秦畫晴同裕國夫人等官家女眷一起前往寶光寺參拜，秦畫晴認真地在佛前祈求，添了一大筆香油錢。到了夜裡，張氏又讓一家人換好禮服祭灶神，忙活半天，一家人才圍著火爐坐下。

秦良甫這些日子老了不少，髮間添了幾道銀絲。

他細呷了一口熱米酒，嘆道：「臨近年關，也該去平縣祭祖了。」

平縣離京城不遠，屬於畿縣範圍，來回不到一天。

張氏頷首道：「老爺，我都安排好了，正好二十五你不上朝，咱們一家人就過去上炷香。」

秦良甫甚是安慰，拍拍張氏的手背。「有妳在，這些事也不用我操心。」

秦獲靈和秦畫晴對視一眼，微笑起來。

秦畫晴心下一亮，突然嘆道：「母親怕有十年沒回過渭州了吧？也不知外祖母近來可安好？」

張氏聞言，果然臉色一暗，將筷子放下，嘆然道：「是啊，上次回渭州，還是因為妳外祖父病故奔喪。」

「外祖母年紀大了，腿腳不方便，也不可能來京城，想來，對她的記憶都有些模糊了呢。」

張氏點點頭。「妳那時候才五歲，哪裡記得什麼？」

秦獲靈倒是心直口快，直言道：「既然如此，那我們就去渭州探望外祖母唄！」

話音甫落，氣氛瞬間有些奇怪。

張氏放下象牙筷，偷眼看向秦良甫，就見他陰沈著臉，目光冷淡，神色果然不太好。

張氏不禁微微嘆息。

當年秦良甫還沒有功名，張家在渭州卻是名門大戶，族中親戚幾乎所有人都反對他們在一起。

尤其是張氏的母親，當初直接指著秦良甫的鼻子罵他家境貧寒，靠考取功名不會混出路子，就是一個騙吃騙喝的軟蛋。不僅如此，還給張氏重新物色富貴家的公子，也是張氏對秦良甫一往情深，死活不甘，不然如今也不會有秦畫晴與秦獲靈了。

張氏母親還撂了不少狠話，說死都不會認姓秦的女婿，如果張氏執意要跟秦良甫在一起，那便不要留在渭州，從今以後秦良甫也不許踏入張府一步。

即便後來張氏與秦良甫歷經波折，終於在一起，可直到張氏父親病故那一年，張氏母親對秦良甫也沒有好臉色。

從那時候起，秦良甫便格外討厭張家人，對張橫一直冷冷淡淡也是這個原因。

說起來，秦良甫這個記仇的性子真是倔得要死，如今都過了十幾年，他還是不肯服軟，哪怕張氏的母親寄信來，讓他們有空一起回渭州，秦良甫也只當沒有看見。

張氏又是個唯夫是從的女人，有時候甚是想念家人，便默默落淚，可礙於秦良甫，想著

「嫁出去的女兒如潑出去的水」這句話，到底是偏向秦良甫多些，這些事都不敢再談。

秦獲靈說完這句話，就發現一桌人氣氛不太對，頓時噤若寒蟬，朝秦畫晴不停眨眼，讓她幫幫忙。

秦畫晴哭笑不得地瞪他一眼，還沒說話，張氏便舀了勺肉汁山藥給秦良甫，溫言道：「老爺，多吃點，養胃。」

秦良甫看她側臉，一如年輕時候溫良謙遜，只是這麼多年的相伴，多了許多風霜，他心也軟了，埋頭吃了一口，複雜道：「等年三十一過，妳便帶獲靈、畫晴去渭州探望岳母吧。」

張氏一愣，眼眶霎時便紅了，哽咽道：「老爺……」

「我就不去了。」秦良甫咳嗽兩聲。「朝中還有要務，脫不開身。」

秦畫晴低著頭，卻是沒有忍住笑意。是為父母的情誼高興，還是為別的事情高興，她自己都無法分辨。

第十八章

臘月二十五夜裡，秦良甫一行人從平縣回來，就聽聞一個不大不小的消息。當天竟是張穆蘭嫁去鍾家的日子。

秦畫晴聽到這個消息還有些回不過神，驚訝道：「雖然她這輩子名譽毀在鍾少爺手上，可嫁去得這般倉促，倒是有些出乎意料。」

秦獲靈卻是心頭大定。「她嫁人了才好，免得一天到晚想些有的沒的。」

那日若是秦畫晴被那大傻子抱著，第一個瞧見的必然是張穆蘭，以她的性子，定會大肆宣揚，讓秦畫晴跳進黃河也洗不清。如今風水輪流轉，秦畫晴沒有落井下石，算夠意思了。

秦獲靈又道：「若當初舅舅一家肯幫襯父親一二，我家也絕不會袖手旁觀，只能說現世報來得太快。」

秦畫晴微微一笑。在眾人眼裡，是張穆蘭吃虧，可在她眼裡，卻覺得張穆蘭撿了個天大的福分。

姊弟倆正在說閒話，錦玉突然神色匆匆地走來，朝秦獲靈福了一禮，附身在秦畫晴耳邊悄聲說了幾句。

秦畫晴臉色變了幾變，嘴角越翹越高，卻是控制不住的歡喜，礙於秦獲靈在場，一直忍耐著沒有表露。

「我有些睏了，獲靈，你先回吧。」

「青天白日的妳犯睏？」

「怎麼，不行嗎？」

她立刻下了「逐客令」，秦獲靈丈二金剛摸不著頭腦地離開。

秦畫晴踮腳確定秦獲靈不會折返，立刻提起裙襬飛奔到後門，果不其然看見一名腳夫打扮的中年人，拿著一封信左顧右盼。

「是……是渭州的來信嗎？」

「是。」腳夫點點頭。「要親自交到秦姑娘手上。」

秦畫晴讓錦玉賞了銀子，立刻雙手捧過信封，掂量兩下，竟有些分量。

她懷揣著信像一隻蹁躚蝴蝶似地飛回明秀院，進屋「砰」地一下關上房門，迫不及待拆開火漆，取出帶著蘭香的灑金信紙。她咬緊嘴唇，展開信紙時遲疑了一下，玉白的指尖微微一抖，映入眼簾的便是熟悉的行楷筆跡，行雲流水，力透紙背。

她眼眸微亮，嘴角噙著笑，柔聲唸道：「秦姑娘淑覽，見字如面……灞河一別已月餘久，卿近來安否？冬月十三至渭州，寒風尤厲，飛沙走石，欲出不得，月中旬，天晴稍霽，偕徐伯數三僕登天寶峰。山巒疊嶂，為晴雪所洗，盡作素妝，披蓋茫茫一色……賞景而歸，望風懷想，時切依依，遂作『山川冬雪圖』，贈卿聊表……書短意長，恕不一一，海天在望，不盡依遲。年關將近，順祝卿，歲祺節喜。」

短短幾句，反覆呢喃。

她打開另一張較厚的宣紙，果然是幅山水畫。

畫中正是雪後天寶峰，群山上一群仙鶴展翅凌雲，飛絮點點，茫茫林海，玉樹瓊花，幽深靜謐，彷彿可以聽到積雪壓斷枯枝的聲響。

左上一排落款，歲次辛卯年仲冬十五魏文霄作於渭州，右下角蓋二印，一枚號章嘉石居士，一枚閒章美意延年。

秦畫晴伸手在印章上輕輕撫摸，喜不自勝。「多蓋一個章子就能多賣八百兩銀子呢！」

錦玉咋舌道：「小姐，您捨得賣嗎？」

秦畫晴將畫拿在手中高舉端詳，目光流連，笑彎了眼。「給我明珠千斛我也捨不得，這可是他送我一人的。」她隨即又指著信上的字，沾沾自喜。「錦玉，妳看，魏大人叫我秦姑娘，他還是第一次這般叫我呢！」

魏大人要是當面這樣叫她，會用什麼樣的語氣？他在寫信的時候，心中想的又是什麼？是她嗎？一定是吧！

思及此，秦畫晴彷彿吃了好幾碟蜜餞，甜甜的笑意濃得化不開。

「秦姑娘淑覽……秦姑娘……」雖然生分，但恪守禮教，想到魏大人的為人，這三個字也旖旎起來。

秦畫晴靠在屏風上，癡癡發笑，隨即坐在錦榻上，托腮唸叨。「望風懷想，時切依依……哈哈，望風懷想……」她又站起身，圍著桌子繞圈，笑咪咪地回味。「海天在望，不盡依遲……」

錦玉看她拿著一張信紙，來來回回坐立不安，不禁道：「小姐，奴婢許久沒看到您這般高興過了。」

秦畫晴笑容一僵，臉上有些發燙，偏頭掩飾道：「我哪有，只是、只是頭次有人給我寄信，新奇罷了。」

錦玉還想再說，秦畫晴卻敲敲自己額頭，飛快催促。「錦玉，筆墨伺候，我要給魏大人回信。」

秦畫晴執筆，卻不知怎麼開頭？

她從來沒有寫過信，也不知格式為何，但要讓她去詢問秦獲靈，那是萬萬不能的。

「錦玉，妳說我寫什麼好？」秦畫晴用筆撓了撓頭，望著潔白的信紙，頗棘手的樣子。

錦玉笑道：「小姐，您又不是讀書人，哪管那麼多的規矩？即便您亂寫一通，魏大人也不會因此惱您的，就隨便寫寫近來的趣事好了。」說完，錦玉又道：「對了，年關一過不是要同夫人去渭州嗎？您不如告訴魏大人。」

「……不告訴他。」秦畫晴想到，自己突然出現在他面前，一貫儒雅的臉上露出驚詫的表情，一定十分精彩。

錦玉不知道秦畫晴又在笑什麼，但她也不好詢問。

秦畫晴想了想，提筆寫道——

魏大人，近來可安好？京中倒不如渭州嚴寒，連續幾日暖陽高照。前些時日，虹玉縣主興辦鹿宴，我有幸隨母前往，席面有白藥蒸鹿蹄、山珍鹿茸湯、紅燒鹿肉片、人參蟲草煲鹿肚……膻味大腥，我不甚歡喜。也正因如此，免於虛不受補，京中多人鼻血不止，宋太醫忙得暈頭轉向矣……

寫著寫著，秦畫晴便忍不住嘴角上翹，錦玉湊過去看了眼，笑道：「雖然不懂小姐寫的是什麼，但看字跡清秀，魏大人一定會喜歡。」

「希望他也這樣想。」秦畫晴微微一笑，繼續寫近來京中發生的事。

例如鍾家的傻兒子終於娶親了，媳婦是她表姊；宋家的管事捲了一筆銀子，還放火燒了宋家半壁宅院；盧思煥的么弟第十次名落孫山，被盧思煥數落了幾句，前幾日在大街上號哭，嚷著要自盡……

待京中有趣的事寫了滿滿五、六頁，秦畫晴才擱筆，揉了揉痠軟的手腕。

錦玉上前詢問。「小姐，可要現在送過去？」

秦畫晴又看了眼墨跡未乾的信紙，略一遲疑。「總覺得少寫了什麼……」

錦玉笑道：「反正要去渭州，也不急於在信中說個清楚。」

秦畫晴被她點破，有些不好意思，咕噥道：「可是去渭州，也不一定會見到他。」

錦玉掩嘴一笑，卻不戳穿。

除夕日。

張氏讓丫鬟端來宵夜果盒，打開盒子，一股甜膩的香氣撲面而來。裡面是滿當當的蜜餞、澄沙團、蜜薑豉，種類繁多。秦獲靈當下便準備拿幾個嚐嚐，張氏立刻喝止。「急什麼，你爹還沒回來。」

秦獲靈看了看天色，苦著臉道：「爹在宮中參加驅儺儀式，說不定要用了晚宴才歸，好娘親，就讓我吃兩個吧！」

「你若真餓，喝幾口茶吧。」秦畫晴抬袖掩飾笑意，讓錦玉給秦獲靈斟茶。

秦獲靈臉色垮了下來，便在此時，就聽門口僕人躬身喚「老爺」，卻是秦良甫早早歸家。

秦良甫隨手端起茶盞喝了一口，發現是他最喜歡的敬亭綠雪，自從降級，他已許久沒有喝到。

他身上繁複的朝服還未換下，張氏立刻迎上前去。「您回來啦！」

秦良甫笑道：「過年妳才肯把好茶拿出來。」

張氏嗔怪道：「這敬亭綠雪還是去年皇帝賞的二斤，不省著點怎行？」

秦獲靈喝了口，品不出什麼味來，咂巴著嘴說：「昨日我路過鄭海端家門，發現門外聚了一大堆人，道路堵塞，每個人都手捧錦盒。一打聽才知道，這些人都是給鄭海端送禮的。」

秦良甫「嗯」了一聲，彷彿見怪不怪。「現下皇上不管事，大權旁落，被鄭海端和李贊瓜分，兩人勢焰熏天。李贊自詡剛直不阿，不會受禮，故此今年入京赴吏部應選的官員，都去巴結鄭海端了。且你當隨隨便便送什麼都行？僅送給鄭府管事的門包若少了八百兩，連跪在鄭府門前的資格都沒有。」

過年行賄，比起平時更明目張膽，官場之風敗壞，掩蓋不住當今大元朝陳腐氣息。

秦畫晴看了眼秦良甫，心中安穩不少。

以前秦家府前也是如此，大大小小的官吏前來送禮、道賀，逢年過節門口絡繹不絕，今年雖然也有官員上門，但都被秦良甫打發了，並未收他們金銀。

秦良甫突然問：「這幾日張橫來過沒有？」

張氏一愣，搖了搖頭。「未曾。」

秦良甫冷然說道：「看來他算識抬舉。」

「他又怎麼了？」秦畫晴皺眉問。

秦良甫道：「他女兒嫁去鍾家，撒潑耍橫，狀如瘋婦，那鍾少監實在忍無可忍，因此參了張橫一本，還要讓兒子休妻。張橫哪裡肯甘心？本來女兒名聲就毀了，若連個傻子都不肯要，以後還如何在京中立足？」

說到此處，秦良甫嘆了口氣。「也幸虧皇上整日迷戀煉丹之術，不管這些小事，鄭海端都給他壓了下來，不然光是教女無方這一由頭，就夠張橫喝一壺。」

張氏聽到這些頗不是滋味，但一想到她這個哥哥當初是怎樣對待秦家的，心腸瞬間就硬了起來。

思及此，她不由嘆道：「今次回渭州，若母親問起他，我……我要如何作答？」

「如實說便是。」秦良甫皺了皺眉。「自己敢做，難道不敢讓人知道？」

張氏看了他一眼，不再言語。

秦獲靈吃著時果，問：「母親，我們什麼時候啟程？可有什麼需要準備的東西？」

張氏道：「該準備的年禮都準備好了，初五早上從灞河乘船，趕在上元節前應該能到。」

秦良甫想著他們一走，自己一個人在府裡孤零零的，不甚歡喜，皺眉叮囑：「早去早回，別待太久。」

張氏微微一笑。「你放心好了，至多待個三、五天。」

秦畫晴忍不住低聲埋怨。「時間也太短了……」

「阿姊，妳說什麼？」

秦畫晴移開目光，搪塞道：「我沒說話，你聽錯了。」

一家人吃過晚飯，守到子時，便讓下人用竹竿綁了鞭炮，拿到門口點燃。一時間，家家戶戶炮竹聲聲，辭去舊歲迎來新年。

短短幾天，秦畫晴卻覺度日如年。

好不容易捱到初五，秦獲靈卻染了傷寒，咳嗽、流涕不停。張氏倒不著急，秦畫晴卻急壞了，將上次宋太醫開的藥丸一股腦給秦獲靈吃，但他還是不見好，病殃殃的沒什麼精神。

秦良甫一瞧，索性讓秦獲靈在京城陪他，待病好了再去。

初八，張氏便帶著秦畫晴和一眾丫鬟、下人，從灞河雇專船順流而下前往渭州。時值隆冬，水路比陸路好走，走走停停六日，便抵達渭州州城渡口，由此乘馬車到郿縣，不過半日。

然而張氏卻因長時間坐船，身子軟乏，水土不服，別說坐馬車趕路了，就連躺在床上都難受。

秦畫晴連忙在州城尋了處客棧，找來大夫診治，這才安下心。

張氏喝了藥，靠在床榻邊上，有氣無力地道：「按理應當今晚就到郿縣，只是娘這身子骨一年不如一年，上次回渭州還是走陸路，也不如今次這般難受。」

秦畫晴給她掖了掖被角道：「母親，您先安心休息，外祖母那邊我叫人傳話了，已到渭州地界，明天趕過去也沒什麼。」

「也只有如此了。」張氏拍了拍她的手背。「妳不用守在我榻前，閒來無事，去州城裡轉轉吧。明日便是元宵節，街上應是十分熱鬧。」

「知道了，母親。」秦畫晴笑了笑。

待張氏睡下，秦畫晴也回房補眠。一路舟車勞頓實在沒什麼精力，睏意襲來，這一覺竟不知睡到什麼時辰。

街頭巷尾炮仗聲聲，小孩兒嬉鬧作響。秦畫晴睡也沒睡踏實，從夢中清醒，轉頭看向窗外，夜幕四合，繁星點點，桌上一盞油燈發出柔和的光。

她伸了個懶腰，從床上坐起，錦玉便提著食盒推門進屋，見她醒了，笑道：「小姐，方才客棧小二來送晚膳，奴婢看您還在睡，便沒將您叫醒。」隨即從食盒裡取出清粥小菜，一一擺開。

「現在什麼時辰了？」

「戌時三刻。」

秦畫晴揉揉肚子。睡了好幾個時辰，的確也餓了，便拿起筷子開動。

吃到一半，她突然想起一事，問：「對了，我讓妳打聽的事打聽到了嗎？」

錦玉聞言怔了怔，隨即點頭。「打聽到了，魏大人並未在州城置宅，現今就住在刺史府衙裡。方才我從府衙門口路過，想進去找徐伯和鳳嬸，還沒說幾句話呢，就被門口凶神惡煞的守衛給趕走了。」說到此處，錦玉頗不高興。在京城，還沒哪個下人敢這樣對待秦家的丫頭。

「這樣啊……」秦畫晴咬了咬唇，放下筷子。「我還是親自去看看吧！」

錦玉不可置信地抬頭。「小姐，這都戌時了，您要去刺史府衙？」

秦畫晴也不想，她嘆了口氣。「明日母親休整好了，立刻就要啟程前往鄗縣，待也待不到幾日，趁著今日有點空閒，能見到魏大人最好，見不到……見不到也就算了吧。」

錦玉想說何必非得去見魏大人呢？可一看秦畫晴那神色，頓時便說不出了。

秦畫晴飛快喝完粥，起身走到門邊，突然又折返回來，摸了摸臉龐，朝錦玉吩咐：「打點水來，我梳洗一番。」

「……是。」

待錦玉打水歸來，秦畫晴已經換了件寶石綠多褶糯裙，上面是月白暗花短糯，披了件同色的風帽斗篷。她洗了把臉，讓錦玉綰好髮髻，便對鏡描眉點唇。

夜裡光線暗淡，秦畫晴頗為著急道：「再燃幾支蠟燭，快點。」

錦玉雖然覺得古怪，但也只能照辦。

秦畫晴在眉心貼上紅色桃花花鈿，攬鏡自照，扶了扶髮間玉簪，問道：「錦玉，妳看我還有哪裡不妥？」

錦玉無奈笑道：「小姐，這整個渭州城裡就數您最好看，天仙下凡莫過如是。」

秦畫晴聞言，忍不住抿嘴一笑。

收拾完畢，主僕二人便去看望張氏。張氏服藥後臉色紅潤不少，抱著暖爐睡得沈。秦畫晴見狀，心下稍安，掩好門窗，方輕手輕腳地離開。

大元朝元宵節前後，各州城縣鎮解除宵禁三天，俗稱「放夜」。期間，舉辦大大小小的花燈節，百姓可徹夜遊玩至天明，若在京城，還能看到皇宮燃放的煙火。

「街上倒是繁華。」錦玉抬手一指懸掛的花燈。「真好看！」

渭州城自然比不得京城，街道上雖也處處掛燈，但樣式老舊，反覆不過是荷花燈、白象燈、畫屏燈，在見慣京城巍峨燈樓、璀璨燈樹的秦畫晴眼裡，著實平常。

即便如此，在放夜的第一天，街上還是遊人如織，熙熙攘攘。

秦畫晴一路上都著急趕路，轉過幾條街道，總算來到刺史府衙。

府衙就坐落在街道正中，門口擺著兩隻威武的石獅子，順應節日，簷下掛了一排嶄新的紅燈籠，在寒風中輕輕晃動。

兩個守衛官差正靠著房門閒聊著什麼，錦玉湊近秦畫晴身邊，指著左邊那稍年輕的官差，低聲道：「就是他。方才我去詢問魏大人，他恨不得把我吃了似的，凶神惡煞極了。」

秦畫晴一猶疑，邁開步子。「我去問問。」

她拾階而上，即便身形掩藏在寬大的斗篷裡，也無法遮住款款身姿。她低垂著眼眸，柔聲問：「請問二位大哥，魏大人現在在府衙嗎？」

那兩個守衛又不是瞎子，對視一眼，皆愣了一下才反應過來。

「妳是幹什麼的？大人的行蹤豈可告知於妳？」

一旁的錦玉氣得瞪眼，秦畫晴卻不惱，微微笑道：「所言極是。小女乃大人同鄉舊識，想來許久未見，此次路過渭州，便探望一二。」

年輕的守衛到底無法對她一個嬌滴滴的姑娘惡聲惡氣，態度也緩和許多，解釋道：「那可不巧了，大人不在，妳請回吧。」

秦畫晴沒想到自己運氣如此不好，不死心道：「那他去哪兒了？什麼時候回來？」

那守衛壓低聲音道：「姑娘，我瞧妳面善就悄悄告訴妳吧！今日靖王從上頭過來巡查鄰近幾個鄉縣，魏大人免不得要一路作陪，什麼時候回，真不好說。」

秦畫晴彷彿兜頭淋了盆涼水，澆熄了滿心期待。

「妳這樣心思的我見多了。」那守衛突然笑了一下，意味不明。「自從大人上任，做媒的來了好幾撥，暗地裡來瞧的姑娘家也不少。姑娘，妳說說看，妳是哪家哪戶的？眼看過年過節，妳封個門包，我還能替妳美言兩句。」

「什麼？」秦畫晴心裡「咯噔」一聲，卻不是因為此人向她要門包，而是有人來給魏正則說媒！

守衛只當她不肯給，正準備逐客，就見秦畫晴從荷包取出兩錠銀子，分給兩守衛。

她急問道：「都有哪些人家來說媒？大人他同意了嗎？」

兩個守衛沒想到她出手如此闊綽，忙將銀子揣進懷裡，換上一副笑臉。「姑娘，妳想想看，哪個地方的鄉紳官員不關心新來的上司？魏大人還沒赴任，這邊所有人都將他年齡幾何、做官幾年、家中幾口人打聽得清清楚楚，得知大人尚未娶妻，都一股腦地將適齡女子塞過來。遠了不說，梁司馬前日還邀大人去他府上作客，說是賞臘梅，其實是想將自己女兒拉出來，讓大人相一相。」

「大人相中了？」

「哪能啊！」守衛擺擺手。「大人壓根兒就沒去赴宴，而是去了陵縣勘查河道。」

秦畫晴還沒來得及高興，那守衛又接了一句。「俗話說，近水樓臺先得月，梁司馬那女兒是咱們渭州城裡出名的才女，依我看，大人相中她是遲早的事……」

秦畫晴臉色瞬間就沈了下來，一個字也聽不進去，道了告辭，匆匆離開。

這些話錦玉也聽見了，一看秦畫晴表情，就知道她心裡在想什麼，不禁搖頭嘆氣。當局者迷，旁觀者清，以前還是懷疑秦畫晴的心思，現在卻是鐵板釘釘。

她思考片刻，問道：「小姐，您是否心中不悅？」

秦畫晴看了她一眼，不準備隱瞞，點點頭，苦惱地說：「是，我不知道為什麼會這樣？

我只是想來看一眼魏大人，和他說幾句話而已。可是……可是聽到有人給他做媒，他還遲早會看上別人，我就不怎麼開心了。」

想到魏正則和別的女子站在一起，哪怕只是說兩句話，她便難受得喘不過氣。

錦玉又問：「那，假如有人給李敞言公子做媒呢？」

秦畫晴不知道她提起李敞言做什麼，蹙眉道：「關我什麼事？」

「永樂侯世子如果成親了呢？」

「也不關我的事。」

「魏大人要成親了呢？」

「……」

秦畫晴答不上來。

她立在原地，心底升起一個隱隱約約的結果。

錦玉無奈地看向她，嘆了口氣。「小姐，奴婢和您朝夕相處，您的一舉一動奴婢都看在眼裡，有的事您自己沒有發覺，奴婢卻發覺了。其實……奴婢一直奇怪您對魏大人的態度，從一開始您便有意討好他，小心翼翼，生怕讓他不高興，奴婢實在不懂……」她語氣一頓。「可奴婢現在明白了。小姐，您是心悅於他吧？」

猛然被人揭穿，秦畫晴臉上火燒火辣，下意識想要否認。「不，不是妳認為的那樣，我對魏大人好，是因為……因為父親曾經做過對不起他的事，而他對秦家又有恩，我是因為這個才和他交好的。」

找到了藉口，秦畫晴立刻鬆了口氣。

她是為了秦家不走上輩子滿門抄斬的老路，才做出這些舉動。

「是嗎？」錦玉搖搖頭。「奴婢說句逾越的話，若當真如此，您何必繡那錦緞荷包給他？何必貼身放著他送您的墨玉？何必收到他送您的書信而高興成那樣？何必在這樣惡劣的天氣眼巴巴趕來渭州？」

她一串炮語連珠，當場讓秦畫晴愣在當場，無言以對。

是啊，連錦玉都看得明白，她還在自欺欺人。

不知從什麼時候起，她的目的漸漸有了變化。一開始接近他，是盼著靖王上臺後能靠他保全秦家安危；後來是感激他在秦良甫身陷牢獄時的救扶；再後來……再後來便只是為了多和他見一面、多和他說兩句話，至於之前的目的，竟是忘得差不多了。

秦畫晴不想再談論這個，她側過頭，看向天邊冷冷的圓月，一語不發。

第十九章

街上張燈結綵，人來人往。

一輛雙馬寶蓋馬車行駛在街上，難免擁擠了些。

「都戌時了，怎麼街上還這般吵擾？」魏正則閉目靠坐在軟墊上，臉上滿是疲倦之色。他昨夜忙到四更，天不亮又陪靖王前往陵縣巡查，這會兒才能歇上片刻。

梁司馬撩開車簾看了眼，稟告道：「大人，今兒是放夜頭一天，家家戶戶都出來看花燈了。」

魏正則這才想起，今天是正月十四，這一忙起來，連節日也忘了。

他揉了揉眉心，「嗯」了一聲，吩咐道：「人多易出事，多派些人手上街巡視，支出的銀子讓楊參事記清楚，恰逢靖王來渭州，一筆筆都要給他過目。」

「下官明白。」梁司馬笑道：「靖王愛民如子，乃社稷蒼生的福祉啊！」

魏正則笑笑沒有反駁。

說起來，魏正則也不是第一次見靖王了，可每一次這位年輕的王爺都表露出非一般的遠見和卓識。每一個地方，他都要親自巡視；每一位百姓，他都以禮相待。沒有高高在上的疏離，也沒有作為皇室的驕傲，這點讓魏正則很意外，很少有人能做到令人感覺如沐春風，靖王卻是為數不多的一個。

如今風頭正盛的楚王他也有接觸，不可否認，那也是一個聰明人。可楚王聰明的地方只在於溜鬚拍馬、邀功討好。他可以在聖軒帝面前偽裝成兢兢業業的樣子，與鄭海端等人暗渡陳倉也不怕，哪裡有油水可撈，他便插一手，這偷奸耍滑的作風有鄭海端等人攔著，怎麼也不會傳入聖軒帝的耳中。

聖軒帝年邁衰老，他心裡在想什麼，做臣子的越來越捉摸不透。

魏正則覺得，自己遭貶不一定是壞事，遠離京城政治風波，站得遠才能更清楚地看清整個局勢。

天下興亡，匹夫有責。他永不會置之度外。

「魏大人？魏大人？」

梁司馬喊了他兩聲，魏正則才回過神。「梁大人，何事？」

梁司馬胖乎乎的臉上帶著一貫的諂媚，他摩挲著雙手，試探著問：「魏大人如今三十了，身邊連個姬妾也沒有，想找個知冷知熱的人說會兒話也不行，下官看著著實有些擔憂……」

他吞吞吐吐說了一半，魏正則便不欲再聽下去，一抬手打斷他的喋喋不休。「此乃本官家事，無須梁司馬操心。」

梁司馬見他一臉嚴肅冷漠，頓時不敢再「推銷」自家女兒。

此時，馬車突然顛簸了一下，便聽駕車的侍從「籲」一聲勒馬，隨即大聲道：「你們兩個不看路嗎？驚擾了刺史大人和司馬大人的座駕，你們如何擔待得起！」

魏正則皺了皺眉，撩開擋風的車簾，訓道：「趙霖，休得無禮。」

趙霖頓時噤聲。

魏正則下意識看去，馬車前顯現一抹纖細熟悉的身影，待看清寬大的風帽下那張清秀的面容，不由一愣。「秦姑娘？」

燈火映照，四目相對，雙雙怔忪。

魏正則率先反應過來，起身下車，示意趙霖送梁司馬回府，梁司馬也識趣地沒有多問。

面前的魏正則一身深緋色官服，蹀躞帶上掛著她親手繡的荷包，儒雅溫和的臉上帶著不常見的驚訝。

秦畫晴握緊雙拳，瞪大眼睛，不可置信道：「魏大人？」

魏正則很多天沒有展露過笑容，今次卻忍不住了，他上前兩步，笑問：「妳什麼時候來了渭州？」

秦畫晴呆呆地看著他，一時間忘了回答。

「今日未時。」秦畫晴呆了半晌，才回過神。

這麼久不見，魏正則眼中略有倦色，看來在渭州很是勞累。

秦畫晴心疼極了，方才滿腦子亂七八糟的思緒，全在看到他時消失得一乾二淨，只想問他近來可好？

魏正則微微一笑。「怎麼妳信中都沒有提起？」

說起寫給他的信，秦畫晴臉上一燙，飛快地看他一眼。「寫信時還不知道要回渭州省親。」

「是來看望妳外祖母的？」

「嗯。」秦畫晴乖順地點點頭。

她不知道自己怎麼了，也不知道魏正則到底有什麼魔力，只要看到他，就是滿心的歡喜。魏正則還是老樣子，看她的眼神永遠溫和而儒雅，跟他待在一起，情緒受到感染似地安定。

魏正則問：「我記得妳外祖母是在鄣縣？」

秦畫晴連忙解釋自己母親舟車勞頓，尚在州城休整。「……所以，明日就會啟程往鄣縣去。我剛好此時閒暇，便說來探望大人，正好趕巧。」

魏正則緩聲道：「是挺巧，我再晚些回來，怕是會與妳錯過。」

這句話說者無心，聽者卻有意，秦畫晴心跳一頓，卻是盯著繡牡丹花的鞋面，不敢看他。

「明日一早便要離開州城？」

「是。」

「這般著急？」魏正則不由蹙眉。「那妳現下可有時間？」

秦畫晴就是沒有時間也要說有，她抬起頭，眨眨眼睛。「魏大人，有什麼事情嗎？」

魏正則解釋道：「倒也不是什麼大事。時值上元前後，州城街上格外熱鬧，妳難得來渭州，我自然想帶妳四處看看。」

「好啊。」秦畫晴抿嘴一笑。「我也正想逛逛渭州的燈市。」

一旁的錦玉又是無奈，又是好笑。剛才是誰說這花燈沒什麼新意來著？

魏正則要回衙門換下官服，秦畫晴站在原地，躊躇道：「魏大人，我就在此處等你便是。」

魏正則沈下臉，覺得不妥。「外面寒風肆虐，妳也不嫌冷，萬一凍出病怎麼辦？徐伯就在後堂，我讓他給妳燒個手爐來。」他語氣雖然溫和，但卻不容拒絕。

秦畫晴沒轍，只有埋首乖乖跟在他身後，路過門口，都不敢去看那兩個守衛官差驚訝的表情。

刺史府衙的後堂便是魏正則住的地方，在西邊監獄左側幾間屋子，都是用來住人的，盡頭最大的一間屋被魏正則騰出來作書房，秦畫晴便在此處坐著等候。

不過片刻，徐伯便戴著氈帽，送來熱茶和銅花手爐。

他見到秦畫晴，別提多高興，笑得合不攏嘴。「秦姑娘，您可真是有心，這大老遠地來看望大人，老奴先替大人謝謝您了。」

秦畫晴不好意思地抿了口熱茶，心裡卻暖烘烘的。「徐伯，我只是路過州城，順便過來瞧瞧。」

「不論如何，到底是您有心了。」徐伯看了她一眼，彎腰撥弄炭盆的火勢，狀似無意地嘆道：「老奴算是看著大人長大，他父母去得早，家中親戚也早早斷了來往。大人年幼便勤奮好學，八、九歲的年紀，偏要看書看到夜裡三、四更，直到現在也改不了這個毛病。渭州刺史也好，大理寺卿也罷，朝中無關係的有幾人能走到他這步？」

秦畫晴倒覺得，自己父親和魏大人的遭遇何其相似，都是父母早亡故，都是大儒張素的門生，都是從小出類拔萃的優秀人物。

只是一個清正廉明，一個卻誤入歧途。

好在父親已經漸漸疏遠鄭海端一黨，亡羊補牢，為時未晚。

秦畫晴想到魏正則的樣子，忍不住低頭淺笑。「嗯，魏大人的確是我見過最好的人。」不止才學，是任何方面。

她站起身，在書房來回踱步，走到多寶閣前，抽出一本《水經注》，隨手一翻，便看見朱筆寫下的密密麻麻的注釋見解。

徐伯又道：「可不是嘛，大人這樣的人物，怎麼會看得上梁司馬的女兒？會寫幾首酸詩算什麼？大人比她寫得好上萬倍，稀罕她那點才學？」

秦畫晴一聽，登時豎起耳朵，小心翼翼問：「那徐伯你覺得大人會看得上哪家女子？」

徐伯笑得滿臉皺紋，視線掃向她道：「依老奴看，秦姑娘這樣的就挺好。」

秦畫晴臉色一紅，登時不知道說些什麼？隨手將書放回原位，就見徐伯指了指一只青花甜釉大瓷瓶裡插著的幾卷畫軸。「那幾幅是大人最近剛畫的畫作，秦姑娘可以看看。」

「哦。」

秦畫晴依言隨手展開一幅卷軸，頓時跳入眼簾的是飛雪漫天、孤舟行水，岸邊是積雪長亭，一排枯柳樹下立著一名身披桃紅斗篷的女子身影，雖然看不清面容，可那分明是灞河送別那日的自己。

秦晝晴的心彷彿被什麼東西撞了一下，撲通撲通跳得飛快。

她又迫不及待地展開另外幾幅。在蓮塘的岸邊、在青苔叢生的八角亭裡……或笑或嗔，無一例外，全都是她。描摹細緻輪廓景色，輕盈靈動，彷彿讓秦晝晴回到那天那時……

「大人。」屋外的徐伯突然喚了一聲。

秦晝晴手忙腳亂地將畫軸收起，擺弄兩下恢復原狀。

魏正則推開門，攜捲一股涼風。

他頭頂烏紗襆頭，換了身藏青滾邊圓領袍，身形挺拔，頗具瀟灑，蹀躞帶上始終掛著她送的荷包。

秦晝晴視線落在那荷包上，有些出神。

魏正則見她呆著不動，不由好笑，朝她招了招手。「過來。」

這樣溫柔的語氣和低沈的音色呼喚，她已在腦海裡想像了千百遍，乍然聽見，秦晝晴瞬間臉色大紅，面皮也燙得驚人，彷彿做了什麼虧心事被發現一樣。

雖然心裡千迴百轉，但腳下已條件反射地跟了過去。

月上樹梢，長街上掛滿花燈，一片火樹銀花。路邊有人雜耍、有人舞獅，還有胡人坐在路邊吹羌笛。行人熙來攘往，不時有富貴人家的馬車轔轔穿梭，道路更加擁擠阻塞，熱鬧至極。

秦畫晴抱著手爐，緊挨著魏正則。這裡她人生地不熟，就怕迷了路。錦玉和趙霖亦步亦趨地跟在二人身後，臉色都不大喜悅。

趙霖是上任刺史的近身護衛，魏正則見他性格端正，便將他留在身邊；而錦玉在意他方才在馬車上對她們大吼大叫，因此很是不樂意見到此人，趙霖見她臭著臉，自然也將嘴撇得老高。

默默無言走了一會兒，魏正則突然輕笑一聲，道：「這渭州地處偏僻，一年除中秋和元宵，便沒這麼熱鬧的時候。不像京城，平日裡也有各種新奇事兒，想必妳都看膩了。」

秦畫晴愣了愣，下意識地搖頭。「沒有。」

魏正則笑而不語。

前處人頭攢動，卻是一群人在賽社神，秦畫晴掃了兩眼，發現另一邊有個猜燈謎的攤子，人倒是不多。她雙眼一亮，立刻問道：「魏大人，你可喜歡猜燈謎？」

魏正則道：「好多年不曾猜過了。」

「我們過去看看！」

秦畫晴倒是對這些感興趣。記得有一年元宵燈會，她和秦獲靈兩個猜出了七、八條，贏了一堆小玩意兒，可把別家的貴女和公子哥兒羨慕慘了。

攤子不大，掛了二十二只造型各異的紙燈籠，每只燈籠下綴著謎題。一旁的木板上寫了幾個大字——五個銅板任猜。

秦畫晴掃了一眼，心道便宜，在京城每猜一個都要幾文錢呢。

正要給銅板，那攤主卻搖頭道：「姑娘，雖然只要五文，可我這兒有個規矩，必須二十二只燈籠全猜中；猜錯一個，或沒有猜夠，那都不成。」

秦畫晴還第一次聽說這個規矩，怪不得攤前都沒幾個人。原本躍躍欲試的一個年輕人聽到這話，罵了句「坑人呢」，立刻頭也不回地走了。

秦畫晴也不急著離開，湊上前，看了一眼攤上的禮物，多是些成色一般的玉簪、玉珮，或是些造型別致的荷包、摺扇，但都是五文錢買不到的。

那攤主三十上下，穿得像個文人，言語間頗為得意。「我這兒的謎題都是『竹西謎社』寫的，別的地方可找不出第二家。」

大元朝有好謎者自發組織的謎社，其間多是文人，每以茶館酒肆或自家私宅作為燈謎場所，或研究探討，或張燈懸謎，娛樂民眾，「竹西謎社」在渭州最負盛名。

「既如此，便試試吧。」魏正則將錢遞去，抬手翻看第一只燈籠下的謎題。

秦畫晴也忙湊了過來，仰起臉專注極了。

暖黃色的燈光映在她姣好的臉上，眼眸清澈明亮，只一眼便讓人挪不開目光。

「山重水複疑無路，柳暗花明又一村……猜一成語。」秦畫晴輕啟朱唇，腦子一轉，便飛快答道：「絕處逢生！」

那攤主笑咪咪地點點頭。「姑娘好聰明。」

秦畫晴沒想到竟然一下便猜中了，欣喜地轉過頭正要報喜，冷不丁撞進魏正則溫柔的眼裡，她頓時窘然，忙不自在地撇過臉。

一連讓她猜中四題，到了第五題，卻有些難了。
謎語只一個「雨」字，要猜另一個字，秦晝晴絞盡腦汁，也想不出所以然。
錦玉和趙霖也湊上前看了眼，趙霖憤憤道：「二十二道謎題全都要猜中，這不明擺著給他送錢嗎？誰能贏啊？」
錦玉雖然也這樣想，但就是要與他作對，翻了個白眼說：「你肯定猜不中，別人就不一定了。」
「妳！」
「你什麼你！」
趙霖「喊」了一聲，一擺衣袖。「懶得跟妳個女子計較。」
反反覆覆想了半天，秦晝晴實在想不出，求助地看向魏正則。
魏正則笑了笑，附身在她耳畔輕聲道：「雨，水也。」
秦晝晴只覺耳旁的氣息熱熱的，連帶著耳朵都燒了起來。
但她沒忘了正事，靈光一現，對那攤主說：「我知道了，是個『池』字！」
攤主只當她是矇的，擺擺手讓她繼續。
一連二十二道謎語，秦晝晴會猜的便猜，不會猜的就看向魏正則，不到片刻，竟是全被她說出謎底。
攤主自認倒楣，讓她挑選獎品。秦晝晴在一堆朱釵首飾裡，唯獨拿了個最不值錢的嫦娥麵人兒，笑著說：「我還沒見過這麼精緻的麵人兒！」

那攤主生怕她反悔，忙道：「這麵人可是張師傅親手做的，想買還買不到呢！」

秦畫晴拿著麵人歡歡喜喜走了。這嫦娥捏得極精緻逼真，舉在空中和明月相對，竟像要飛天而走一般。

她越看越喜歡，不由朝魏正則甜甜一笑。「多謝大人，要不是你在旁邊給我指點，我肯定猜不出來。」

魏正則看著她道：「妳本來就很聰慧。」

「不，許多我都沒有猜出，都是你猜出來的。像那道『老謀深算』，打一藥材名字，我想破腦袋也想不出是『蒼朮』啊。」說到此處，秦畫晴突然想起一事，側頭問：「大人是光祿哪年賜的進士？」

魏正則答道：「光祿元年。」

秦畫晴點頭。「聽父親說，當時皇上很在意科舉選拔，殿試的策題是最難的一科。」

「妳父親很了不得，當年殿試乃二甲第一名。」

秦畫晴笑看了他一眼。如果沒有記錯，他是第一甲第一名吧？

思及此，秦畫晴抿唇嫣然。「那年你都是進士了，我還因為搶了弟弟的紙鳶，被母親罰在家抄《女誡》。」

魏正則側頭看她，眉眼中帶著淡淡的笑。「妳當時年紀尚幼，可握得住筆？」

「不記得了。」秦畫晴掩嘴發笑。「倒記得墨汁撒了滿屋子，將母親最愛的百鳥春花雙繡屏風給塗得烏七八糟，回頭被訓了好一陣子。」

魏正則想了想那場景，忍不住莞爾。

兩人並肩而行，說說笑笑。

秦畫晴急著出門，也沒有吃多少東西，路過一家賣元宵的食肆，聞著甜膩的香氣，竟有些餓了。

魏正則見她放慢腳步，便提議進去吃一碗暖暖身子。

一行人進入食肆，找了張靠窗的桌子坐下。趙霖不客氣地叫了四碗，待一端上來，便狼吞虎嚥地吃了起來。

錦玉何時見過吃相如此難看的人，不由蹙眉道：「你就不能斯文點？」

趙霖不服氣地說：「今天累了一天，哪還講究什麼形象？」

秦畫晴微微一凝，看向魏正則。「魏大人回來竟還沒有用過晚膳嗎？」

魏正則隨意點了下頭，卻是全然不在意的樣子。

想到徐伯說他整夜整夜地案牘勞形，今日因為她連飯都沒吃，愧疚極了。

她柔聲道：「魏大人，你這樣太勞累是不行的，再忙也要按時吃飯休息。」

魏正則「嗯」了一聲，微微頓首。

秦畫晴卻固執起來，提高音量。「不許敷衍我！」

魏正則被她這瞪眼的樣子逗笑了，無奈道：「我答應妳便是。」

元宵雖幾文錢一碗，分量卻很多，秦畫晴吃了幾個便吃不下，將碗一推，擱下筷子。

魏正則見狀，問：「不吃了？」

秦畫晴搖頭。「吃不下。」

魏正則想，她錦衣玉食習以為常，這樣的路邊小食也許吃不慣，於是道：「轉過這條街有家悅客樓，味道不比京城的會仙樓差，待會兒我帶妳去。」說著順手將她吃剩下的端到自己面前。

秦畫晴瞪大眼睛，提醒道：「魏大人，那碗我吃過了……」

「不能浪費。」魏正則倒是一臉平常，沈聲道：「隴右這邊糧食產量不高，一塊地也養不活一戶人，這樣一碗元宵，好些人家忙碌大半年也吃不上。我身為官，公則生明，廉則生威，在尋常小事上也馬虎不得。」

秦畫晴臉上火燒火辣，不知是因為他說的話無地自容，還是因為他吃自己吃過的東西？但莫名其妙地，她羞窘的同時，又覺得隱隱約約的高興。

一行人離開食肆，剛走沒幾步，錦玉突然一臉難色地跑到秦畫晴身邊耳語。

秦畫晴人生地不熟，便硬著頭皮去問魏正則。

魏正則面無表情，招來趙霖，囑咐他幾句，趙霖便雙手抱臂走到錦玉身邊，撇嘴道：「女人就是麻煩。走吧，我帶妳去。」

錦玉面色尷尬，人有三急是沒有辦法的事。

待二人離開，秦畫晴和魏正則四目相對，站在原地，卻不知要幹什麼？

還是魏正則率先提議。「前面便是悅客樓，登高遠眺，可以看到整個渭州州城。」

秦畫晴當然不會反對。

兩人正往那邊走去，前方突然傳來一陣騷動，只見一輛華蓋馬車緩緩駛來，原本擁擠的道路更是水洩不通。

人頭攢動，魏正則順手將秦畫晴護在懷裡，她兩手撐在魏正則的胸膛上，彷彿能感覺到他強而有力的心跳。

此時，馬車停了下來，一個身穿寶藍色富貴衫的矮胖中年人從馬車走下，朝魏正則拱手。「魏大人！」

「梁司馬。」魏正則見得是他，寒暄道：「真巧。」

梁司馬連連點頭，指了指馬車裡。「本來想在家歇息，可小女和夫人非要出來看花燈，大人可願同行？」

秦畫晴心頭一顫，忙看向馬車，正好一陣風捲車簾，隱約看見一名神情倨傲的紫衣女子。一想到府衙門口的守衛說「近水樓臺先得月」，她立時便高興不起來。

秦畫晴神情暗淡，魏正則敏銳地察覺到，立刻婉拒了梁司馬的邀請，帶著秦畫晴離開。

秦畫晴心事重重，想到方才那梁司馬諂媚的模樣和他才名遠播的女兒，的確和魏正則有兩分相配。只要想到魏正則與那梁才女走在一起，她便無法遏制地抓狂。

她又想到了錦玉問她的問題——假如魏正則要成親了，她是什麼感覺？

不捨、難過、生氣、憤怒、委屈……千百種不好的感覺一股腦湧入心頭，秦畫晴跺了跺腳，一片茫然。

她下意識地想要看向魏正則，可一抬頭，才發現四周燈火闌珊，車水馬龍，行人來來往往，卻沒有那個熟悉的身影，竟是自己一發呆便和他走散了。

秦畫晴心頭一緊，慌忙地左顧右盼。四下裡是陌生的長街，錦玉也不在身旁，她迫切地想要找到魏正則，穿過熙熙攘攘的人群，卻始終找不到。

她站在一個賣糖葫蘆的攤子前，惶恐極了。

突然，手腕緊緊被人捉住，秦畫晴下意識回頭，卻見魏正則帶著焦急神色，朝她厲聲訓道：「妳也不是小孩子了，人來人往的怎麼還亂走？」

秦畫晴瞪大雙眼，見到他心頭一熱，咬緊唇瓣，制止撲入他懷中的荒唐念頭。

魏正則看著她這副可憐兮兮的模樣，心軟了，抬手輕輕拍她的脊背，低聲道：「剛才我呵斥妳也是太過擔心，妳莫要怕，下次定不會這樣了。」

秦畫晴搖了搖頭，擦了擦不爭氣流出的眼淚。「我一不留神，你就不見了，想到再也見不到你，心裡……心裡便好難受。」

「我就在妳面前，何來見不到？」話雖如此，他的聲音卻十分柔和。

秦畫晴這會兒卻也不怕了，她鼓足勇氣，一字字道：「魏大人，你以後成了親，我豈不是再也見不到你了？」

魏正則莫名其妙，蹙眉道：「誰說我要成親？」

「聽說那梁司馬的女兒，還有渭州許許多多的姑娘家都想嫁給你，你總能遇到喜歡的……」秦畫晴眨了眨眼，不想讓眼淚流下來，只要一想到這事兒，她便無以復加地難過。

然而，她不知道自己這副模樣有多美麗。

風髻露鬢，嬌靨如玉，明豔動人，那雙濕漉漉的眼眸映著天上的月、人間的燈。

魏正則心下一動，情不自禁地抬手撫了撫她粉腮邊的碎髮，手背貼在她光滑的臉頰上。待做完這個動作，他才發現自己唐突。

秦畫晴不禁臉色緋紅，視線閃躲，突然十分緊張，心生膽怯。

恰時煙火騰空，在夜幕中綻開一朵朵璀璨，更吹落、星如雨。

行人紛紛仰頭觀看，秦畫晴卻低著頭，耳畔是「嘭」、「嘭」的聲響。她捂著胸口，分不清是心跳還是煙火？莫名地，她希望魏大人此時能對她說兩句話，若是如話本裡那樣纏綿悱惻的便更好了……

魏正則有些後悔。本不是孟浪的性子，卻不知剛才怎麼就對她做出那番舉動，一定將她嚇到了。為緩和氣氛，他嚴肅地說：「如今朝中貪墨、徇私枉法跡象嚴重，各地民不聊生，聖上又沈迷煉丹修仙之術，國將不國。天下還未太平，我亦不打算成家。」

秦畫晴沒想到，魏正則沈默半晌說的卻是這個，一時間有些失望，又有些慶幸，心情複雜。

此時，趙霖帶著錦玉折返回來，遠遠揮手。「大人——」

秦畫晴條件反射地往後退開幾步，和魏正則拉開距離，低著頭，面如火燒，生怕方才的心思被看穿。

錦玉和趙霖見得這幕，也覺得氣氛有點奇怪，連忙眼觀鼻、鼻觀心，不敢言語。

這樣尷尬下去也不是辦法，秦畫晴咬了咬唇瓣，抬起頭道：「魏大人，家母還在客棧，我……我要先回去了。」

魏正則頷首道：「我送妳。」

一路上默默不言，轉過幾條街，走到客棧前，秦畫晴連看他都不敢，囫圇不清地說了告辭，便拖著錦玉落荒而逃。

第二十章

張氏喝了藥，睡了一夜，次日便好了，急忙趕往鄮縣。

馬車轔轔，身後的渭州城門在朝陽下漸小漸遠，直到再也看不見了，秦畫晴才放下車簾，垂眸安靜地坐著。

見她神色鬱鬱，張氏輕咳兩聲，問：「畫兒，妳今日是怎麼了？莫非也水土不服？」

秦畫晴聞言一怔，搖了搖頭。「昨夜鞭炮煙火聲太吵，沒睡安穩。」

張氏微微頷首。「天黑之前定能抵達鄮縣，好好休息便無妨了。」

秦畫晴低低「嗯」了一聲，不再開口。

她昨夜沒有睡好，是因為一閉眼，腦海裡便是漫天的煙火、繽紛的花燈，還有清俊儒雅的魏大人……

於她來說，竟是兩世都沒有體驗過的臉紅心跳，那種緊張與期待，幾乎讓她以為自己就是十五歲的少女。她以為自己再也不會有這樣的情緒，可是當魏大人抬手，輕輕撫她耳邊的雲鬢時，就連空氣也變成了曖昧的粉色。

只是，終究是她多想了。

秦畫晴想到他說過的話——國將不國，無以成家，便忍不住神色黯然。

日落時分，幾輛馬車停在鄮縣最繁華的一處宅院門前，純銅所鑄的匾額上，金燦燦的落著「張府」二字。

門口的管家早已等候多時，連忙讓小廝前去通傳，隨即差人幫著搬運東西。

張氏和秦畫晴相攜走下馬車，管家忙上前攙扶拜禮。「在下鄧安，見過夫人、小姐。」

張氏微微一笑。「有勞鄧管家，還不知我母親她……」

「小梅！」

門口出現一名穿褐色祥雲蝙蝠紋褙子的老太太，滿頭銀絲被翡翠抹額勒了上去，看起來精神奕奕。她身邊簇擁著幾名婦人、少女，看樣子都是常年不見的遠親。

張氏許久沒聽到有人喚她閨名，忍不住眼前一酸，連忙拉著秦畫晴上前見禮。「母親，這是您外孫女。」

秦畫晴又盈盈一拜。「畫晴見過外祖母。」隨即又在張氏的引導下，對幾個姨媽、表姊妹一一認識會見。

老太太笑得眼睛都瞇成一條縫，親暱地拉過秦畫晴的手，拍了拍她手背。「果真是個標致的閨女，和妳母親年輕時有五分像呢。瞧瞧，這容色把妳表妹和表姊都給比了下去。」

估計老太太口無遮攔慣了，秦畫晴聽到這話，一看周圍幾個表姊妹的神色，果然都不太友好。

張氏趕緊打圓場。「母親，您可別被她外表騙了去，這丫頭皮著呢，不服管得很。」

秦畫晴也接過話頭，扶著老太太說：「我哪有呀，明明是弟弟更不服管。對了，外祖母，說來獲靈本也要來看您的，但是他想著來渭州太過興奮，反倒病了一場，這便沒有來成，改日我定讓他來給您賠罪，您可不要生氣才好。」

老太太哈哈一笑。「到底是個有心的，我哪會計較？聽說獲靈中了解元，開心還來不及哩！」

「說起獲靈，外祖母，我給您好好講一講……」

秦畫晴將話頭引到秦獲靈身上，才總算沒遭到幾個表姊妹白眼。

張氏與老太太多年不見，拉著手便說個沒完，問起張橫，張氏都打馬虎眼略過，老太太也沒有多想，聊起別的家常。

張氏兩個姊姊這次聽到張氏要回來，專程來張府候著。張氏如今是京城大官的正妻，別說渭州，逢人誰不給她幾分臉面？以前廖張氏與她關係不好，這多年沒有聯繫，如今見了面倒是親暱得很，話頭也老往她當縣令的夫家身上扯。

「妳二姊夫為人踏實著呢，不然二姊也沒法跟他過這麼多年。妳看鄣縣被他治理得多好，去年夏天遇上旱災，他自個兒都捨不得吃食，全拿出來給百姓了。聽說三妹夫在京城官運亨通，三妹，妳看回去能不能給他說說妳二姊夫的事，讓他提拔提拔？」

張氏一時間有些為難。而長輩談話，秦畫晴也不好插嘴。

見張氏半晌不答，廖張氏不禁有些急了，頗為埋怨地道：「弟弟那般無才，都被三妹夫提去了京城，聽說當了六品員外郎，前幾日剛把他兩個妾室、庶女接去了京城，風光著呢！莫非三妹妳只跟弟弟親厚，不同我們這些姊姊親了？」

她不提張橫還好，一提張氏便心下一緊，想到那白眼狼便忍不住來氣。

登時張氏便婉拒了。「二姊妳有所不知，我夫君如今也是如履薄冰，前幾個月差點人頭落地。京城當官也不一定好，就在天子眼皮子底下轉悠，保不齊便死了。依我看，天高皇帝遠倒好些。」

廖張氏還想再說，卻被一旁不語的大姊接過話。「三妹說得對，伴君如伴虎，何必削尖了腦袋上趕著去京城呢？」

這些年廖張氏和其姊在渭州關係反而越來越僵，只因當初其姊夫和廖張氏的丈夫一起掙這鄣縣縣令的位置，卻被廖張氏擺了一道，這間隙便生了。

秦畫晴低頭喝茶，裝作看不到她們之間的你來我往。

這副樣子，看在對面兩個表姊、表妹眼裡，卻讓她們覺得裝模作樣好不刺眼。

秦畫晴用餘光瞟到她們神情，也不知怎麼得罪人了，但看廖張氏的性子，想來她的女兒的確沒幾個好性子的。

說起來，廖張氏也對其姊又嫉又恨。大姊生的三個都是兒子，如今都在瀘縣書院裡讀書，個個人才，她自己卻連生兩個女兒，前幾個月夫家小妾生了兒子，她更是抬不起頭。所以今日眼巴巴地趕過來與三妹說話，便想著求三妹夫給她夫君提拔到京城裡做官，這樣夫家的人便會對她高看一眼，只可惜這如意算盤落空。

秦畫晴正想著事，對面廖張氏的大女兒廖清清卻開口了。

她笑咪咪地問：「晴妹妹以前來過渭州嗎？」

秦畫晴放下茶杯，笑著道：「幼時來過，但一點記憶也沒有了。」

一旁的廖甯甯又問：「那渭州比起京城，晴姊姊覺得如何？」

「渭州人傑地靈，京城地大物博，各有各的好處。」秦畫晴總覺得這兩姊妹心懷不軌，不想與她們多談，於是說道：「我記得鄣縣有座天寶峰，景色甚美，不知從張府過去要多久？」

廖甯甯蹙眉道：「如今天氣正寒冷，爬山可能不太適合……」

「不遠，日出過去，不到午時便至山腳。山也不陡，估計天黑之前就回來了。」廖清清給廖甯甯使了個眼色。「若是晴妹妹想去，我姊妹二人可以陪妳一起。」

廖甯甯視線猶疑。「是、是啊，我也好久沒去天寶峰了。」

秦畫晴本是隨口一說，可提到天寶峰，便想到魏正則送給她的那幅「山川冬雪圖」，想來登高茫茫一色，定然很美吧？

「如此，便有勞表姊、表妹了。」

廖清清笑得眉眼彎彎，親密地道：「晴妹妹何須跟我們見外？妳舟車勞頓，明日先好好休息一天，想來晴妹妹此次也不急著走，咱們便約在後日，一早驅車前往天寶峰，妳看如何？」

秦畫晴想自己確實需要休息，便頷首道：「再好不過了。」

眾人有一搭沒一搭地閒聊片刻，便到了用膳時刻。

花廳擺了滿滿一桌飯菜，雖比不得秦畫晴經常吃的珍饈，但在渭州這地界，也是少有的好東西。

老太太一直拉著張氏談心，問東問西。

「跟了那秦良甫這麼多年，可有委屈了妳？」即便看到女兒如今綾羅綢緞、滿頭珠翠，她還是不放心。

張氏聞言，低頭一笑。「母親，他待我自是極好，也不枉當初女兒鐵了心跟著他。您舉目看看，但凡稍有錢權的男人，哪個身旁不是三妻四妾？良甫如今身邊只我一個，只一雙兒女，他也不覺得膝下荒涼。唉，說起來，我倒希望他納兩個妾，繁衍秦家子嗣，開枝散葉。」

一旁的秦畫晴聽到這話，差些一口水噴出來。她的親娘啊，可千萬不要有這種想法！人心都是肉長的，看著自己男人與別的女人親熱，如何能不心痛？想她當年與薛文斌不過數載夫妻，沒有傾盡真心，看見他與小妾調笑都氣得無法呼吸，遑論母親與父親了。

幸好老太太心裡門兒清，佯怒道：「妳裝賢良淑德也不嫌累，秦良甫有妳一個怎麼不夠了？家裡人多便亂，一亂就容易鉤心鬥角出岔子，妳若想讓畫兒、獲靈遭罪，便往府裡塞女人吧！」

這話倒是一針見血，張氏看了眼女兒，柔柔弱弱地坐在那裡，嬌得不行。若是沒手段的妾室也就罷，萬一是個心思活絡的，她的寶貝女兒指不定要吃多少虧。想到張橫在府中暫住的事情，張氏才自覺失言，立刻打消了給秦良甫納妾的念頭。

一頓飯吃得倒是和諧，秦畫晴見到外祖母高興，便喝了兩盞梅子酒，這會兒倒是有些不勝酒力。

飯後還有戲班子來助興，秦畫晴卻是沒有精神了，給老太太和姨媽們辭了禮。

張府比京城秦府略小，但外祖母惦念她們，收拾出來的兩個院子倒是整潔大方。

秦畫晴讓錦玉扶著，兩個丫鬟在前引路，穿過垂花門，便到了院子門前，隱隱見得月色下長著幾叢晚香玉。

寢屋也很別致，窗邊擺著花梨木的桌子，上頭擺放著青瓷釉的細口花瓶，插著幾枝新摘的臘梅；白鳥屏風後是掛著紗帳的臥榻，斜對面是一座玳瑁彩貝鑲嵌的梳妝檯，上面擺著一面菱花鏡，壓著一柄桃木篦子。

「倒是個幽雅的地方。」秦畫晴微微一笑。

錦玉忙點頭附和。「老太太待夫人和小姐倒是極好。」語畢，又吩咐跟來的兩個丫鬟打水伺候秦畫晴洗漱。

秦畫晴嘆了口氣，坐在床邊，托腮道：「倘若外祖母身子好，此番也好帶她去京城看看，可不比窩在渭州這裡好玩多了。」

「來日方長，老太太總有機會的。」錦玉將帕子浸在熱水中，隨即熟練地給她擦洗手臂。靠近秦畫晴身邊，聞著一股酒味，再看她兩頰酡紅，便也不搭話了，忙幫她取下釵髻，吹滅蠟燭，讓她早些休息。

翌日，秦畫晴臨近午時才醒。

她揉了揉太陽穴，只覺得腦仁一抽一抽地疼，從紗帳中伸出皓腕。「水……」

錦玉早就起來了，見她醒來，連忙遞上熱茶。「小姐，您總算醒了，以後切莫再碰酒啊。」

秦畫晴也不知道是怎麼了，頗懊惱地說：「以前也經常小酌，卻不似這次，如此不勝酒力，真真丟人。」才兩杯梅子酒，若是燒刀子，恐怕她是醒不來了吧！

起了床，推開窗戶一看，外面的世界已然一片銀裝素裹，白雪皚皚，那幾株晚香玉也被白雪壓彎了腰。

「昨夜竟是下了這麼大的雪？」秦畫晴不由驚訝。

看了眼屋子裡的兩個炭盆將滅不滅，她思忖著喝了酒暖身，倒是有些作用。

錦玉將燒熱的湯婆子塞給她。「一大早老太太便帶著夫人去法華寺上香，今夜宿在廟裡，明日暮晚方歸。夫人讓我給小姐說一聲，下雪路滑，今日不要出門了。」

秦畫晴皺了皺眉。「看這樣子積雪一時半會兒也化不了，明日還約了表姊妹去天寶峰……」

「這般大的雪，想必兩位表小姐也不會想著上山。」錦玉望了眼外頭，又說：「等會兒我去叫個婆子，讓她去傳話說小姐不去了。」

秦畫晴一想也是，便點頭同意。

然而次日天還未亮，便有張府的丫鬟急匆匆跑來通傳，說是廖清清和廖甯甯兩姊妹前來，邀請秦畫晴登天寶峰賞雪。

秦畫晴雖然疑惑，但還是簡單收拾了一番，讓錦玉把人請過來。

廖家姊妹一進屋子，便裹挾了一身風雪，看樣子今日比昨日還要冷些。

「晴妹妹，說好今日一起去天寶峰，妳怎的要爽約啊？」廖清清坐在杌子上，伸手在炭盆上取暖。

廖甯甯也忙接話道：「是了，晴姊姊莫非身子不適？」

秦畫晴睡得足，吃得也好，這會兒精神著呢，饒是她想說自己生病也不像，白惹了閒話。

於是她笑了笑，指指窗外飄落的細雪道：「不是我不想去，妳們看看這天，恐怕不是登山的好時候。」

廖清清嘆了口氣，一臉遺憾地說：「不瞞妹妹，本來瞧著雪大，我也是不願意去的，但是聽家中老嬤嬤說，這天寶峰只有在下雪時才能看到『松濤雲海』這一奇景，想來山峰白雪皚皚，比起平日裡，不知好看多少倍。妹妹難得回鄗縣一次，一定不能徒留遺憾。況且天寶峰雖然高聳，但並不陡峭，沿途都有青石板階梯，妳我讓丫鬟相攙著，想來不會有事。」

秦畫晴也曾耳聞過「松濤雲海」，聽說積雪覆蓋層林，與白雲相擁，遠遠看去，分不清何為雪、何為雲、何為天，倒是不分人間玉京之感。

廖甯甯掩嘴一笑。「說起來，這個時候許多文人騷客都要去天寶峰賞雪，吟詩作賦，倒比平時熱鬧。」

廖清清笑著調侃她。「妳這是在想什麼呢，難道還想學那話本中的才子佳人般，演一段風月故事？」

「姊，妳可別編排我了。」

兩姊妹兀自調笑，卻讓秦畫晴心思飄遠，在二人規勸下便動搖了。

說走便走，當下錦玉拿來滾狐狸毛邊的細棉海棠斗篷給秦畫晴披上，斗篷後有個大兜帽，將秦畫晴半張臉都遮在裡面。

廖家姊妹還是頭一次見到這種款式、質料的斗篷，再看上面的狐狸毛又軟又蓬，定是上等貨色，不由捏緊了懷中的保暖手插。

兩姊妹在後面對視，秦畫晴卻是不得而知。

她也是鬼迷心竅了，這麼惡劣的天氣，她也沒想著窩在屋裡，卻一心想著去天寶峰看看魏大人走過的路，也想看看那天寶峰雪景到底是什麼樣子？

馬車就停在張府後門，廖清清和廖甯甯帶了兩個丫鬟，一個叫青梅，一個叫藍花，都比錦玉小一歲，看起來怯生生的。

由於是去遊玩，便輕車從簡，只帶了貼身丫鬟和兩個護衛。

秦畫晴同廖家姊妹坐在一輛馬車，另一輛馬車便是坐著丫鬟和護衛。抵達天寶峰山下時，天光竟然放晴，雪也停了。

遠處的天寶峰拔地而起，覆雪的群峰似隱似現，峻峭之中更見超逸，山頂上盤著繚繞雲煙，恍如仙境。

秦畫晴本還帶著猶豫的態度，而此時看到山川景色，便只有驚嘆的神情。

她轉頭笑問：「不知登上峰頂要多少時辰？」

廖清清想了想說：「妹妹與我等在山腰的觀松亭亦可看到雪景，不一定非要登上山頂。

從山腰到山頂的路不好走，又下過雪，恐怕是要明早去了。」

她這般說，秦畫晴縱然有心思也打消了，只得點頭。

果真如廖甯甯所說，雪後的天寶峰有許多文士遊覽，有的還帶著筆墨紙硯，走到哪便書寫兩句，搖頭晃腦好不自在。

她們一群女眷被丫鬟扶著，半走半歇，倒也不覺得多累。她們小心翼翼避開積雪，待快到山腰，廖清清卻突然嘆了口氣，嚷著口渴要喝水。

她的貼身丫鬟藍花立刻從背囊裡拿出一個水囊，遞給廖清清道：「小姐，這水恐怕冷了，妳擔待些。」

廖清清扭開喝了一口，滿意地頷首。「還好，尚且溫熱。」說著，她眼珠子一轉，視線落在秦畫晴身上，走上前一臉關切。「晴妹妹應該也渴了，快趁水熱著喝兩口，否則待會兒只能喝冰水了。」

秦畫晴的確也有些渴了，且她出來得匆忙，忘了帶水囊，便接過朝廖清清道謝。「那多謝表姊了。」

「妳說這話倒是見外，左右一口水而已。」

她說得熱情，秦畫晴不免有些疑惑。難道之前她感覺這兩姊妹人品不好，是自己的錯覺？

秦畫晴想不明白便也不再深思，扭開蓋子，仰頭便小口小口地喝。本來渾身就冷，能喝兩口溫熱的水，別提多舒服了。

就在秦畫晴仰頭喝水的當口，廖甯甯身邊的丫鬟青梅突然驚呼一聲，腳下一滑，直直朝秦畫晴撲來，秦畫晴一時間沒有拿住水囊，只聽「嘩」的一聲，大半的水全灑在她的錦緞鞋面上。

「對、對不起晴小姐，我方才踩到了積雪，不小心滑了一跤……」

「笨手笨腳的！滾下去！」廖甯甯立刻呵斥青梅，彎腰去看秦畫晴腳下，低聲嘆道：「哎呀！晴姊姊的鞋襪全濕透了，這天寒地凍的，可怎麼走？」

秦畫晴柳眉微蹙，只覺得一股涼氣從腳底傳來，逐漸被凍僵。

廖清清也趕緊上前，看了眼，拍胸口說道：「還好我多帶了一雙鞋，就怕誰走路濕了鞋襪，但不是什麼好料子，希望晴妹妹不要嫌棄。」說著，便讓藍花從背囊裡取了雙粉色的刺繡雙蝶鞋，鞋底竟是皮質的，防雪防水。

秦畫晴穿上試了試，正好，便朝廖清清彎身道謝。「謝過表姊，改日我回去清洗乾淨再親自送還回來。」

「晴妹妹客氣了，這雙鞋我才從鋪子裡買的，一次都未曾穿過，料子雖比不得京城裡的東西，但這鞋底卻是上好的牛皮底。妳來渭州，做姊姊的也沒有什麼好東西送妳，這雙鞋就當見面禮吧！」廖清清笑得和藹，秦畫晴不由心中一暖。

如此過後，一行人又往山腰走去。

但走了幾步，秦畫晴便察覺到不對。這牛皮底的鞋子穿著的確暖和，可踩在積雪上卻一步一滑，好幾次要不是錦玉扶著，她都差點摔了下去。

醒。

「小姐，妳這寸步難行的……要不我們下山回去了吧？」錦玉看她走得艱難，忍不住提醒。

秦畫晴看了眼山頂，以及近在眼前的山腰觀松亭，皺著眉不說話。

方才她還沒有反應過來，這會兒好幾次差些摔倒，卻讓她腦子清醒了。

那青梅方才離她那般遠，怎麼可能一下就撲到她身側，還正巧打濕了她的鞋襪？她剛才又不動聲色地觀察廖家姊妹的腳，都比她大一寸，又怎會剛好拿出一雙與她尺碼適合的鞋子？自己差點摔跤，那兩人卻不復先前關切，一直走在前頭掩面說笑，想必這笑話的人便是她秦畫晴吧！

怪不得雪天裡讓她來登山，原來是一場精心策劃的陰謀。

秦畫晴越想臉色越黑。她自問沒有招惹過二人，待人接物也沒有哪裡虧待了，此次來渭州還給二姨她們都帶了厚禮，如此，竟還是白白遭人戲弄。

第二十一章

秦晝晴不是石頭，被人戲弄自然要生氣。

可她到底沒有衝上去理論，因為說不定還會被廖家姊妹反咬一口，說她空穴來風、恩將仇報。

「小姐？」錦玉看她臉色不愉，有些擔憂。

秦晝晴回過神，拍了拍她手背道：「妳扶穩些。」

本來離山腰已經很近，可顧慮鞋底打滑，秦晝晴和錦玉趕到觀松亭時，已經快申時。站在觀松亭上只看見一片白茫茫，景色不過爾爾。

廖清和廖甯甯坐在亭子一側，見秦晝晴來了，也不起身，將手攏在毛茸茸的手插裡，笑著道：「沒承想晴妹妹竟是個嬌弱的，這麼一段路，竟走了大半時辰。」

觀松亭裡還坐著其他幾位路過的女眷，聞言都朝秦晝晴打量。

被這麼多人注視，秦晝晴自然有些不適應，可一看廖家姊妹眼裡得意的神色，她暫態便揚起下巴，不疾不徐道：「表姊可能不知，這皮底的鞋子走雪路十分打滑，方才若不是錦玉扶著，我說不定就滾下山去了。若是磕著、碰著倒也沒什麼，萬一出了個好歹，被外祖母知道，恐怕全家上下還會怪罪表姊。表姊贈鞋本是一番美意，我萬萬不能辜負啊。」說著讓錦玉攙扶著坐在另一邊，離廖家兩姊妹稍遠。

廖清清怎會聽不出她的弦外之音？頓時笑容便僵在臉上。

因為她知道秦畫晴說得沒錯，萬一她真的滾下山傷了哪兒，老太太一追問，可不是要將她們好一頓訓？且不說鞋子打滑，便是下雪天邀請秦畫晴登山，本就不該。這樣一想，廖清清心底祈求這一路上秦畫晴可千萬不要出什麼岔子。

廖清清門兒清，可廖甯甯卻是個不長心眼的。

秦畫晴這番話明裡暗裡都在提醒，可她就是聽不出來，還覺得秦畫晴傲慢無禮，愈發看不順眼了。

廖甯甯眼珠子一轉，想到亭子另一邊的路旁有個草叢，裡面全是厚厚的積雪，她總得想個法子讓秦畫晴知道厲害。

秦畫晴枯坐了一會兒，滿眼白雪看著也乏了，站起身，正準備說打道回府，就見廖甯甯站起來，一臉侷促地說：「晴姊姊，有件事我想私下與妳說……」

廖甯甯雖然腦子不靈光，可演技卻不錯，秦畫晴想著她應是不敢再害自己，便問：「表妹何事？」

廖清清也是一臉疑惑，看向妹妹，不清楚她要做什麼？

廖甯甯羞澀道：「這裡人多，不便相談，晴姊姊請隨我找個清淨的地方，我細細給妳道來。」

秦畫晴心下一轉，估計她是要說二姨的事情，又或者讓她去向父親說好話提拔二姨夫，本該是拒絕的，可廖甯甯已經往道路旁走去，秦畫晴沒辦法，只得提起裙襬跟上。

錦玉正要跟去，一旁的青梅卻將她攔住。「錦玉姑娘，我家二小姐想找晴小姐單獨說話。」

「這怎麼適合？」錦玉眉頭一蹙，覺得不妥。

秦畫晴見廖甯甯就在幾十步開外，她想著也沒什麼，便道：「錦玉，妳留下吧，我去去就來。」

「是……」錦玉又不放心地看了眼秦畫晴，到底沒有跟過去。

這一路上因為走的人多，積雪減少，秦畫晴走過去倒也沒覺得打滑。

逼仄的山路兩旁是茂密的草叢，上面覆蓋著白雪，廖甯甯便站在一處草木旺盛的地方朝她笑。

秦畫晴走上前，與她拉開一段距離，道：「此地無人窺聽，表妹但說無妨。」

廖甯甯仍然在笑，可這笑容怎麼看怎麼刺眼，她微微抬起下頜，嘖嘖問：「晴姊姊臉上擦的是什麼脂粉，怎麼看起來如此雪白通透？這斗篷樣式也好看，不知要多少銀子？」

秦畫晴不悅地皺了皺眉。「妳要說的就是這些？」

廖甯甯笑容轉眼消失，瞪著她道：「我知曉晴姊姊是京城裡的貴女，父親是當朝大官，可妳別忘了，我父親是鄣縣縣令，強龍不壓地頭蛇，以後切莫在我姊妹二人面前露出這副不可一世的模樣，看著礙眼！」

秦畫晴怒極反笑。「強龍不壓地頭蛇？」她柳眉一挑，戲謔極了。「原來二姨夫在表妹眼裡竟是同蛇蟲鼠蟻一般的存在。」

她如何不知道廖甯甯是來尋她晦氣，可秦畫晴雖然性子軟，卻不是包子。

此話一出，可把廖甯甯氣得鬼火冒，想反駁卻又無話可說，氣得臉色脹紅。

「看來表妹的話說完了，那就走吧。」秦畫晴說完，轉身便要回觀松亭。

廖甯甯氣得雙拳握得死緊，看了眼道路旁的雪堆，又看了眼觀松亭的人，都沒誰往這邊瞧。

她惡從膽邊生，快步上前，抓著秦畫晴身後的斗篷，往右一推。秦畫晴腳下鞋子本來就不止滑，這一下根本沒有反應的機會，驚叫一聲便滾落在雪堆裡，狼狽不堪。

廖甯甯嘟嘴冷哼。「看妳還敢不敢與我強嘴！今日只是一個小小的教訓，日後……」

「拉我上去！」秦畫晴不敢動。

她躺在草叢的雪堆上，只覺下面是一陣陣呼嘯而過的風，身下……根本就不是土地，而是空空的懸崖！拖住她身體的，是一叢叢生長在峭壁上的枯枝灌木，只是被雪蓋住縫隙，看起來就像土地。

廖甯甯見她都這樣了還如此疾言厲色，登時便不高興了。「妳凶什麼凶！態度好些我立刻就拉妳上來，妳態度這麼差，便在雪地裡好好躺一會兒吧！」

秦畫晴嚇得渾身都在發抖。「拉我上去！」

她們這邊發生的事也讓觀松亭的人看見了，錦玉和廖清清等人連忙趕來。

廖甯甯見來了人，也無法繼續與秦畫晴置氣，又厲聲威脅道：「記住今天的教訓，再敢在我姊妹二人面前裝模作樣，就不會有今日這般便宜了。」

起了作用。

秦畫晴既委屈又生氣，可她到底沒有反駁，因為她已經感覺到身下的枯枝發出「啰嚓」的聲響，她動也不敢動，眼看廖甯甯彎腰來拉，她剛抬起手，那壓垮駱駝的最後一根稻草便起了作用。

幾乎是不帶有一絲猶豫的，秦畫晴整個人快速墜下——

「小姐——」

趕來的錦玉正巧看到秦畫晴墜落山崖這幕，彷彿渾身血液凝固，她跪在崖邊忍不住也要跳下去，卻被藍花和青梅兩個丫鬟攔住。「錦玉姑娘！」

廖清清也是驚呆了，快步走到廖甯甯跟前，低聲質問：「妳做了什麼?!」

廖甯甯看著原是厚厚積雪的地方突然塌方變成懸崖，已經徹底傻掉。半晌，她才轉動眼珠，抱著廖清清哭了起來。「完了，阿姊，我、我沒有想到這雪堆之下竟是懸崖，我以為就是個雪堆地，她那麼討厭，我、我便想著推她裹一身雪，教訓教訓，可……可是我真的沒有想要她的命……」

廖清清看著底下深不見底的懸崖，心冷如冰窖。

秦畫晴是秦家的長女，又是張氏的心肝兒，張氏又深得老太太喜愛，而秦畫晴的父親是京城裡頂大的官，若是知道他女兒被她妹妹失手害死，她們廖家就完了！

「阿姊！怎麼辦?!」廖甯甯就知道哭，一群下人也急得團團轉。

錦玉看著下面雲霧繚繞的峭壁，也知道這下小姐是凶多吉少，頓時淚如泉湧。

她看向廖甯甯，眸中悲憤赤紅，帶著淚說：「我這便去找老太太與夫人，方才甯姑娘說的話，奴婢一個字也沒忘！」

說罷，她轉身便要下山，廖清清忙將她攔住。「妳要如何說？」

「當然是按事實說！」錦玉瞪著她，毫不畏懼。

她要從這兩人心懷鬼胎地邀請小姐登山說起。明明小姐已經讓婆子傳話說不去，這二人為何今日又出現了？那個婆子、青梅、藍花，審訊起來一個都跑不了！

廖清清還想再說兩句為她妹妹脫罪，錦玉卻一副什麼都不願吐露的樣子。

錦玉見她還攔著路，頓時惱恨道：「清姑娘，您還在這裡攔著我幹什麼？是想讓我晚一些給老太太和夫人稟報嗎？耽擱了時間，我們小姐若是有個三長兩短，您可要好好掂量下自己的身分，能不能承受我家老爺的怒氣！」

原本廖清清還想拖延，一聽這話，不敢再阻攔，忙讓兩個隨從快快下山，一人去找她父親鄣縣縣令廖仲愷，讓其派遣全部人手來山下搜尋秦畫晴下落；一人去法華寺找老太太和張氏等人，告知秦畫晴跌落山崖的事情。

至於秦畫晴是生是死，她和廖甯甯會遭受什麼樣的結果，只能聽天由命了。

廖甯甯還在哭個不停，她抱著廖清清的胳膊，抽抽噎噎。「阿姊，我真的只是教訓教訓她，妳今日給她穿那鞋子不也是在教訓她嗎？我怎知道這雪堆是空的，我、我又不是故意的……不過她死了也好，估計老天爺都看不下去，我看這就是她自作自受的報應……」

「妳就少說兩句！」廖清清冷下臉，看著山崖中繚繞的雲煙，呵斥道：「若不想牽連父親、母親，妳最好祈禱秦畫晴活著！」

法華寺離天寶峰較近，天快黑的時候，張氏率先得知消息。當看到錦玉一身泥濘風雪，再看旁邊垂頭喪氣的小廝，張氏雙眼一翻，暈了過去。好在廟裡不少懂醫術的和尚，忙將張氏帶去後廂房。

老太太倒是個經歷過大風大浪的人，聽到這消息雖然也很震驚和心痛，但卻始終抱著希望。

「錦玉，妳先別哭。」她轉身對旁邊的奴僕吩咐道：「李嬤嬤立刻回張府叫人，讓所有人都去天寶峰下找畫兒；翠玲，妳去找畫兒的大姨，讓她也叫人來；翠海，妳去鄠縣縣衙，直接報我名號，找縣令爺……」

錦玉不等她吩咐完，急急地道：「廖家小姐已經差人去尋了，奴婢估計這會兒應該也帶到話了。」

老太太一蹙眉。「那丫頭辦事是個不妥帖的，縣令府裡今日來了上頭的官，免不了一番應酬，讓翠海去不至於被攔在外頭。錦玉，妳也一起，妳知道畫兒在哪墜崖的，也好指路，帶我的話去，讓廖仲愷調遣衙門裡所有人，摸夜也得找到畫兒！這麼冷的天，晚一分便多一分危險。」

「好！」錦玉和翠海領了話，立刻就要出去，老太太突然又想起一事，忙道：「慢著！」

翠海回頭福身。「老太太還有什麼吩咐？」

老太太思忖道：「雖然畫兒墜崖事態危急，但此事一定要悄悄進行，不要讓人走漏風聲，我張府的女眷丟了，她一個未出閣的女兒家，傳出去對她名聲也不好。」

錦玉倒是沒想到這點，不禁佩服老太太思慮周全，應諾便轉身去辦事。

她與翠海連夜趕到鄗縣縣令府衙外，果然見得重兵把守。還沒上得臺階，就被門口的兵丁攔了下來。「縣令大人今日有要事，若要報官申冤，明日再來！」

翠海上前一步，大聲說道：「看清楚我是誰！廖縣令是我家老太太的親女婿，家中出了急事，我要求見大人！」

但門口兩個兵丁是新來的，並不認得翠海，再看錦玉一身狼狽不堪，便認定兩人是在偽裝，任她們怎麼求見都一概拒之門外。不僅如此，其中一個兵丁聽她二人嘮叨得煩了，拔出手中的刀，威脅道：「再不滾，爺劈了妳們！」

到底是兩個柔弱的女子，見了寒光閃爍的刀刃，嚇得不禁後退。

「錦玉，怎麼辦？」翠海都要急死了。「若見不到廖大人，便沒法調人去找小姐！」

隔著圍牆，錦玉踮腳隱約見到裡面燈火通明，她咬牙道：「翠海，妳蹲下，我翻進去！」

翠海大驚失色，看了眼圍牆，又看了眼錦玉。「要是衝撞了裡頭的大官，可、可沒人保得了妳！」

「顧不得許多了！」錦玉忍不住眼眶一熱。「只要想到我家小姐摔落山崖，我、我……我便恨不得同她一起死。」

翠海倒是沒想到她們主僕情誼如此深厚，不禁也紅了眼。「好，妳萬事小心！」

說罷便彎著腰，讓錦玉踩著她肩頭，翻牆過去。

錦玉跳下牆時腳踝不小心崴了一下，可她也沒有想那麼多，忍著疼，往不遠處燈火輝煌的正屋走去。

門是大開的，老遠便見一群身穿官服、頭戴硬腳襆頭的人坐在桌邊推杯置盞。錦玉也看不清面容，不知道哪個是廖大人，可她也顧不得了，正要衝上去，卻被門外站著的兩個兵丁攔住了去路。

「妳是何人？竟然擅闖府衙！」

錦玉想要往裡衝，揚聲喊道：「廖大人！廖大人！張府老太太有要事讓我傳話來！廖大人——」

那兩個兵丁沒想到她會大喊大叫，忙將她往外架去。「住口！驚擾了大人，讓妳沒有好果子吃！」

廖仲愷正笑咪咪地陪著上司說話，聽外面一陣吵嚷，不禁沈下臉道：「是誰在外喧譁？本官說了今日沒空，怎還放人進來？」

一個小廝急匆匆地走進來，一臉苦相。「大人，那丫鬟是翻牆進來的，嚷嚷說是老太太讓她來的，有急事要找您。」

「這……」廖仲愷看了眼面前二人，面露難色。

梁司馬捋了捋鬍鬚，笑道：「無妨，廖大人若脫不開身，可以先去處理。我與魏大人閒坐一會兒，也得告辭了。」

廖仲愷聞言，小心翼翼地看上首魏大人的臉色，見他面色如常，這才鬆了口氣。

也怨不得他如此謹慎，這個魏大人不知今天怎麼回事，突然來鄣縣查各豪族大戶是否觸犯禮制、併田造宅？又是否恃強凌弱？他這個縣令本就當得不怎麼乾淨，萬一被查出點什麼，用不著上奏朝廷，這個四品刺史也能把他拉下來。

思及此，廖仲愷正欲告退，沒料到錦玉竟然甩開兩個兵丁，「砰」地一下衝了進來，跪在地上大哭。「廖大人，您快些帶人去吧！再晚一些就來不及了！」

廖仲愷嚇了一跳，見是個面生的丫鬟，看了眼臉色不好的梁司馬，忙道：「妳先下去，莫驚擾了兩位大人！」

錦玉抬起頭，卻是聽不見他說的話，哭得雙眼通紅。「廖大人，老太太說了，能不能救我家小姐全靠大人您，還請……」

「錦玉？」

這一聲音太過耳熟，錦玉不禁一愣，擦了擦眼中的淚，這才看清那正中坐著身穿緋色官服的人，正是魏正則。

他身邊站著趙霖，看樣子也很驚詫。

錦玉見到他們，便像見到親人似的，登時便忘了老太太交代的話，也不管面前的廖仲愷，對著魏正則哭得稀哩嘩啦。「魏大人，您快去救救我家小姐，她、她從天寶峰上掉下去了！現在生死未卜，這麼大的雪，又入了夜，恐怕……恐怕挨不過今夜了。」

梁司馬一拍桌子，呵斥道：「胡鬧！妳當妳家小姐是什麼人，竟敢煩擾魏大人——」

「梁司馬！」魏正則的神色從未如此冷厲，他沈聲道：「她家小姐便是當今秦大人的掌上明珠，若在渭州出了事，可想而知他會不會遷怒。」

梁司馬一怔，呆了呆問：「秦大人……可是左諫議大夫秦大人？」

「不然這朝堂之上還有哪個秦大人？」魏正則冷眼掃了掃，立即傳令道：「梁司馬，你立刻去臨近幾個縣調遣人馬來天寶峰山腳搜尋；趙霖，快馬加鞭回渭州，帶精兵過來；廖大人，差遣衙門裡所有人，本官跟你同去。」

廖仲愷不由一愣，立刻著手去辦。

錦玉和翠海在前帶路，一行縱馬立刻往天寶峰去。魏正則從頭到尾臉都緊繃著，凝重異常，一旁的廖仲愷偷偷看了幾眼，頗有受寵若驚的感覺。他這個外甥女雖然身分尊貴，可出了事要牽扯到渭州卻有些牽強了。這個刺史大人看起來不像是巴結秦良甫的人啊，卻不知為何對此事如此上心？怪哉、怪哉。

魏正則一馬當先，握著韁繩的手骨節發白。

天上突然飄起了雪花，天氣更加惡劣。她一個柔柔弱弱的女子，該怎麼熬得過去……心猛然收緊，魏正則不敢再想。

他一夾馬肚，馬匹四蹄飛奔，捲起一路風雪。

抵達天寶峰腳下，張府和秦畫晴大姨家的小廝已經在舉著火把搜尋，老太太一把年紀，被張氏攙扶著在馬車裡等候。

看樣子還沒有找到人，魏正則的心不由沈到谷底，眼神也幽暗得像古井裡的水。

廖仲愷立刻讓兵丁繼續搜尋，天將明的時候，梁司馬也帶了臨近幾個縣的人加入搜尋的隊伍。然而時間一分一秒過去，還是沒有半點秦畫晴的消息。

天大亮的時候，所有人都又冷又餓。

正巧趙霖帶著刺史府的一隊精兵到來，魏正則便讓忙了一夜的人吃飯、休息。

廖仲愷端來熱粥，好心好意地對魏正則道：「魏大人一夜未合眼，好歹吃點兒東西吧。」

魏正則眼睛死死盯著山崖底的入口，沈聲道：「多謝廖大人，我不餓，你自己吃吧。」

「是……」廖仲愷也不知這刺史大人抽了什麼風，比他還要緊張。

他端著碗去了別處，看了眼角落裡瑟瑟發抖的兩個女兒，心瞬間便沈了。如果沒有猜錯，這秦畫晴墜崖，十之八九跟他兩個女兒脫不了干係！

眼見到了午時，天氣沒有一點好轉的跡象，雪反而越下越大，最後竟是鵝毛紛飛，冬寒徹骨。

雪花落在魏正則的肩頭，浸濕了他的衣衫，帶來刺骨的寒涼。

可魏正則的心，卻更冰冷。

他終是開口，道：「趙霖，把朱砂拿來。」

趙霖不明所以，但還是遞給了他，魏正則一把揣進袖子裡，打馬便要入谷底。

趙霖一驚。「大人！您這是去哪兒？」

「本官親自去尋。」

「三思啊，魏大人！」一旁的梁司馬和廖仲愷連忙來阻攔，趙霖張了張嘴，到底沒有出聲。

他跟了魏正則這麼久，早就明白這位大人只要打定主意就不會改變，更何況，他一直覺得魏大人與那位小姐有些什麼，只是他並沒有深想。

魏正則淡淡道：「如若酉時我還未歸，便順著峭壁上的朱砂印記尋來。」語畢，竟是不等幾人答話，一甩馬鞭急匆匆地趕了過去。

風雪越來越大，迎面是凜冽如刀的寒風，饒是如此，魏正則也沒有趨避。

他要她活著。

第二十二章

秦畫晴摔下山崖的一瞬間，腦子裡一片空白。

但她求生的意志卻十分堅毅。好不容易再活一次，她才不要死得如此輕巧。

峭壁邊上長著許多藤蔓樹枝，墜落的瞬間，秦畫晴奮力扒拉，藤蔓十分有韌勁，竟是減緩了她下墜的速度。虧得身上穿得厚，身體不至於被突兀的尖銳石子擦到，只是免不得將手臂、掌心摩擦得血肉模糊。

秦畫晴死死抓住藤蔓，抓住眼前一切能抓的東西。

她還不能死！

眼看離山崖底還剩幾丈距離，好死不死地不再下墜，就把秦畫晴掛在半空。掌心的鮮血已被寒意凍結，裸露在外的手也僵硬得不成樣子，只要她稍微大意一些，就有可能摔下去。

秦畫晴咬了咬牙，抬頭看了眼被雲霧遮蔽的上頭，又看了看白雪皚皚的崖底，小心翼翼踩在峭壁凸起的地方，一點一點往下挪。

天色慢慢暗下，她根本看不到周圍的情況，一顆心幾乎要從胸腔裡跳出來，可她不服輸地提著一口氣，摸索著緩緩降落崖底。

也不知過了多久，她總算踩在了綿軟的積雪上。

她身上沒有帶火石，藉著滿地的白雪反光，才發現這崖底生長著許多茂密的植物，只是在冬天全枯萎了，夜色下，看起來影影綽綽，格外陰森。

除了手上血肉模糊，胳膊有些擦傷，衣衫襤褸倒還能避寒，而那雙打滑的皮底鞋，此刻穿起來十分保暖。

她抿了抿乾裂的唇，拿出繡帕將自己受傷的手裹了裹，暗暗給自己打氣。「不能慌，不能慌……很快就有人來救我的，只要挺過今晚就沒事了……」

兩手簡單地包紮好，秦畫晴轉身踩斷一根枯樹，拿在手裡當枴杖防身。

崖底不辨方位，她若待在原地，沒有避寒的地方，看這天氣，估計又要落雪，到時候她恐怕會被凍死。

「罷了，聽天由命吧！」秦畫晴摀住眼睛，原地轉了幾圈，再睜開眼，發現正對著密林。

她當機立斷，忍痛撕下裙襬布條，走一段便將布條繫在樹枝上，沿途做上標記。

幸好夜晚的白雪還讓她能辨別路況，不至於撞在樹上，只是能見度低，行走速度極慢，林子裡不時傳來幾聲動物的鳴叫，讓秦畫晴一路提心吊膽。

在她膽戰心驚、又冷又怕的時候，腳下突然竄過什麼東西，秦畫晴腦子裡緊繃的弦瞬間斷掉，她失聲驚叫，踉蹌後退，卻剛好一腳踩了上去，軟綿綿的。

腳下那物吃痛地發出「吱」的一聲，類似老鼠卻又不像。

秦畫晴低頭一看，這才發現是隻白兔。

她想也不想，連忙往前一撲抓住牠的耳朵，那兔子興許是被她一腳踩痛了，掙扎了兩下便放棄。

秦畫晴連忙將兔子抱在懷裡，暖烘烘的，不由笑道：「天無絕人之路，正冷著呢，你就撞了上來。」要是明、後日，她還沒有被人找到，免不了這兔子就是她的糧食。

若想活下去，有些事不得已也要為之。

她一手懷抱著兔子，一手用樹枝在前探路，也不知走了多久，就在她累到不行時，恍惚間看到幾棵樹後掩映著一個黑漆漆的山洞。

秦畫晴以為自己看錯了，她深一腳、淺一腳地快步跑過去，撥開外面的雜草一看，果然是個山洞。

那山洞還算大，看樣子是某種動物以前棲息的地方。秦畫晴抓起石頭往裡扔去，確定裡面沒有活物，這才抱著兔子小心翼翼地鑽進去。

洞裡瀰漫潮濕陰冷的臭味，可秦畫晴也顧不得了，她現在只想找個暫避的地方休息。

如她所料，半夜裡又飄起了雪，她將洞口的雪堆起來，將風雪阻攔在外，聽著外面號啕呼嘯的風聲，心底這才生出無窮盡的懼怕。

這麼惡劣的天氣，她一個人到底能不能活下來？

她好害怕。要是父親、母親、弟弟知道她死得如此不明不白，肯定會非常傷心吧？

想到家人難過的樣子，秦畫晴鼻尖一酸，便掉下淚來。

但她下一秒又連忙伸手接住淚水，餵在嘴裡潤唇，待做完這番舉動，秦畫晴卻忍不住破涕為笑——沒承想自己這一世竟然如此惜命。

她攏了攏身上的斗篷，將腳上鞋子脫下，縮成一團，抱著兔子取暖。這兔子又肥又大，秦畫晴抱著牠，竟是眼皮子上下打架。今天真的太累了，兩世為人，她都沒有這般累過。

聽著外面的風聲，秦畫晴終是睡了過去。

這一睡便睡出病來。

秦畫晴渾渾噩噩地醒來，懷中的兔子已經跑得不見蹤影，堆在洞口的雪牆也破了個大洞。

她捂著胸口，咳嗽兩聲，這才發覺腦袋一抽一抽地疼。

她連忙用手背貼在額頭上，觸手滾燙，不禁臉色一白。「壞了。」聲音也是嘶啞至極。

秦畫晴閉了閉眼，伸手抓了一把雪，抹在額頭上，刺骨的冰冷也只能讓她清醒片刻。看了眼外面，已經天光大亮，只是那雪卻下得愈發大，如鵝毛紛紛揚揚。

料想這會兒已經午時，她一點力氣也沒有，腦子很暈，身上卻很冷。

肚子很餓，口也很渴，許多次她都忍不住想要抓一把雪來吃，可理智告訴她不可以。她的體溫已經很低，再吃這麼冰冷的雪，恐怕會死得更快。

時間一分一秒過去，秦畫晴實在堅持不住了。

她有預感，自己已經到了強弩之末。

趁著還有意識，她拔下頭上的明珠玉蘭簪，用力插在洞口外，虛弱地自嘲一笑。「就算是屍體，也得找到吧。」

說完，便閉上雙眼，昏昏沈沈地暈過去。

魏正則午時入崖底，快申時的時候，才找到秦畫晴墜崖的地點。

那懸在峭壁上的藤蔓沾染了血跡，已經和著雪花凝固成冰疙瘩。魏正則翻身下馬，上前仔細查看，但見峭壁上有許多刮蹭的痕跡，還有一片錦緞布料。

他取下布料仔細一看，果然是京城時興的料子，不禁心底一喜，在周圍呼喚。「秦姑娘！秦姑娘！」

然而四下十分寂靜，莫說人了，就連動物也沒有一隻。

正躊躇間，他看到不遠處又有一片淺色布條繫在樹枝上，頓時大喜，用朱砂在崖壁上做了標記，方便來人尋找，隨即順著繫布條的方向快馬追去。

在林子裡穿梭時，魏正則也沒有閒著，一直喊著秦畫晴的名字，但是林子裡安安靜靜，無人回應。

眼看天色將黑，他還沒有找到秦畫晴，不由心焦。即便是個成年大漢摔下懸崖，迷失在寒冬的崖底，也難捱過一晚，更別說秦畫晴是個養在深閨的嬌弱女子。

她從未經歷過坎坷，即便聰慧，也無法熬過這惡劣的環境。

魏正則的心一點一點往下沈，在他出神的一瞬間，身下的馬匹突然蹶蹄子噴鼻，魏正則回過神一看，前方竟然出現一隻又肥又大的兔子。

他略一皺眉，那兔子突然躥了起來，眨眼便消失在幾棵大樹後。

魏正則下意識看了過去，卻見那樹後彷彿藏著一個山洞，洞口堆著白雪，像是有人刻意堆的洞門。外面直直插著一支做工精緻的簪子，已經被白雪覆沒了一半，上面的珍珠發出淡淡的光輝。

魏正則眼神一暗，斂容屏氣，翻身下馬一把拔出簪子，隨即扒開洞口的雪堆。

光線照在陰沈潮濕的山洞中，衣衫襤褸的女子蒼白著臉，嘴唇已經被凍得發紫，她了無生氣地躺在那裡，柔弱如菟絲花。

「秦姑娘！」魏正則心下揪緊，快步走過去將秦畫晴扶起來，一摸她手，冰冷刺骨。若不是還有淺淺的呼吸傳來，魏正則幾乎以為她已經死了。

他摸了摸秦畫晴的額頭，不出他所料，果然在發燒。這麼惡劣的天氣，若是他再晚一些趕到，不知會是什麼結果？

他不敢再想，抓了點雪輕輕拍了拍秦畫晴的臉，輕聲問：「秦姑娘，妳感覺如何了？」

秦畫晴本來就燒得稀裡糊塗，這時聽到聲音才勉強睜開眼，入眼便是魏正則那張略帶疲倦憔悴的臉，不由癡癡地開口：「我是死了嗎？竟然見到了魏大人……」

只有死了，才能見到魏大人把她抱在懷裡吧？

魏正則見她還醒著，總算鬆了口氣，低聲道：「是我。妳先莫睡，我這就救妳出去。」

秦畫晴也不知自己是在作夢還是真的被救了？可就算被救，也不該是魏大人，於是她理所當然地認為自己在作夢。

魏正則看了看外面的風雪，將自己身上的披風解下披在她身上，隨即將她打橫抱起，扶坐上馬，自己也坐在馬後，將她嬌弱的身子圈在懷裡。

這一抱，他才發覺她比以前更瘦了，沒由來感到心疼。

秦畫晴卻忍不住勾了勾唇角。也只有在夢裡她才敢如此設想吧，因此便愈發肆無忌憚起來。

她乖順地靠在魏正則胸口，呢喃道：「魏大人……我要凍死了，但是……我……我有許多話要對你說……你聽不聽？」

魏正則身子一僵，語氣卻格外嚴肅。「妳不會死。」

「你就會哄我。」秦畫晴頭輕輕蹭了下他的胸膛。「魏大人……我怕是支撐不下去了。」

「秦姑娘……」

「不要叫我秦姑娘。」秦畫晴扶著額頭，不悅地咕噥。「叫秦姑娘生分得很，你、你叫我畫兒吧，我爹娘都是這樣叫我的。」

還沒等魏正則回答，秦畫晴又道：「我也不叫你魏大人了，我叫你什麼好呢……對了，我叫你文霄。」

她伸手拽著魏正則衣襟，低低重複。「文霄……文霄……」

一聲聲地，差點將魏正則的心喊融化了。

秦畫晴一臉病容，柔弱地窩在魏正則懷裡，可憐極了。

魏正則本該替她擔心，可聽到她一路上都在喚他的表字，心下生出高興又為難的複雜情緒。

寒風挾著大雪，四下裡一片白茫茫，只有他二人共乘一騎，彷彿天地間也只有彼此。

魏正則希望這段路長一些，這樣他就可以和她多獨處一會兒；但是他又希望這段路短一些，這樣秦畫晴就能早些治病。

沒等他胡思亂想片刻，半道上，趙霖便帶著一隊人馬，循著朱砂留下的標記找了過來。

「大人，秦姑娘找到了？」

魏正則臉上又恢復以往的嚴肅，輕輕頷首。「外傷無大礙，讓人趕緊去煎一副退燒藥便可。」

趙霖領了命正準備退下，魏正則看了眼懷中的人，蹙眉道：「等一下。」

「大人還有何吩咐？」

「被人看見了總歸不妥，先讓錦玉過來照看。」

趙霖看了眼軟軟貼在魏正則懷裡的秦畫晴，不敢多言，點頭去辦。

錦玉一直掛念著自家小姐，也隨著隊伍在搜尋，這會兒聽趙霖說找著了，立刻趕了過去。

她看著秦畫晴面色蒼白，頓時淚如雨下。「小姐……小姐她怎樣了？」

魏正則沈聲道：「她吉人天相，無事。」

「那就好……」

魏正則翻身下馬，將轠繩遞給錦玉，讓她扶著秦畫晴。他正要離開，可昏迷中的秦畫晴卻死死拽著他的衣袖。「文霄，不要走……」

這一聲不大不小，正好讓趙霖、錦玉和一旁的精兵都聽了個清楚。

魏正則難得不好意思，他清咳兩聲，低聲對秦畫晴道：「錦玉她會照顧好妳。」

「不要……」秦畫晴還拉著魏正則的衣袖，半分也不肯鬆開。

魏正則又好氣又好笑，覺得她與小兒無甚分別，沒辦法，只得拉開她的手腕，略責備地說：「畫兒，不可胡鬧。」

這一聲秦畫晴卻是聽進去了，卻不知她是想著那聲「畫兒」，還是那聲「不可胡鬧」？磨蹭了這麼片刻，一行人總算在日落之前離開崖底。守在馬車上的張氏見到女兒平安歸來，直呼老天保佑，等候在外的大夫立刻給秦畫晴診脈、處理傷口，直到聽見並無大礙，一群人才放下心來。

秦畫晴作了一個夢，也許平日朝思暮想太甚，臨死竟然還會夢見魏正則。

她夢見他把她抱了起來，夢見她依偎在他懷裡，還夢見她叫他文霄，他喚她畫兒，親暱得倒不似二人了。

即便在睡夢中，她都忍不住笑。這樣就算死了，也不算太悲慘。

「小姐？小姐？」

迷迷糊糊的，秦畫晴感覺有人在推她。可她不是已經凍死了嗎，怎麼還會聽見人說話呢？莫非自己又重生了？

這個想法瞬間讓秦畫晴渾身一抖，唰地一下睜開眼，跳入眼裡的是清粉色繡花的帳子，屋子裡燃著熏香和炭盆，暖和又舒適。
錦玉大喜過望。「小姐，您總算醒了！」
秦畫晴揉了揉疲倦的眼睛，有些不可置信，半晌才反應過來，自己這是劫後餘生了。
她視線落在錦玉臉上，疑惑道：「錦玉……是妳嗎？」
錦玉一高興便刷啦啦地落淚。「是奴婢啊！」
她上前摸了摸秦畫晴的額頭，燒已經退了，不由鬆了口氣，忍聲道：「小姐，您可知道看見您墜崖，奴婢甚至也想隨您去了，可到底不能容忍那廖家姊妹作威作福，這件事奴婢已經上報給老太太了，相信老太太、魏大人都會替小姐您做主的。哼，她父親不過是區區縣令，也敢如此對待小姐……」
「等等！」秦畫晴扶著欲裂的額頭，驚訝極了。「魏大人？魏大人怎麼會來鄣縣？」
錦玉也是一愣。「小姐，您不記得了嗎？是魏大人第一個找到小姐的，若是再晚一些，小姐恐怕凶多吉少了……」
她這一提醒，秦畫晴也回過味了。也就是說，她迷迷糊糊以為是夢的場景，其實都真實地發生過？
那她揪著魏正則不撒手，豈不是也真的發生過？
見秦畫晴臉色青一陣、白一陣，錦玉不禁笑了。「小姐不要煩擾，魏大人對小姐也真真是極好的。那日我翻進縣衙的院子，正好碰見魏大人，魏大人聽聞小姐墜崖，連官服都沒換，直接從鄰近幾個縣還有渭州城裡調人連夜搜尋。那一夜，大人滴水未進，也沒有合眼，次日見還找不到您，急得親自去尋，或許是有緣吧，還真讓魏大人找著您了。」

她想起當時秦畫晴拉著魏大人衣袖不讓人走就好笑。也只有魏大人才能對她家小姐流露出那般寵溺的眼神吧？不過錦玉怕秦畫晴臉皮薄，這事便沒有說出口。

秦畫晴本該因此感到後怕，可她卻忍不住笑了一下，隨即又問：「他當真對我如此上心？」

錦玉也笑道：「自然。本來廖家姊妹推搡您墜崖只算是家事，但魏大人聽我說了，非說要親自審問，估計廖甯甯這會兒正跪在衙堂呢。」

提起這個，秦畫晴便忍不住冷笑，將那日發生的情況說給錦玉聽，錦玉也不由義憤填膺。

「小姐又沒有招惹她們，不知她們為何如此針對您？」

秦畫晴忍不住苦笑。「誰知道呢，估計家中人多了，便免不得發生勾心鬥角的事情。幸好我秦家只有我和獲靈兩個，若是再多些兄弟姊妹，結果也是一樣。」

錦玉微微頷首，又道：「小姐不必憂心，左右在這邊也待不了幾日。聽夫人說，等您身子好些，立刻回京。」

張氏也是害怕女兒再出什麼岔子，雖然不捨老太太，卻也只有這般了。

秦畫晴想到即將離開渭州，不禁有些黯然，沒有接話。

錦玉想起一事，又道：「小姐，方才廖大人讓人來傳話，說若是您醒了，希望能在魏大人面前求求情，不要嚴懲他一雙女兒。」

秦畫晴把玩著手裡的暖爐，垂下眼睫道：「這會兒倒是知道來求我，我此次若真死了，他又該如何？我想著怎麼也得讓他兩個女兒得到點教訓。」

她將暖爐放在一邊，看向錦玉。「妳去回話，就說我勞累、驚嚇過度，這會兒還沒有醒。」

「是。」錦玉給她蓋好被子。「那小姐您好好休息，奴婢去去就回。」

錦玉趕去縣衙，發現並未升堂。

一問旁邊的兵丁，才知曉老太太去求了情，希望此事不要鬧得太大。

正堂裡，廖甯甯正跪在地上抽抽噎噎，一旁站著的廖清清臉色也十分難看，垂著首不敢多言。

廖仲愷見錦玉來了，忙不迭起身去迎，低聲問：「外甥女醒了嗎？」

錦玉搖了搖頭。「回廖大人的話，大夫說小姐喝了藥還要睡，卻不知要睡到什麼時候？」她眼神落在廖甯甯身上，剛好廖甯甯也朝她看來，四目相接，廖甯甯立刻移開視線，又開始哭哭啼啼。

錦玉看得心煩，忍不住說話有些衝。「也不知甯姑娘哭個什麼勁兒，要哭也該是我家小姐。從天寶峰上摔下去，幸虧沒什麼大礙，病一場將養一段時間也就罷了，可留在心裡的恐懼卻是一輩子都抹不掉的。午夜夢迴，甯姑娘可睡得安穩？」

廖甯甯不敢回答，廖仲愷也礙於魏正則在場，不好呵斥，倒是張氏淡淡開口：「錦玉，不得無禮。」

錦玉瞪了眼廖甯甯，隨即朝老太太和張氏拜了拜，走到張氏身後站定。

魏正則環視堂下眾人，半晌才道：「按理說這是廖大人的家事，本官不該多管，然方才本官審問過了，的確是你二女將秦姑娘推下山崖。按大元朝的律例，謀殺人者死，傷人者刑，百王之所同，其所由來尚矣。更何況秦姑娘乃你二女表姊，實屬罪重，好在秦姑娘只是傷了，若她身死，恐怕廖大人也保不住頭上烏紗。」

廖仲愷又有什麼辦法，之前明明叮囑過廖甯甯，就說秦畫晴是自己不小心摔下去的，可不知怎的，讓魏正則一審，她什麼都實話實說。

再聽魏正則談起大元朝的律法，廖仲愷才猛然記起他曾是大理寺卿，對律法瞭若指掌，如此一來，他臉色更加面如死灰。

魏正則放下手中的青瓷茶杯，又道：「至於這刑，按例應徒刑三年，鞭六十，笞十……」

「魏大人！我女兒尚且年幼，還請您寬恕一二！」廖仲愷一聽要徒三年，嚇得立時便要跪地，卻被一旁的趙霖給扶了起來。

魏正則笑了笑，只是眼底沒有笑意。「廖大人，本官也只是按律法行事，你這樣豈不是當眾讓本官徇私枉法？」

「下官……不敢！」廖仲愷誠惶誠恐地低下頭。

一旁秦畫晴的二姨也急得不行，看著張氏，滿臉祈求。「三妹，妳就說句話吧！甯兒她當真不敢了，回頭一定給晴丫頭三跪九拜地認錯，咱們都是一家人，妳不能眼睜睜看著甯兒受刑啊！三妹……」

張氏面沈如水，冷然道：「二姊，妳的意思是，我女兒便活該受罪嗎？」

「我……」

張氏看她啞然，再看向一旁的老太太，她到底心軟，念著一家人的情分，悶悶地開口。

「魏大人，此事多謝你了，改日定當上門道謝。但想這件事可能還有誤會，等畫兒醒來，我再好好盤問一番，也不要冤枉了旁人。」

「如此甚好。」魏正則聽張氏的意思，知道她不打算追究了，便見好就收，他也不一定非要和廖仲愷過不去。

只是想到秦畫晴當時那了無生氣的樣子，他便沒由來一陣怒意。說到底，他多管閒事也只是替她抱不平罷了。

——未完，待續，請看文創風633《晴竇初開》下

2018年5月出版

晴寶初開

文創風 632～633

上一世懵懂無知也就罷了，現在秦畫晴有了自己的打算，
為了家人，她要巴緊魏大人的大腿！
她不管魏大人和父親水火不容，也不管他才德兼備，還風采過人……
停！她這樣根本是愛上人家的前奏呀～～

筆墨潤膚，情意入骨／水清如

悔不當初是何滋味，秦畫晴曾深刻體會。
身為當朝重臣的掌上明珠，與侯府聯姻本該無限風光，
怎知父親錯信同僚，娘家滿門抄斬，夫家流放千里，
如今得了重活一世的契機，她誓要阻止父親走上貪墨腐敗的歧途！
她記得前世關鍵，皆始於父親的政敵、日後將權傾朝野的魏正則，
他身為大理寺卿，敢諫言，重民生，百姓無不愛戴，
若欲扭轉乾坤，得先讓這位魏大人對秦家改觀——
她廣開粥棚，濟弱扶危，藉以挽救父親名聲；
聽聞魏正則被陷害入獄，她隱瞞自己是政敵之女，前往探視，
殊不知這男人玲瓏慧眼，幾句話就識破她的身分，
她怕他誤會她居心不良，說出磕頭賠禮她都願意，
豈料他、他只是要她罰抄《弟子規》?!

文創風
632

晴寶初開 上

國家圖書館出版品預行編目資料

晴寶初開 / 水清如著. --
初版. -- 臺北市 : 狗屋, 2018.05
冊 ; 公分. --（文創風）
ISBN 978-986-328-861-9（上冊：平裝）. --

857.7　　107003871

著作者　水清如
編輯　王冠之
校對　林慧琪　簡郁珊
發行所　狗屋出版社有限公司
地址　台北市104中山區龍江路71巷15號1樓
電話　02-2776-5889～0
發行字號　局版台業字845號
法律顧問　蕭雄淋律師
總經銷　知遠文化事業有限公司
電話　02-2664-8800
初版　2018年5月
國際書碼　ISBN-13　978-986-328-861-9

定價250元
狗屋劃撥帳號：19001626
網址：love.doghouse.com.tw　E-mail：love@doghouse.com.tw